Dantes Strafe
Hanna Hagen

AF201367

Hanna Hagen

Dantes Strafe

Thriller

Kapitel 1

Er raste die hügelige Landstraße entlang, die Scheinwerfer des Wagens zerrissen die Dunkelheit. Als er losgefahren war, hatte es zu dämmern begonnen, doch mittlerweile hatte die Nacht die Weiden und Felder links und rechts der Straße verschluckt. Er fühlte sich, als säße er in einer Kapsel, und nur die Bilder von Timmi, die er so gerne verdrängt hätte, verfolgten ihn.

Dante Seidel war auf der Flucht vor einem Siebenjährigen. Nicht, weil er ihm Angst machte oder er böse war, sondern weil er den Jungen liebte.

Nein, nein, nein!

Dante schlug auf das Lenkrad. Je verzweifelter er versuchte, nicht an den Jungen zu denken, desto mehr Erinnerungen strömten auf ihn ein. Das musste sich spätestens an seinem Ziel ändern. Er nahm mit Schwung eine Kurve, drosselte kaum das Tempo, danach beschleunigte er wieder und raste am Orts-schild vorbei. Hinter dem Hügel tauchte im Tal das Dorf mit seinen kleinen, krummen Häusern und den Lichtern der Stra-ßenlaternen auf. Hilsdorf war ein Ort, den er als beschaulich und gemütlich in Erinnerung hatte, als einen Rückzugsort – ge-nau das, was er jetzt brauchte.

Dante fuhr über die alte Brücke in den Ort, in dem aus den Fenstern der Häuser Licht drang. *Es sieht so behaglich aus ... wie die Welt in einem Kinderbuch.* Während der Wagen die schmale Straße entlangrollte, sah er sich um und bemühte sich um Ruhe. Hier brauchte er keine Angst vor dem zu haben, was er hinter sich gelassen hatte, doch sich etwas zu sagen war leichter, als es tatsächlich zu glauben.

Er war da – zu seiner Rechten befand sich das Bed & Breakfast, in dem er für zwei Nächte ein Zimmer reserviert hatte. Was er danach tun sollte, wusste er noch nicht. Dante parkte auf einem der vier Gästeparkplätze, stellte den Motor ab und atmete tief durch. Sein Herz pochte immer noch wie wild in seiner Brust und würde so schnell nicht damit aufhören, also stieg er aus und nahm seine Reisetasche vom Rücksitz. Die Autotür schlug so laut hinter ihm zu, dass es ihm in der Stille des Abends schrecklich laut erschien. *Ich bin ein Fremdkörper in dieser Stadt, ein Störenfried, wie ein Klimaaktivist auf der Weihnachtsfeier eines Billigflugunternehmens.*

Links und rechts neben der Tür hingen an Fenstersimsen Blumenkästen mit verdorrten Geranien – es war Ende September, der Sommer hatte den Pflanzen alles abverlangt. Dante musste den Kopf einziehen, um das Bed & Breakfast betreten zu können. Die Haustür war ungewöhnlich niedrig, und der Empfangsbereich war so klein, dass er den verlassenen Tresen der Rezeption nach nur zwei Schritten erreichte. Dante sah sich um. An den Wänden befand sich gemusterte Tapete, und eine Kuckucksuhr tickte im Hintergrund. Links führte eine Treppe nach oben, wahrscheinlich zu den Gästezimmern, rechts lag ein gemütlich wirkendes Kaminzimmer mit vollgestopften Bücherregalen und Ohrensesseln. Aber nirgendwo war eine Menschenseele zu sehen.

Dante betrat das Kaminzimmer, in dem eine moosgrüne Flügeltür in ein weiteres Zimmer führte. Kurz überlegte er, nachzusehen, ob dort jemand vom Personal wäre, ging dann aber zur Rezeption zurück und schlug auf die silberne Klingel.

Er hatte bei der Reservierung gesagt, dass er am späten Abend käme, deswegen hatte er damit gerechnet, dass er erwartet würde. Was sollte er tun, wenn niemand mehr da wäre? Wo würde er dann schlafen? In diesem Ort gab es kein zweites Bed & Breakfast. Bei dem Gedanken, auf einer verlassenen Straße im Auto schlafen zu müssen, überlief ihn ein nervöses Kribbeln. Dante schlug gerade erneut auf die Klingel, da öffnete sich eine Tür und Schritte näherten sich.

»Jaja … Ich komm ja schon.«

Dante trat zur Seite und sah unter die Treppe, wo ein gedrungener Mann durch eine winzige Tür gekommen war. Offenbar hatte er geschlafen, denn er hatte einen Abdruck auf der Wange – wohl von einem Kissen – und ihm stand das spärliche Haar vom Kopf ab. An einer langen Kette um seinen Hals baumelte eine Lesebrille.

»Entschuldigung«, sagte Dante.

»Sie kommen ganz schön spät!«, beschwerte sich der Mann, während er hinter die Rezeption trat.

»Verzeihung, ich dachte, ich hätte gesagt, dass ich spät komme.« Er war sich sogar sicher.

»Nee, haben Sie nicht!« Der Mann setzte die Brille auf und blätterte in einem großen Buch, bis er die Seite fand, die er suchte. Langsam ließ er einen krummen Finger über eine von Hand geschriebene Liste wandern, bis er innehielt. »Sie sind Dante Seidel?«

Als hätte ich nicht erst vor wenigen Stunden angerufen, dachte Dante. Wahrscheinlich wollte er sich nur wichtigmachen.

»Richtig.«

Der Mann sah auf. »Jakob Teiger. Meiner Frau Rosa und mir gehört dieses Bed & Breakfast.«

»Freut mich«, sagte Dante.

Der Mann brummte nur. »Sie haben für zwei Nächte reserviert«, las er seine Notiz ab, als wäre ihr letztes Gespräch Wochen her.

»Das stimmt, und wenn es möglich ist, würde ich meinen Aufenthalt hier gerne kurzfristig verlängern können.«

Teiger ließ seinen Blick über Dante schweifen, einen 40-Jährigen, dem man den Beruf des Lehrers förmlich ansah. Ein Junggeselle, da er keinen Ring am Finger und ein Lächeln auf den Lippen hatte, das der Hotelbesitzer nicht erwiderte.

»Was wollen Sie denn hier?«

»Ich habe in der Nähe einen Job bekommen. Erst ab Mitte Oktober, aber ich wollte schon früher herkommen, mir eine Wohnung suchen, mich mit der Gegend vertraut machen ...«

... und nicht eine Sekunde länger in meinem alten Leben bleiben.

»Aha.«

»Ich würde Ihnen natürlich so schnell wie möglich Bescheid geben, wie lange ich dann wirklich bleibe.«

Doch das schien den Mann nicht zu interessieren. Er nahm die Brille von seiner Nase und ließ sie wieder über dem karierten Hemd baumeln. »Dann zeige ich Ihnen mal Ihr Zimmer.« Teiger kam hinter der Rezeption hervor und ging vor Dante her die knarrende Treppe hinauf in den mäßig beleuchteten Flur. »Sie haben Glück. Sind im Moment unser einziger Gast.«

Dante wusste nicht, warum er das als etwas Positives werten sollte, sagte aber dennoch: »Ah ... Schön.«

»Im Sommer ist hier echt was los«, fuhr Teiger fort. »Ständig sind hier Wanderer unterwegs. Unglaublich, wie viel die Laufen können ... unglaublich. Richtige Idioten.«

Der Teppichboden dämpfte ihre Schritte. Sie gingen an vier Türen vorbei, ehe Teiger vor der letzten stehen blieb. »Das ist

Ihr Zimmer.« Er hielt Dante einen Schlüssel mit Holzchip an einem Schlüsselring hin. »Frühstück gibts von acht bis zehn. Wenn Sie nicht wollen, dass wir Ihr Zimmer jeden Tag putzen, müssen Sie das sagen.« Er sah ihn abwartend an.

Dante brauchte einen Moment, bis er begriff, was Teiger von ihm erwartete. »Ja, nein. Ich brauche den Zimmerservice natürlich nicht jeden Tag.«

»Gut. Meine Frau und ich wohnen nebenan, aber einer von uns ist meistens im Keller. Wenn Sie auf die Klingel drücken, wie eben, hören wir das und kommen hoch.«

»In Ordnung. Danke schön.« Dante wollte nichts lieber, als sich endlich in sein Zimmer zurückzuziehen, doch Teiger schien noch nicht fertig zu sein.

»Wenn Sie Probleme machen, schmeiße ich Sie raus oder rufe die Polizei ... oder beides. Ist das klar?«

Übelkeit stieg in Dante auf. »Ich bin nicht hier, um Probleme zu machen.«

»Das will ich Ihnen auch geraten haben! Wir haben einen zweiten Schlüssel für Ihr Zimmer – sollten Sie dort irgendetwas ... Illegales treiben, werde ich dem auf die Schliche kommen.«

Dante lächelte höflich und musste all seine Kraft aufwenden, damit ihm diese Maske nicht verrutschte.

»Na dann.« Ohne ein Wort des Abschieds schob sich Teiger an ihm vorbei und stieg die Treppe hinab.

Dante stand noch einen Moment lang verdattert vor seiner Zimmertür. Die Übelkeit hing ihm noch immer in der Kehle, als er schließlich sein Zimmer aufschloss und hineinging.

Kapitel 2

Als Dante am nächsten Morgen erwachte, war es in seinem Zimmer dunkel. Zuerst dachte er, es läge an den dicken Vorhängen, die er in der Nacht vor das Fenster gezogen hatte, aber ein Blick auf seine Armbanduhr verriet ihm, dass es erst sechs Uhr war. Die Sonne war schlichtweg noch nicht aufgegangen. Er rieb sich die Augen – die Nacht war alles andere als erholsam gewesen. Dante hatte sich von links nach rechts und wieder zurückgeworfen, keine Position war bequem gewesen, keine hatte ihn zur Ruhe gebracht, und Bilder des Lebens, das er zurückgelassen hatte, hatten vor seinen geschlossenen Lidern geschwirrt.

Er knipste die Nachttischlampe an und setzte sich auf. Sein Zimmer war klein und in Oxfordblau gestrichen. Abgesehen vom Bett gab es einen Kleiderschrank, einen Sekretär und einen uralten Röhrenfernseher, der auf einem Brett an der Wand stand. Obwohl bis zum Frühstück noch jede Menge Zeit war, schlug Dante die Bettdecke beiseite und stand auf. In seinem Kopf herrschte ein Durcheinander, das ihn ohnehin nicht zur Ruhe kommen lassen würde, und so beschloss er, spazieren zu gehen. Bewegung hatte in den letzten Jahren immer zuverlässig seine Gedanken geordnet, ihn wichtige Entscheidungen fällen lassen und ihm seine Werte in Erinnerung gerufen.

Der Umgebung entsprechend hatte er sich, kaum hatte er die Zusage für die Stelle an der Schule bekommen und entschieden, sich in diesem Dorf niederzulassen, Lederstiefel und eine Funktionsjacke besorgt, die er nun anzog. Mit Stoffmantel und Halbschuhen – seinem Lehreroutfit – würde er hier draußen nicht weit kommen. Obwohl er der einzige Gast war, schlich er die Treppe nach unten und schlüpfte lautlos hinaus. Die Luft war frisch, anders als in der Stadt, was auch ein Grund für ihn gewesen war, ausgerechnet hierher zu kommen.

Dante sah sich um. Es war fast fünfzehn Jahre her, dass er das letzte Mal hier gewesen war, um in Ruhe an seiner Masterarbeit zu schreiben, und abgesehen von dem einem Abend, an dem er sich in der hiesigen Kneipe so betrunken hatte, dass er am nächsten Morgen mit Blackout aufgewacht war, war ihm das auch gelungen. Er beschloss, den Weg über die Weiden, statt durchs Dorf zu nehmen. Die Bürgersteige waren schmal, das Kopfsteinpflaster unregelmäßig. In den meisten Häusern, an denen er vorbeikam, war es noch dunkel, nur vereinzelt brannte in einem Fenster Licht, und die Stimme eines Radiomoderators drang durch den Spalt eines gekippten Fensters.

Dante erreichte die krumme Brücke und sah in den Fluss. Nach dem heißen Sommer, der in ganz Deutschland geherrscht hatte, war nun gerade noch genug Wasser darin, dass Fische schwimmen konnten. Dante stieß sich von der Brückenmauer ab und ging weiter, entfernte sich vom Dorf, während der Himmel über ihm heller wurde. Auf den Weiden standen Schafe eng beisammen, die Wolle hing schwer über ihren dürren Beinchen. Einige hoben ihre Köpfe, als Dante vorbeiging, sahen ihm hinterher.

Während er immer weiterging, ließ er den Blick weit schweifen, und je höher er kam, desto mehr konnte er den Blick auf das Dorf unter ihm genießen. Mittlerweile konnte er sogar den Marktplatz vor der kleinen Kirche sehen. Immer mehr Lichter erleuchteten die Fenster, ein Auto fuhr die Hauptstraße entlang und über die Brücke, ehe es hinter einem Hügel verschwand.

Dante wusste nicht, wo der Weg ihn hinführen würde. Würde er ihn zur anderen Seite des Dorfs führen oder würde er später zurücklaufen müssen? Doch als der Weg schließlich leicht bergab ging, stieg Dantes Hoffnung. Er kam an weiteren Schafherden und an einigen Kühen vorbei, außerdem an einer Koppel mit Pferden. Schließlich bog er in ein kleines Waldstück ein, durchquerte es, bis der Boden unter seinen Füßen wieder zu Asphalt wurde und er das Dorf von der anderen Seite her wieder betrat.

Auf dem Fenstersims eines Hauses lag eine Katze – sie hob nicht mal den Kopf, als Dante an ihr vorbeilief. Ein Stück weiter eilte ein Mann im Anzug mit einer Aktentasche aus dem Haus, warf die Tasche auf den Rücksitz seines Autos, klemmte sich hinters Lenkrad und fuhr los. Und Dante lief weiter, immer weiter. Der Himmel wurde immer heller, bis zwischen den Schornsteinen der Häuser die ersten Sonnenstrahlen zu sehen waren. Er atmete die kühle Luft ein und versuchte, sich trotz der Probleme, die er heute angehen musste, nicht vor dem bevorstehenden Tag zu fürchten. Zunächst brauchte er eine endgültige Unterkunft, eine winzige Wohnung würde erst mal reichen. Irgendwann, wenn der Liebeskummer nachgelassen hatte und er nicht mehr fürchten musste, an seiner ausweglosen Situation zu zerbrechen, konnte er immer noch zu seinem Haus zurück, um die restlichen Sachen zu holen.

Schließlich bemerkte Dante zu seiner Rechten eine kleine Bäckerei. Er trat ans Schaufenster und sah hinein. In der Auslage war von Kuchen über Muffins bis hin zu Zimtschnecken alles an Gebäck zu haben, was sein Herz begehrte. Ihm lief das Wasser im Mund zusammen, und er meinte den buttrigen Geschmack des Teigs bereits schmecken, den Geruch tief einatmen zu können. Solche Köstlichkeiten würde es bei den Teigers bestimmt nicht zum Frühstück geben.

Kapitel 3

»Schnell, schnell, schnell!« Romy Rittau scheuchte ihren Sohn vor sich auf die Brücke zu, wobei ihm die braunen Locken beim Laufen um den Kopf hüpften.

»Lenni hat gesagt, dass er das nächste Mal einfach fährt, wenn ich zu spät komme!«, keuchte Linus.

»Ich weiß.« Romy hielt ihre Umhängetasche fest, um sie nicht zu verlieren. »Aber das wird er nicht. Er wird bestimmt auf dich warten.«

Das hoffte sie zumindest. Sie rannten über die Brücke und bogen links ab – die Bushaltestelle, die lediglich aus einem Schild mit einem dicken H bestand, war bereits in Sichtweite. Linus ging in die vierte Klasse und fuhr mittlerweile schon seit zwei Jahren mit dem Schulbus, was Romy einiges an Zeit schenkte.

Der Bus erschien hinter dem Hügel, und die aufgehende Sonne spiegelte sich in der Windschutzscheibe, während er unbeirrbar zu ihnen herab ins Tal rollte.

»Wir haben es gleich geschafft!«, rief Romy. Sie hob die Hand, um Lenni auf sich aufmerksam zu machen, und Linus ahmte ihre Geste nach, winkte dem Busfahrer mit ernster Miene zu.

Der ließ die Lichthupe aufleuchten und fuhr die einsame Bushaltestelle an. Zischend öffneten sich die Türen. Romy und Linus rannten die letzten Meter.

»Hattest du nicht gesagt, in diesem Schuljahr wird alles anders?«, fragte Lenni, lächelte aber.

»Ja, ich weiß ...« Romy hielt Linus am Schulranzen fest, bevor er in den Bus springen konnte. »Tut mir leid, Lenni. Wirklich!« Dann beugte sie sich zu ihrem Sohn hinunter. »Hab einen schönen Tag, ja?« Sie strich eine seiner wilden Locken beiseite – er hätte dringend mal wieder einen Friseurbesuch nötig gehabt.

»Okay, Mama. Ich muss jetzt einsteigen.« Er trat nervös von einem Fuß auf den anderen.

»Ist ja gut.« Sie drückte ihm einen Kuss auf die Stirn. »Ich hab dich lieb.«

»Ich dich auch!« Und schon stieg Linus in den Bus, um sich zu seinen Freunden zu setzen.

»Tschüss, Lenni. Und bitte entschuldige noch mal.«

Er winkte ab, schloss die Türen und fuhr wieder an. Romy sah dem Bus noch eine Weile hinterher, sah dann auf ihre Armbanduhr und zuckte zusammen. »Mist!« Sie schulterte ihre Tasche und eilte weiter.

Seit Linus' Vater sie verlassen hatte – er beschloss doch lieber in der Stadt und ohne Familie leben zu wollen – war sie permanent zu spät dran. Eigentlich sollte sie längst in der Bäckerei stehen. Romy konnte froh sein, dass ihr Kollege um vier Uhr morgens aufstand, buk, und sie das Gebäck bloß verkaufen musste. Sie rannte zurück ins Dorf, kam am Outdoorgeschäft namens Unterwegs und dem Bed & Breakfast vorbei und konnte schon bald die Bäckerei erkennen. Davor wartete bereits ein Kunde, und in Gedanken fluchte sie über ihre Verspätung.

»Hallo. Warten Sie schon lange?«, fragte Romy, während sie näher kam, und suchte in ihrer Tasche nach den Schlüsseln.

»Nein, nein. Erst zwei Minuten oder so.«

Sie schloss die Tür auf und ließ den Mann herein. »Setzen Sie sich doch – ich bin sofort bei Ihnen.«

Dann eilte sie in den hinteren Bereich der Bäckerei, legte im Flur vor der Backstube ihre Tasche ins Schließfach und band sich eine Schürze um. Dabei warf sie einen Blick in den kleinen Spiegel an ihrer Schließfachtür. Die Wangen waren gerötet, die braunen Locken standen wirr vom Kopf ab, und an ihrer Bluse war ein Knopf aufgegangen und gewährte tiefe Einblicke. Hastig schloss sie ihn, fuhr sich durch die Haare und ging dann zurück in den Verkaufsraum.

Der Kunde hatte sich in der Zwischenzeit an einen Tisch am Fenster gesetzt und sah nach draußen. Seine Stirn war gerunzelt, als würde er über ein Rätsel nachdenken, das es dringend zu lösen galt.

Romy hatte ihn eben gar nicht richtig angesehen – erst jetzt bemerkte sie, wie attraktiv er war. Er musste um die vierzig sein, also knapp zehn Jahre älter als sie. Seine hellbraunen Haare waren leicht gewellt, er trug schwere Stiefel, eine Outdoorhose und dazu ein Hemd, das eigentlich viel zu schick für den Rest des Outfits war. Der Fremde sah für Romy aus wie ein Akademiker, der selbst im Urlaub seinen Beruf nicht abstreifen konnte. Sie ging zu ihm. »Was kann ich Ihnen bringen?«

Er wandte seinen Blick vom Fenster ab und sah zu ihr hoch. »Einen Kaffee, bitte, und ...« Er sah zur Auslage. »Ein Käsesandwich.«

»Gerne.« Sie war schon dabei, sich abwenden, hielt dann aber inne. »Sie sind nicht von hier, oder?«

»Nein. Ich komme aus ... Ich bin nicht von hier, stimmt.«

»Schön. Urlaub oder Arbeit?«

»Arbeit.« Er räusperte sich. »Ich habe hier eine Stelle als Lehrer bekommen und fange ab Oktober an.«

»Ach wirklich?« Sie lächelte. »Dann unterrichten Sie in der Grundschule? Mein Sohn geht ...«

»Nein!«, unterbrach er sie etwas zu forsch. »Ich bin kein Grundschullehrer. Ich unterrichte Erwachsene ... Deutsch als Fremdsprache.«

»Ach so.« Romy kam so selten aus diesem Dorf raus, dass sie gar nicht wusste, dass es in ihrer Gegend überhaupt eine Schule für Erwachsenenbildung gab.

»Ich wohne zurzeit im Bed & Breakfast.« Ein Lächeln breitete sich auf seinen Lippen aus.

»Ach, dann gehört Ihnen das Auto mit dem auswärtigen Nummernschild?« Es war mehr eine Feststellung als eine Frage.

Er nickte. »Ich suche aber längerfristig etwas anderes. Wenn Sie zufällig irgendjemand kennen, der seine Wohnung oder ein kleines Haus zu vermieten hat ...«

Da brauchte Romy gar nicht lange nachzudenken. »Jonah.«

»Bitte?«

»Jonah vermietet sein Häuschen. Aber ich muss Sie warnen: Es befindet sich nicht direkt im Dorf und ist ganz schön renovierungsbedürftig. Jonah wohnt schon seit ein paar Jahren hier direkt im Dorf. Dafür ist es aber möbliert und zu einem Spottpreis zu haben.«

»Oh, das klingt gut. Wo kann ich diesen Jonah denn finden?«

»Ich gebe Ihnen gleich seine Nummer.«

Der Mann lächelte. »Das ist sehr nett von Ihnen, aber ich habe kein Handy. Könnte ich bei Ihnen telefonieren?«

Romy musste grinsen. »Kein Handy? Gibt es so was noch?«

»Offensichtlich.« Er lächelte sie an, und ihr fielen seine blauen Augen auf.

»Ohne mein Handy wäre ich total aufgeschmissen. Aber natürlich können Sie hier telefonieren. Aber erst einmal bringe ich Ihnen Ihr Frühstück. Ich bin übrigens Romy.«

»Dante.« Er nickte ihr zu. »Freut mich.«

»Dante? Wie der Dichter?«

»Ja. Mein Vater hat ihn vergöttert.«

Sie nickte ihm zu und ging zur Auslage. Dabei bemerkte sie gar nicht, dass sich ein glückseliges Lächeln auf ihrem Gesicht ausgebreitet hatte.

Kapitel 4

Das Haus, zu dem Dante Jonah folgte, lag weiter außerhalb, als er erwartet hatte. Jonah hatte Dante in der Bäckerei abgeholt, und nun gingen sie über die Brücke und bogen nach rechts, wie Dante morgens bei seinem Spaziergang. Doch statt bei der ersten Schafweide erneut rechts abzubiegen, folgten sie dem Weg weiter geradeaus. Mittlerweile war die Sonne aufgegangen und tauchte die Wiesen in ein warmes Licht. Jonah war ein alter Mann, der gebückt, aber mit festem Schritt ging, als wäre er den Schmerzen zum Trotz viel draußen unterwegs.

»Ich habe hier vor Jahren meine Masterarbeit geschrieben«, sagte Dante in die Stille hinein. »Damals gab es hier eine Kneipe, in der Nähe des Marktplatzes. Gibt es die noch?«

»Nein«, sagte Jonah mit rauer Stimme. »Pleite gegangen.«

Dante erwartete, dass der Mann eine Anekdote zum Besten geben würde – wenn schon nicht, weil er es gerne tat, dann zumindest, um die Stille zu füllen, doch daran schien Jonah kein Interesse zu haben. Und so hüllte sich auch Dante in Schweigen, das war ihm ohnehin lieber. Er hatte das starke Bedürfnis, sich zu verkriechen. Ob in seinem Zimmer des Bed & Breakfast oder in dem Haus, das er hoffentlich bald bewohnen würde, war egal. Hauptsache allein.

Nach einer Weile tauchte mitten im Nirgendwo ein altes Häuschen auf. Es war von einer niedrigen Steinmauer umgeben und der Rasen im Vorgarten war so hoch, dass sich offensichtlich seit einer sehr langen Zeit niemand mehr die Mühe gemacht haben konnte, einen Rasenmäher zu benutzen.

Jonah ging voran und öffnete das Gartentor. Bevor Dante ihm folgte, drehte er sich noch einmal um und sah in Richtung Dorf, das von hier oben beinah wie eine Miniaturstadt wirkte. *Perfekt.*

»Die Miete ist immer zum Monatsanfang fällig. 600 warm.«

Dante stutzte. »Oh ... okay.« Das konnte doch nicht sein Ernst sein?!

Doch Jonah verzog keine Miene. In der Stadt hätte man niemals ein ganzes Haus für 600 Euro bekommen, auch dann nicht, wenn es so klein und heruntergekommen wie dieses gewesen wäre. Allerdings hatte er es ja noch nicht von innen gesehen, besser, er freute sich nicht zu früh.

»Würde ja lieber selbst weiter drin wohnen, aber meine Enkel wollen nicht, dass ich hier draußen allein bin«, grummelte Jonah beim Betreten des Hauses. »Ich werde in zwei Jahren achtzig und bin noch nicht ein einziges Mal gestürzt. Meine Beine sind genauso zuverlässig wie meine Lungen. Aber sie sagen, wenn ich hier stürzen und um Hilfe rufen sollte ...«

Dante hörte ihm gar nicht mehr zu. Er schloss die Haustür, an der eine Garderobenzeile mit fünf Haken angebracht war; an einem hing eine gelbe Regenjacke, die anderen vier waren leer. Man betrat durch die Haustür direkt das Wohnzimmer, in dem vor einem Ofen ein Ohrensessel mit Fußstütze stand. Alte Decken lagen auf dem Polster, wohl um den Bezug zu schonen oder um bereits Löcher zu überdecken. Die Bücherregale an der Wand beherbergten zerfledderte Romane, und dazwischen stand der gleiche Sekretär wie in Dantes Zimmer im Bed & Breakfast. Darauf lagen Kugelschreiber, Briefumschläge und -papier, und auf einem Hocker daneben stand sogar ein kleiner Drucker. Die angrenzende Küche war dreckig, hatte aber auf den ersten Blick alles, was man brauchte. Von dort führte eine

Tür nach draußen. Durch das darin eingelassene Fenster sah man auf einen kargen Garten, in dem ein gusseiserner Tisch und zwei unbequem aussehende Stühle derselben Machart standen.

»Einen Keller gibts auch. Sie können sich am Lebensmittelvorrat bedienen, ich brauch ihn nicht mehr. Und oben sind Schlaf- und Badezimmer«, sagte Jonah. »Gehen Sie ruhig mal hoch. Ist so eng – da passen keine zwei Leute hin.«

Dante folgte der Anweisung und stieg die steile Treppe ins erste Obergeschoss hinauf. Auch dort gab es keinen Flur. Man stand direkt im Schlafzimmer, in das nicht viel mehr als ein bis in die Mitte des Raums ragendes Doppelbett und eine Kommode passten. Eine Tür führte zum Badezimmer: Badewanne, Toilette, Waschbecken. Damit würde er zurechtkommen.

Dante ging wieder zu Jonah, der gerade ein Feuerzeug schnappen ließ und sich eine Zigarette anzündete. »Also ... wollen Sie das Haus?«

Er brauchte nicht lange zu überlegen. »Kann ich sofort einziehen?«

Als er zurück zum Bed & Breakfast kam – er wollte nur noch auschecken und seine Tasche holen –, erwartete Jakob Teiger ihn bereits vor dem Haus. Er saß auf einem weißen Gartenstuhl aus Plastik, in der Hand eine Zeitung, über die hinweg er Dante beobachtete. Neben ihm saß eine Frau, nur unwesentlich jünger, mit krausen braunen Haaren und einer geblümten Bluse unter ihrer Strickjacke.

»Wir haben nur noch eine halbe Stunde Frühstück!«, bellte Jakob Teiger.

Dante wurde rot. Daran, dass die beiden damit auf ihn, den einzigen Gast, warten könnten, hatte er gar nicht gedacht. »Oh … Entschuldigung, ich habe schon gefrühstückt«, sagte er kleinlaut. »In der Bäckerei die Straße runter.«

»Wir wissen, wo die Bäckerei ist!«, blaffte Teiger. »Sie hätten verdammt noch mal Bescheid geben können.«

»Es tut mir leid. Ich habe nicht daran gedacht.« Dass er jetzt schon ausziehen wollte, machte die Situation nicht angenehmer.

Jakob Teiger behandelte ihn wie einen Feind, nicht wie einen Gast.

»Ich …« Er räusperte sich. »Ich habe schneller als erwartet eine dauerhafte Unterkunft gefunden. Ich würde gerne auschecken.«

»Was?!«, rief der Teiger.

»Ich habe ein Haus gefunden. Jonah Dietz vermietet es mir.«

»Sie haben für zwei Nächte reserviert – da können Sie doch nicht einfach vorher auschecken!«

»Ich zahle natürlich beide Nächte.«

Jakob Teiger musterte ihn geringschätzig. Seine Frau, die die Szene bisher schweigend beobachtet hatte, erhob sich aus ihrem Stuhl und ging an Dante vorbei auf die Tür zu. »Dann kommen Sie mal mit.«

Sie führte ihn zur Rezeption, wo sie ihr Buch aufschlug und etwas eintrug.

»Bitte entschuldigen Sie«, sagte Dante mit gesenkter Stimme. »Ich wollte keine Unannehmlichkeiten bereiten.«

Die Frau brummte nur. »Geh'n Sie schon mal und holen Ihre Sachen. Ich schreibe in der Zeit Ihre Rechnung.«

Froh, von seinen Gastgebern wegzukommen, lief er die Treppe hoch. Wahrscheinlich war er immer noch der einzige Gast, da war es verständlich, dass sich das Ehepaar nicht gerade freute, ihn ziehen lassen zu müssen. Dante steckte den Schlüssel ins Schloss seiner Tür, doch sie war nicht verschlossen, obwohl er sicher war, sie am Morgen abgeschlossen zu haben. Hatte er nicht gesagt, er benötige keinen Zimmerservice?

Mit einem unguten Gefühl öffnete er die Tür, spähte hinein und machte dann einen Satz in den Raum.

»Verdammte Scheiße!«, rief er so laut, dass der Mann, der mit dem Rücken zu ihm stand, zusammenzuckte.

Dante eilte auf den ungebetenen Besucher – Einbrecher, Dieb – zu, der seine Hände tief in der Reisetasche auf dem Bett vergraben hatte.

Kapitel 5

Das Klingeln der Glocke über der Eingangstür drang bis in die Backstube, wo Romy gerade Nachschub holte.

»Ich komme!«

Es war ruhig geworden in der Bäckerei und so hatte sie die Zeit genutzt, frisches Vollkornbrot aus dem Brotsack zu holen – immer noch mit debilem Grinsen, das sie seit Dantes Besuch nicht wieder losgeworden war. Hier passierte so selten etwas, dass ein neuer Dorfbewohner sie regelrecht in Hochstimmung versetzen konnte. *Gib ruhig zu, dass du bei einem alten Fräulein weniger gute Laune bekommen hättest.* Natürlich freute sie sich nicht nur, dass jemand Neues in ihr Leben getreten war, sondern auch über dessen Aussehen und die Tatsache, dass er weder einen Ehering getragen noch von einer Partnerin gesprochen hatte.

Während sie sich die Hände an ihrer Schürze abtrocknete, ging sie zurück in den Verkaufsraum, um den Kunden zu bedienen. Es war Ludwin. Er kaufte sich immer um diese Uhrzeit sein Frühstück, bevor er im Anschluss seinen Buchladen öffnete. Um genau zu sein, war er diesmal sogar später dran, und wären ihre Gedanken nicht nur um Dante gekreist, wäre es ihr wohl schon früher aufgefallen.

Ludwin war hager, hatte die Haltung eines Soldaten und das Lächeln eines Mannes mit dem Selbstbewusstsein eines englischen Thronfolgers – eines Thronfolgers, der noch single war.

»Hallo Ludwin.« Sie trat hinter die Theke.

»Guten Morgen! Ich hoffe, ich habe dich nicht warten lassen«, säuselte er.

»Nein, alles gut. Was kann ich dir bringen?«

Ludwin ließ seinen Blick über das Gebäck in der Auslage wandern. »Eine Zimtschnecke, ein Salamibrötchen und einen schwarzen Kaffee«, sagte er, richtete seinen Blick auf Romy und grinste.

»Gerne.« Sie packte ihm seine Wünsche ein.

»Weißt du, wer zu Besuch in unser kleines Dorf kommt?«

Überrascht sah sie auf. Sprach er von Dante?

»Nein. Wer denn?«

»Meine Schwester.«

Romy entspannte sich wieder und machte sich an der Kaffeemaschine zu schaffen. »Wie schön.«

»Ja, sie hat nur noch eine Woche Semesterferien und besucht mich noch schnell, bevor der Trubel an der Uni wieder losgeht.«

»Nett.« Ihr fiel nichts Besseres dazu ein – sie kannte Mara kaum, hauptsächlich aus Ludwins Erzählungen.

Er hing an seiner Schwester, aber eine kleine Stimme in Romy moserte, dass Semesterferien lang waren und es viel über den Platz ihres Bruders in Maras Herzen aussagte, dass sie erst jetzt kam.

»Ich möchte, dass du sie kennenlernst.«

Sie drehte sich zu ihm um. »Was? Warum?«

»Na ... ich glaube, dass ihr euch gut verstehen würdet.« Sein selbstbewusstes Lächeln wich einem prüfenden Blick. »Meinst du nicht auch?«

»Ja, klar. Das kann gut sein.« Sie zog die Augenbrauen zusammen und räusperte sich. Wollte er Romy seiner Schwester als Partnerin vorstellen? War es das? Oder bildete sie sich das nur ein? So weit würde er doch nicht gehen. Oder?

Er bedrängte sie nun schon seit etwa einem Jahr, mit ihm auszugehen, und akzeptierte kein Nein. Dabei wusste sie nicht, ob seine Beharrlichkeit sie nerven oder ihr schmeicheln sollte.

»Fein. Ich weiß nicht genau, wann sie kommt. Heute oder morgen. Eigentlich wollte sie schon heute ankommen, aber ... na ja, sie ist nicht die Zuverlässigste.«

Romy füllte den Kaffee in einen To-go-Becher und stellte ihn neben die Tüte mit dem Gebäck.

»Ludwin«, begann sie. Es war mal wieder Zeit für eines dieser Gespräche. Romy hasste sie. »Du weißt, dass wir ... also, dass wir nur Freunde sind, oder?«

Er setzte sein Thronfolgerlächeln auf, aber erkannte sie da nicht einen Funken Unsicherheit? Sie war sich nicht sicher.

»Natürlich weiß ich das. Aber du weißt auch, dass sich das ändern kann?«

»Das *wird* sich nicht ändern, glaub mir.« Romy schob ihm mit einem Wink des Zaunpfahls die Bestellung entgegen.

»Ich verstehe gar nicht, warum du dich immer so dagegen wehrst. Du kannst mir ruhig ein bisschen vertrauen.«

»Mit Vertrauen hat das nichts zu tun. Ich vertraue dir, aber für eine Beziehung braucht es ein bisschen mehr, findest du nicht?«

Er lachte. »Du glaubst an Funkensprühen und Feuerwerk, wie es in den Büchern steht, oder?« Er sprach so abfällig darüber, als würde sie an Einhörner und Zauberei glauben.

Im Vergleich zu Dante wirkte Ludwin wie ein altes Paar Socken mit jeweils einem großen Loch an der Ferse.

»Ja, ich glaube daran, dass man Herzklopfen und Schmetterlinge im Bauch bekommt. Ich glaube an ein unsichtbares Band,

das die Verliebten miteinander verbindet und zueinanderzieht.«
Zumindest hatte sie das bei Linus' Vater empfunden und sie
würde sich nicht mit weniger zufriedengeben, nur um einen
Mann an ihrer Seite zu haben.

»Na ja … Wenn du meinst. Ist wohl so 'ne typische
Frauensache.« Ludwin winkte ab. »Egal. Hauptsache, du lernst
meine Schwester kennen. Sie ist ein toller Mensch. Wie gesagt,
sie ist unzuverlässig und irgendwie unvernünftig, aber sie hat
ein großes Herz. Und wie du weißt, ist ihr schon viel Unschönes
zugestoßen.«

Auch wenn Romy Mara kaum kannte, hatte sie davon gehört
– schließlich hatte das ganze Dorf darüber gesprochen.

Kapitel 6

»Was soll das?!« Dante riss die Tasche an sich und wich zwei Schritte vor dem Fremden zurück.

»Hallo …«, sagte der Mann lethargisch. Er war Mitte zwanzig und offenbar körperlich und geistig behindert. Es sah aus, als wären ihm Arme und Beine ausgerissen und etwas krumm mit Sekundenkleber wieder angeklebt worden.

»Was …« Dante starrte den Mann an und wusste aufgrund dessen Beeinträchtigung nicht, ob er ihm böse sein konnte.

In diesem Moment stürmten die Teigers ins Zimmer.

»Was ist hier los?!«, schrie Jakob Teiger, lief zu dem jungen Mann und packte ihn grob am Arm.

»Entschuldigung. Er … also … er hat in meiner Tasche gewühlt.«

»Ach, du verfluchter …!«

»Jakob!«, mahnte seine Frau ihn, bevor er auf den Jüngeren losgehen konnte, löste die Hand ihres Manns sanft vom Arm des Jungen und schob sich zwischen die beiden. »Das ist unser Sohn, Tom.« Rosa Teiger wandte sich entschuldigend an Dante. »Er hilft uns hier im Hotel.«

»Helfen kann man das ja wohl schon lange nicht mehr nennen!«, schimpfte Herr Teiger, aber seine Frau beachtete ihn gar nicht.

»Bitte entschuldigen Sie. Er ist schrecklich neugierig, das war keine böse Absicht.«

Dante glaubte ihr – dennoch missfiel es ihm, dass ein fremder Mann, behindert oder nicht, seine Sachen durchwühlt und dabei wer weiß was gefunden hatte. »Ich werde jetzt besser gehen«, presste er deshalb nur hervor. Er hasste Unhöflichkeit, hielt es hier jedoch nicht länger aus.

»Natürlich. Die Rechnung ist fertig«, sagte Rosa Teiger.

Er folgte ihr, und obwohl die Zimmertür ins Schloss fiel, hörte er gleich darauf Teigers Geschrei und Toms Wimmern. Unter anderen Umständen hätte er die Frau gefragt, ob alles in Ordnung sei – ihr Mann schien mit dem Sohn nicht zurechtzukommen, und Dante fürchtete, dass er ihn bestrafen würde. Aber er konnte sich jetzt um niemand anderen kümmern, war zu sehr mit sich selbst beschäftigt. Er wollte hier nur noch weg, sich in seinem neuen Zuhause verkriechen und den Schrecken verarbeiten. Was, wenn Tom etwas gefunden hatte? Etwas, das Dante verraten würde?

Rosa Teiger reichte ihm die Rechnung, die er per Onlineüberweisung begleichen konnte, und er verabschiedete sich. Die Tasche in der einen, das Blatt Papier in der anderen Hand, trat er aus dem Bed & Breakfast. Der wolkenlose Himmel war indigoblau geworden und versprach einen schönen Spätsommertag. Dante steckte die Rechnung in seine Reisetasche, warf diese auf den Rücksitz, stieg ein und fuhr zu seinem neuen Zuhause.

Mit der unverschämt günstigen Miete hatte er wirklich Glück und auch mit der einsamen Lage des Hauses. Trotzdem konnte er keine Freude empfinden. Es erforderte seine ganze Kraft, um bei dem Gedanken an Timmi nicht verrückt zu werden. Er musste sich zusammenreißen, durfte nicht schwach werden, denn sonst würde er umdrehen und in sein altes Leben zurückkehren. Entschlossen drückte er das Gaspedal durch, bretterte über die Brücke und den Feldweg entlang zu seinem Haus. Die Schafe hoben bei dem lauten Motorengeräusch ihre langen

Gesichter aus dem Gras und starrten ihm nach, als wollten sie ihm versprechen, dass er hier oben zwar allein, doch niemals einsam sein würde. Tiere waren ihm ohnehin lieber als Menschen.

Da es am Haus weder einen Parkplatz noch eine Garage gab, parkte Dante den Wagen im Graben, um einem Traktor genug Platz zum Vorbeifahren zu lassen. Dann stieg er aus, schnappte sich seine Tasche und stapfte durch den Vorgarten. Sein Herz schlug noch immer unregelmäßig gegen seinen Brustkorb und das Kribbeln in der Magengegend wollte nicht nachlassen. Er war endlich allein und hätte herunterfahren können, doch so weit war er noch lange nicht. Dante schloss die Tür auf und betrat das Wohnzimmer. Als Erstes wollte er Feuer machen, denn es gab keine Heizung. Der Holzofen war die einzige Möglichkeit, die Kälte, die sich zwischen den alten Möbeln eingenistet hatte, zu vertreiben.

Er warf die Tasche auf den Ohrensessel und hockte sich vor den Ofen. Die Glasscheibe war so dreckig, dass man kaum hindurchsehen konnte. Bis Dante das Feuer schließlich zum Lodern gebracht hatte, dauerte es eine ganze Weile, aber am Ende leckten die Flammen am Holz. Es knisterte. Dante schloss die Ofentür und sah sich um. Ihm schmerzte das Herz, so heftig schlug es, doch er wusste, was er dagegen tun konnte. Andere Menschen hätten ihn als widerwärtig beschimpft, und er konnte es verstehen, hatte es lang genug selbst getan. Er zog den Reißverschluss seiner Tasche auf, schob die Kleidung beiseite und öffnete ein Seitenfach, betete, dass Tom Teiger das Fach und was sich darin befand, nicht gefunden oder – noch schlimmer – an sich genommen hatte. Er musste etwas herumtasten und atmete dann erleichtert aus. Es war noch da.

Vorsichtig zog er das abgegriffene Foto heraus. Er hatte es so oft in der Mitte gefaltet und wieder auseinandergeklappt, dass es dadurch irgendwann reißen würde. Aber noch war es ganz und das Kind auf dem Bild – Timmi – vollständig zu sehen. Das Foto war erst wenige Monate alt, Dante hatte es mit der harmlosen Absicht, den glücklichen Moment festzuhalten, in Timmis Garten aufgenommen und würde es gleich für etwas Schmutziges benutzen. Es war ein heißer Tag gewesen und Timmi trug nur eine Badehose. Die Sonne brachte sein kurzes braunes Haar zum Glänzen und strahlte mit seinen braunen Augen um die Wette. Der dünne, fast magere Junge lachte in die Kamera. Zärtlich strich Dante über Timmis Gesicht. *Seine Haut war so rein und weich … wie ein Pfirsich.* Wie lang war es her, dass er ihn das letzte Mal gesehen hatte? Fünf Tage? Eine Woche? Dante vermisste ihn so sehr, dass es wehtat. Alles in ihm sehnte sich danach, zurück zu Timmi zu fahren und ihn zu berühren. Seine Wangen, seine Hände, seinen Nacken.

Er schob die Tasche vom Sessel, um sich zu setzen. Andere mochten widerlich finden, was er gleich tun würde, doch für ihn war es die einzige Möglichkeit, Erleichterung zu finden. Keine erwachsene Frau und ein erwachsener Mann würden ihm diese verschaffen können, und das Foto in seinen Händen hinderte ihn immerhin daran, einem Kind Schaden zuzufügen. Mit zitternden Händen öffnete er seine Hose. Er zog sich gerade die Unterhose zurecht, als er hinter dem Haus ein Geräusch hörte. Dante hielt erschrocken inne. Lauschte. *Sind das die Schafe? … Nein. Klingt eher, als würde … Singt da jemand?*

Kapitel 7

Hastig schloss er seine Hose und schob das Foto in eine Sessel-
ritze, wo es sich zu Staubflusen und Chipskrümeln gesellte.
Dante lief in die Küche, sah durch das Fenster auf die Weiden
hinaus. Eine Herde Schafe schob sich dicht gedrängt den Hang
hinunter ... und da war noch jemand. Ein junger blonder Mann
mit einem langen Stock. Und er sang.

Verwirrt ging Dante durch die Hintertür nach draußen und
wurde von der Sonne geblendet.

»Hallo?«, rief er dem Jungen nach, doch er hörte ihn nicht.

Er trieb die Schafe weiter den Hang hinab und schmetterte
Hoch auf dem gelben Wagen.

»Hey! Hallo!«

Endlich blieb der Junge stehen und drehte sich um. Erst
spiegelte sich Schrecken, dann Verwirrung auf seinem Gesicht
wider, doch schließlich breitete sich darauf ein Grinsen aus.

»Guten Tag!«, rief er. »Das ist ja eine Überraschung!« Nach
einem Blick auf die Schafe, die stehen geblieben waren und
grasten, stapfte der Junge den Hang wieder hoch auf Dante zu.
»Ich habe gar nicht gewusst, dass dort wieder jemand wohnt.
Das ist doch Jonahs Haus!«

Jetzt, aus der Nähe, sah Dante, dass der junge Schäfer höchstens zwanzig Jahre alt sein konnte. Seine blonden Haare und die
blauen Augen verliehen ihm etwas Unschuldiges, Jungenhaftes.

»Ja, ich wohne erst seit heute hier. Dante Seidel.« Sie reichten
einander die Hand.

»Felix Becker. Ich helfe Jonah mit den Schafen.«

»Ach, dann sind das seine?«, fragte Dante überflüssigerweise.

»Jap. Ist noch nicht bereit, diese Arbeit komplett aufzugeben und einen richtigen Schäfer anzustellen, aber na ja ... so lange kann ich mir etwas dazuverdienen.«

Dante nickte. »Verstehe.«

»Und Sie wohnen jetzt hier?«, fragte Felix und sah zum Haus. Sein Blick verriet, dass er es für eine Bruchbude hielt und sich kaum vorstellen konnte, dass dort jemand freiwillig lebte.

»Sieht so aus.«

»Dass da noch mal jemand einzieht, hätte ich nicht gedacht«, sagte Felix. »Nicht dass Sie hier oben noch vereinsamen.« Er zwinkerte Dante zu.

»Ach ... das wird schon nicht passieren. Und ich habe es ja nicht weit bis zum Dorf.«

»Also falls Sie mal Gesellschaft brauchen – ich hänge meistens hier auf den Weiden rum.«

Das war zwar nichts, was Dante entgegenkam, aber er lächelte trotzdem, als würde er sich darüber freuen. »Und was tun Sie hier auf den Weiden genau?«

»Ich treibe die Schafe von einer zur anderen, wenn sie geschoren werden sollen, bringe ich sie zum Friseur, außerdem helfe ich den anderen Bauern mit den Pferden und Kühen. Ich bin immer gerade da, wo eine helfende Hand gebraucht wird.«

»Ah, okay.« Dante hätte gerne erfahren, wie Felix' Arbeitszeiten waren, damit er sich darauf einstellen konnte, doch die Frage würde merkwürdig klingen und einem unbeschwerten Miteinander im Weg stehen. »Das klingt nach guter Arbeit. Macht sie Ihnen denn auch Spaß?«

»Spaß?« Felix lachte. »Na ja, ich halte mich damit über Wasser – mehr brauche ich im Moment nicht. Außerdem bin ich viel an der frischen Luft. Das gefällt mir.«

»Das kann ich verstehen.« Dante ließ seinen Blick über die Weiden wandern. »Hier ist es ja auch wirklich wunderschön.«

»Ja, ich ärgere mich, im Sommer nicht als Erntehelfer gearbeitet zu haben. Ich glaube, das werde ich nächstes Jahr mal ausprobieren. Da ist man ja auch den ganzen Tag draußen.«

»Anstrengende Arbeit ...«

»Ach, ich kann ein bisschen Training gut gebrauchen.«

Dante lächelte. Felix war in der Tat eher schmächtig.

»Und Sie? Was machen Sie so?«

»Ich bin Lehrer. Unterrichte ab nächstem Monat Deutsch als Fremdsprache im Institut für Sprachen.«

»Ach. Das kenne ich. Da habe ich mal in der Poststelle ausgeholfen. Mann, das war 'ne Zeit ... Aber sehr nette Leute, wirklich, alle sehr nett.«

Dante nickte. Der Junge hatte wohl schon so einige Jobs hinter sich. »Okay.« Unschlüssig, wie er das Gespräch am besten beenden sollte, stand er da und stemmte seine Hände in die Hüften. »Na ja, ich werde dann mal ...« Er machte eine Handbewegung in Richtung Haus. »Mich einrichten und so.«

»Okay. Machen Sie es gut, Dante. Toller Name übrigens. Hab ich noch nie gehört.«

Dante nickte, froh, dass der Junge den Dichter nicht kannte und ihm dieses Gespräch erspart blieb.

»Bis bald!« Felix hob die Hand zum Gruß und lief zu seinen Schafen zurück.

Dante sah ihm nach, bis er mitsamt seinem Stock den Abhang hinab verschwunden war. Dann ging er zurück ins Haus, überhaupt nicht mehr in der Stimmung, sich mithilfe von Timmis Bild Erleichterung zu verschaffen.

Mit einem Ruck setzte sich Dante auf – das kalte Wasser ließ ihn frösteln. Er hatte vor dem Schlafengehen beschlossen, ein Bad zu nehmen, um etwas runterzukommen, und war wohl eingeschlafen. Er musste ewig weg gewesen sein, so eisig wie das Wasser mittlerweile war.

Zitternd stand er auf, griff nach einem Handtuch und trocknete sich ab. Dann stieg er vorsichtig aus der Wanne und griff nach seiner Armbanduhr.

Vier Uhr morgens!? Er hatte beinahe die ganze Nacht in der Badewanne verbracht.

»Verdammt!«, flüsterte er. Wie hatte er überhaupt so lange im Wasser schlafen können? Badewasser wurde doch bereits nach etwa einer Stunde kalt, und die Wanne war nicht mal bequem.

Kopfschüttelnd zog sich Dante an, zitterte dann immer noch, weswegen er einen weiteren Pullover überzog und sich die Arme rieb. Romys Bäckerei hatte noch nicht auf, aber jetzt noch mal ins Bett zu gehen, würde sich auch nicht lohnen, und so stieg er die Treppe hinab und stellte in der Küche den Wasserkocher für eine Tasse Tee an.

Draußen war es dunkel, das Dorf schlief noch, und eigentlich hätte er das auch sollen. Oder? Vier Uhr morgens war eine merkwürdige Zeit. Nicht mehr tiefste Nacht, aber auch noch nicht Morgen. Irgendwo hatte er mal gelesen, dass um diese Uhrzeit die meisten Suizide begangen wurden.

Als das Wasser kochte, goss er es über den Teebeutel in seine Tasse und ging mit ihr ins Wohnzimmer, um sich in den Ohrensessel fallen zu lassen. Erst als er saß und auf den Ofen sah, kam ihm der Gedanke, Feuer zu machen. Doch die letzten Stunden hatten ihm die Müdigkeit nicht genommen, im Gegenteil: Er fühlte sich noch erschöpfter als vorher und fand nicht die Kraft, noch einmal aufzustehen. Dante stellte die Tasse neben sich auf den Beistelltisch und tastete zwischen den Polstern des Sessels nach Timmis Foto. Liebevoll betrachtete er es und lächelte matt. So schlecht es ihm jetzt auch ging, zumindest dem Jungen ging es gut. Er tat es für ihn, um ihn zu beschützen, und das war es wert.

Als Dante durch ein Geräusch aus dem Schlaf schreckte, war es bereits hell – die Sonne stand sogar schon recht hoch. Timmis Foto war ihm aus der Hand auf den Boden gefallen.

Er rappelte sich auf und räusperte sich; sein Hals war trocken. Nun fühlte er sich zwar ausgeruhter als beim letzten Erwachen, doch dafür war sein Nacken steif und sein Kopf schmerzte. Woher war das Geräusch gekommen, das ihn geweckt hatte? Obwohl er es erst vor wenigen Sekunden gehört hatte, konnte er sich schon nicht mehr an den Klang erinnern. Er ließ seinen Blick durchs Wohnzimmer schweifen. Der Tee neben ihm dampfte längst nicht mehr, war kalt geworden – die Uhr über der Küchentür zeigte zwölf Uhr. Und dann stockte Dante, denn er sah, dass die Kellertür einen Spalt offen stand. Er war doch noch nicht unten gewesen. Hatte sie schon offen gestanden, als Jonah ihm das Haus gezeigt hatte? War jemand hier gewesen, während er geschlafen hatte? War durchs Haus geschlichen, nur wenige Meter – Zentimeter – von ihm entfernt?

Da war es wieder … das Geräusch, das ihn geweckt hatte! Es kam von der Haustür! *Was zum Teufel ist das?* Es war ein Schaben und klang, als wäre jemand vor der Tür. Mit pochendem Herzen stand Dante auf und ging vorsichtig auf die Haustür zu, bereit, herauszufinden, was das war. Er legte die Hand auf die

Klinke, atmete tief durch und zog sie auf … Das Schaf riss erschrocken den Kopf hoch und blökte ihn vorwurfsvoll an.

Dante lachte leise. »Verdammt …« Dann atmete er auf. »Bist du ausgebüxt?« Seine Stimme klang in der Stille fremd in seinen Ohren, doch es beruhigte ihn, mit jemandem zu sprechen, auch wenn es bloß ein Schaf war.

Es sah ihn nur aus seinen runden Augen an.

»Na komm, wir bringen dich zurück zu deiner Herde. Dann muss Felix dich nicht wie …« Dante stockte. Gerade hatte er das Schaf noch mit beiden Händen vom Eingang wegschieben wollen, jetzt starrte er auf die Haustür. Die Kälte kam wie eine Flutwelle, bäumte sich vor ihm auf und schwappte über ihn, ließ ihm keine Chance, sich gegen sie zu wehren, riss ihn mit sich, unbarmherzig und kraftvoll.

»Scheiße …«, hauchte er, den Blick noch immer auf das alte Holz gerichtet.

Irgendjemand hatte mit roter Farbe *»Kinderschänder!«* an die Haustür geschmiert. Und darunter hing an einem rostigen Nagel eine Jungenunterhose.

Kapitel 8

Romy fuhr mit dem Finger über den Bildschirm ihres Handys. Den Kopf in einer Hand abgestützt, nutzte sie die kleine Flaute in der Bäckerei und googelte Dante. Zwar kannte sie seinen Nachnamen nicht, aber mit diesem Vornamen und den Stichworten »Lehrer« und »Rheinland-Pfalz« kam sie weiter. Die Homepage seiner ehemaligen Schule war offenbar nicht auf dem neuesten Stand, denn dort war er noch immer im Kollegium aufgeführt.

Dante Seidel, geb. 1980,
Fächer: Deutsch und Philosophie

Romy lächelte, als sie sah, dass Schüler die Möglichkeit hatten, Kommentare zu ihren Lehrern abzugeben – so auch unter seinem Steckbrief.

Dennis am 04.03.2020
Ist korrekt
Miss Daisy am 15.10.2019
Herr Seidel gibt viele Hausaufgaben auf. Das finde ich nervig!
Stephanie am 21.11.2018
Gehe gerne zu seinem Unterricht :-)
Nora F. am 20.11.2018
Herr Seidel erklärt gut. Ich mag keine Textanalysen, aber bei ihm macht es Spaß. Außerdem ist er fair und behandelt niemanden schlecht.

Die Tür der Bäckerei ging auf, und Rosa Teiger kam herein. Sie trug ein geblümtes Hemd und eine Latzhose, die Haare standen ihr in krausen Locken vom Kopf ab, und das Gesicht war vom vergangenen Sommer gebräunt, als hätte sie auf einem Feld und nicht in einem schlecht laufenden Bed & Breakfast gearbeitet.

»Hallo Rosa.« Romy schob das Handy in die Tasche ihrer Schürze und richtete sich auf, als müsste sie sich wappnen.

»Hey!« Rosa legte ihre Hände auf die Theke, als würde ihr der Laden gehören. »Hast du ein besonders großes Stück Donauwelle für mich?«

»Klar.« Romy griff nach einem Keramikteller mit kleinen aufgemalten Blüten in Pastellfarben und schob ein Stück Kuchen darauf. »Hast wohl Stress?!«

Sie nahm den Teller entgegen und nahm noch im Stehen den ersten Bissen. »Ach, frag nicht … Bitte noch einen von deinen köstlichen Früchtetees dazu.« Ohne auf Romys Erwiderung zu warten, wandte sie sich ab, marschierte zum nächsten Tisch und ließ sich auf einen der Stühle fallen.

Romy bereitete ihr einen Apfel-Zimt-Tee zu und brachte ihn Rosa.

»Danke.« Sie hatte bereits die halbe Donauwelle verschlungen, in ihrem Mundwinkel klebte ein bisschen Schokolade. »Genau das brauche ich jetzt.«

»Was ist denn los?« Romy setzte sich dazu, überschlug die Beine und beugte sich interessiert vor.

Rosa seufzte theatralisch. »Mara kommt in die Stadt.«

»Ja, Ludwin hat mir davon erzählt. Und?«

»Na ja, Jakob kommt damit nicht so wirklich zurecht. Er ist … Ach, es ist wie jedes Mal.«

»Jakob? Aber ...« Sie verstummte und begriff. »Ach so ...«

Ohne daran zu denken, wie heiß der Tee war, nahm Rosa einen großen Schluck. »Verfluchte Scheiße!«, entfuhr es ihr und sie stellte die Tasse klirrend zurück auf die Untertasse. Der Tee schwappte über.

»Vorsicht ... Der Tee ist heiß«, sagte Romy überflüssigerweise und lächelte unsicher.

Doch Rosa ging gar nicht darauf ein. »Ich wünschte, sie würde nicht kommen. Ich meine, es ist ja nicht so, dass ich ihr die Zeit mit Ludwin nicht gönnen würde, ich würde keiner Schwester verbieten, ihren Bruder zu besuchen, aber sie passt einfach nicht hierher.«

»Aber sie ist doch hier aufgewachsen. Wenn sie nicht hierher passt, wer dann?« Romy hatte noch nie mitbekommen, dass Rosa eine solche Abneigung gegen Mara empfand.

»Ja, aber ihre«, sie wedelte mit der Hand vor ihrem Körper, »ganze Aufmachung. Hast du sie das letzte Mal *gesehen?* Hast du gesehen, wie sie aussieht?«

Romy schüttelte den Kopf.

»Sie sieht aus wie eine Teufelsanbeterin, ich sags dir! Wie aus so 'nem Film.«

»Wieso wie eine Teufelsanbeterin?«

»Na, du weißt schon, so komplett in Schwarz. Und dann guckt sie auch noch immer so ernst.«

Romy lächelte sanft. »Ernstgucken macht doch niemanden zum Teufelsanbeter.«

Doch Rosa rümpfte die Nase. »Aber das sagt schon sehr viel über einen aus, finde ich.«

Einen Moment lang war es still, und Romy wollte schon aufstehen, um sie in Ruhe ihren Kuchen aufessen zu lassen, als Rosa sagte: »Hast du schon diesen Neuen gesehen?«

»Dante? Ja, er hat gestern hier gefrühstückt. Scheint ganz nett zu sein. Höflich.«

»Ach, stimmt. Hat er uns erzählt ...« Sie hielt inne, ehe sie spitz hinzufügte: »Bevor er Tom angeschrien hat.«

»Was?!« Romy starrte sie ungläubig an. »Angeschrien?«

»O ja, angeschrien. Tom hat sich vielleicht etwas danebenbenommen, aber das ändert nichts daran, dass Dante gleich unangemessen aggressiv wurde. Als ich ihn schreien gehört habe, dachte ich, jetzt wars das mit meinem Jungen. Aber dann ging Jakob Gott sei Dank auch schon dazwischen, und ... wer weiß, vielleicht hat er etwas Schlimmes verhindert ... na ja. Jedenfalls gehört der nicht hierher. Ich fürchte allerdings, dass er länger bleiben will.«

Romy hörte ihr verwirrt zu. Sprach sie da gerade von dem Dante, den sie gestern Morgen kennengelernt hatte? Er hatte auf sie nicht wie jemand gewirkt, der schnell aggressiv wurde.

Sie deutet mit der Kuchengabel auf Romy. »Weißt du, wer perfekt zusammenpassen würde? Mara und Dante! Diese beiden Städter sollten sich zusammentun und einfach von hier verschwinden.« Rosa schob sich ein Stück Kuchen in den Mund.

»Ich glaube nicht, dass er Mara kennt.« Das Gespräch entwickelte sich in eine Richtung, die Romy gar nicht gefiel. Sie als alleinerziehende Mutter hatte im Dorf nicht gerade eine große Auswahl, was attraktive Männer betraf. Sie war zwar schon immer selbstständig gewesen und sich darüber bewusst, keinen Partner zu brauchen, um glücklich zu sein – das hatte ihr die Trennung von Linus' Vater gezeigt –, trotzdem hätte sie mittlerweile wieder gern jemanden an ihrer Seite gehabt, mit dem sie an schweren Tagen durch Krisen gehen und an leichten Tagen lachen konnte.

»Das kann man ja ändern …« Rosa zwinkerte Romy zu und aß das letzte Stück des Kuchens.

»Aber wenn Dante wirklich so aggressiv ist …«

»Na gut, *so* aggressiv war er nun auch wieder nicht. Normal aggressiv eben. Wie Männer halt sind.«

Romy zwang sich zu einem Lächeln, aber es fiel ihr schwer. »Ich weiß nicht. Dante ist doch viel älter als Mara. Ist sie nicht erst zwanzig?«

»Ach, sei nicht so naiv, das ist doch unwichtig!« Rosa winkte ab und nahm einen zweiten Schluck Tee – diesmal vorsichtiger. »Sie kommen beide aus der Stadt, sind beide Akademiker, wenn ich mich nicht irre, und gehören beide nicht hier her. Es würde passen, wenn sie sich zusammentun und … was weiß ich … eine Affäre anfangen oder wie man das heutzutage nennt. Ein Tête-à-Tête. Eine Liebesgeschichte. Was auch immer.«

Romy stand auf und räumte den leeren Kuchenteller ab. Sie wollte nicht, dass Mara und Dante etwas miteinander anfingen. Und einmal davon abgesehen, dass die beiden in ihren Augen auch gar nicht zusammenpassen würden – zumindest nach dem flüchtigen Eindruck, den Romy bisher von ihr hatte –, wünschte sie sich, Rosa wäre aufgefallen, wie gut stattdessen sie selbst, Romy, zu Dante gepasst hätte. Alter, Kleidungsstil, die Interessen – auch wenn sie nicht wusste, was ihn interessierte … doch was auch immer es war, sie würde bestimmt Gefallen daran finden, beschloss sie schnell. Hauptsache, Mara würde ihr nicht dazwischenfunken. Denn auch wenn die beiden ihrer

Ansicht nach sonst nichts gemeinsam hatten, hatten bis vor kurzem beide in der Stadt gewohnt und waren Studierte. Anders als Romy, die sich mit einem Mal schrecklich ungebildet vorkam.

Kapitel 9

Dante stand fluchend vor dem Tante-Emma-Laden. In der Stadt gab es keinen einzigen Supermarkt, der über die Mittagszeit geschlossen hatte, und hier stand er vor verschlossener Tür. Wäre er zehn Minuten früher gekommen, hätte er noch jemanden erwischt, doch jetzt hing hinter der Scheibe der Ladentür nur ein Schild mit der Aufschrift *»Mittagspause«*. Darunter war ein laminiertes Blatt mit den Öffnungszeiten angeklebt und verriet, dass sich die Tür erst in zwei Stunden wieder öffnen würde.

Verzweifelt fuhr sich Dante mit der Hand durchs Haar. Unter den gelben Sonnenschirmen vor dem Laden standen Tische, auf denen nach der Mittagspause sicher wieder Obst und Gemüse auslagen, eine einsame Tulpe auf dem Boden verriet, dass wohl auch Schnittblumen verkauft wurden. Dante ließ seinen Blick über den Marktplatz zur Buchhandlung gegenüber schweifen. Bei seinem letzten Besuch im Dorf hatte er sich bei dem steifen Inhaber Bücher für seine Masterarbeit bestellt. Zu Hause streifte er gerne durch Bücherregale und vertrieb sich die Zeit mit Stöbern, aber dort war der Buchhändler so unwirsch gewesen, dass er sich nur kurz im Laden aufgehalten hatte.

Er schüttelte den Kopf und widmete sich wieder seinem Problem: Wo sollte er nun die Farbe zum Überstreichen der Haustür herbekommen? Die Unterhose hatte er sofort abgenommen, aber die Schmiererei prangte noch immer für jeden in großen roten Buchstaben sichtbar an der Haustür. So musste sich Hester Prynne gefühlt haben, als sie das scharlachrote Ehebruch-A trug. Im Schaufenster des Tante-Emma-Ladens stand eine Pyramide aus Konserven und daneben auf einer

Staffelei ein Blechschild mit der Aufschrift *»Die Apokalypse naht!«*, was auch immer das bedeuten sollte. Dante beugte sich vor, schirmte mit den Händen das Licht ab und lugte hinein. An der rechten Wand des dunklen Ladens befand sich ein Regal mit Farbeimern und Pinseln – die Rettung war so nah. Sein Blick fiel auf die Eingangstür, die nicht sonderlich gut gesichert schien. Nein, den Gedanken, einzubrechen, verwarf er sofort wieder – sein Problem war nicht die Schuld des Ladenbesitzers, außerdem wäre es kein guter Start in diesem Dorf, wenn er gleich an seinem dritten Tag einen Laden plünderte.

Andererseits konnte Felix jeden Moment vorbeikommen, um zu plaudern – er hatte auf Dante den Eindruck erweckt, als wäre er so jemand –, Jonah noch etwas von ihm wollen oder einer der Teigers zu seinem Häuschen kommen, einfach um ihm zu sagen, was für ein undankbarer Gast er gewesen war.

»So ein Mist!«, keuchte er.

»Na, da hat aber jemand große Angst vor der Apokalypse«, sagte jemand hinter ihm.

Er fuhr herum – vor ihm stand eine junge Frau. Ihre fransig geschnittenen Haare waren schwarz, ebenso die Schminke um ihre Augen und die Kleider, in denen ihr magerer Körper steckte. Sie als dünn zu bezeichnen wäre noch untertrieben gewesen – ihre Beine in der zerrissenen Jeans glichen Streichhölzern.

»Äh, was?«, fragte er verdattert.

»Die Apokalypse.« Sie zeigte mit ihrer qualmenden Zigarette auf das Schaufenster. »Das Schild hängt da schon, seit ich weggezogen bin. Hatte sogar eine Weile gedacht, das hätte was mit meinem Abgang von hier zu tun.«

Dante sah ratlos von dem Schild zu der Frau. Seine Gedanken kreisten noch immer um die Botschaft an seiner Haustür. Am liebsten wäre er sofort zurückgegangen, um sie zu verdecken – wenn es sein musste, würde er die Tür eben aushängen.

»Ich bin Mara.« Sie streckte ihm ihre Hand hin.

Reiß dich zusammen!

»Dante.« Er schüttelte die Hand, ließ sie dann schnell wieder los.

»Uuuh, Dante ...« Sie klang amüsiert. »Am meisten über einen Menschen sagt nicht aus, wie er mit Freunden umgeht, sondern mit Fremden. Andererseits können wir ohne Freunde kein vollkommenes Leben führen.«

Er sah sie verständnislos an und fragte sich, ob er den Verstand verlor oder in einer Fernsehshow mit versteckter Kamera gelandet war.

»Was denn? Das hat Dante Alighieri gesagt.«

Er schüttelte den Kopf, um seine Gedanken zu ordnen. Das rote *»Kinderschänder!«* umkreiste seine Aufmerksamkeit wie Fliegen einen Haufen Mist.

»Nichts ... Ich war nur überrascht, dass du etwas mit Dante Alighieri anfangen kannst.«

Sie zuckte mit den Schultern und zog an ihrer Zigarette. »Ich tu mein Bestes, um die Leute zu überraschen.«

Er lächelte matt. Also, wie kam er nun schnell an Farbe? In die Stadt würde er mindestens dreißig Minuten fahren, also eine Stunde allein für den Weg und dann musste er die Farbe ja auch noch kaufen ... zumal er nicht wusste, wo der nächste Baumarkt lag. Er konnte nur vermuten, dass es in der nächsten Stadt einen gab. Aber mit der Fahrt würde er das Haus viel zu lang unbeaufsichtigt lassen. Nein, das ging nicht. Er musste schleunigst zurückgehen und das Geschriebene verdecken. Notfalls mit einem Tuch oder einer Decke.

Da erst wurde ihm bewusst, dass Mara immer noch dastand und ihn beobachtete. »Okay«, sagte er. »Ich muss dann los.« Er setzte sich in Bewegung.

»Was? Sofort? So schnell habe ich noch keinen Mann in die Flucht geschlagen.« Sie lief neben ihm her, als er mit großen Schritten den Marktplatz überquerte. »Jetzt warte doch mal!«

»Ich habe noch einiges zu tun.«

»Du bist nicht von hier, oder?«

»Nein.« Er rang sich ein Lächeln ab. »Ich bin vorgestern erst hierhergezogen.«

»Das hab ich dir gleich angesehen. Du bist keiner von denen hier.« Sie machte mit der heruntergebrannten Zigarette eine ausladende Geste. Offenbar bemerkte sie erst jetzt, dass sie sie noch zwischen den Fingern hielt und schnippte sie im Gehen weg.

»Wir können uns gerne ein andermal unterhalten«, sagte Dante.

Jeder andere Mann hätte Maras Attraktivität wahrgenommen und sich deshalb entweder von ihr einwickeln lassen oder sich abgewandt, weil sie so jung war. Aber für Dante stellte sie kein Objekt der Begierde dar, war unattraktiv, nur ein Mensch, mit dem er sich möglicherweise gut unterhalten konnte. Wahrscheinlich verstand sie mehr von Literatur als die meisten Bewohner des Dorfs zusammen, doch im Augenblick hatte er ganz andere Dinge im Kopf.

»Echt jetzt?! Du lässt mich einfach so stehen?« Sie klang eher amüsiert als beleidigt.

Dante warf ihr einen Blick zu. »Ich habe *wirklich* keine Zeit.«

»Vielleicht kann ich dir bei dem, was du machen musst, helfen!«

Vor seinem inneren Auge erschien das Bild, wie sie rauchend die Schmiererei an seiner Tür überstrich.

»Äh … nein. Dabei brauche ich keine Hilfe.« Dante verstummte; er war unhöflich. »Entschuldige bitte … Tut mir leid. Ich unterhalte mich gerne ein andermal mit dir, ja?«

Sie gingen an dem Geschäft mit dem Namen Unterwegs vorbei. Mara wurde langsamer und ließ sich schließlich zurückfallen. »Okay. Ich verlass mich drauf, Dante!«

Erleichtert, dass sie ihn allein weiterziehen ließ, winkte er ihr über die Schulter hinweg zu. Er musste jetzt so schnell wie möglich zurück zum Haus, um die Tür zu verhängen, am Nachmittag würde er die Farbe kaufen und die Schmiererei überstreichen. Hoffentlich war in der Zeit, die er gerade verplempert hatte, niemand zum Haus gekommen.

Kapitel 10

Eine Welle der Erleichterung überkam ihn, als er den Hügel zum Haus hinauflief und alles unverändert vorfand. Doch die Hoffnung, noch mal davongekommen zu sein, hielt nur so lange an, bis ihm klar wurde, dass bereits jemand da gewesen sein und die Polizei gerufen haben könnte.

Er schloss die Haustür auf, trat ein und sah sich im Wohnzimmer nach etwas um, womit er die Tür verdecken konnte. Über dem Ohrensessel lagen nur schwere Decken, doch er brauchte etwas Leichteres. Dante lief nach oben und riss die Schubladen der Kommode auf, wo sich Bettwäsche und Handtücher neben Wollsocken und Stofftaschentüchern stapelten. Das war zwar nicht, was er gesucht hatte, aber er beschloss, einen Kopfkissenbezug zu nehmen, wenn er nichts anderes finden würde. Die richtige Größe hatte der Stoff, und er war auch nicht zu schwer. Oder sollte er Papier über die Schrift kleben? Nein, man würde das Rot durch das Weiß des Blatts erkennen.

Dante lief wieder nach unten ins Wohnzimmer, wo auf dem untersten Boden des Bücherregals eine weitere Decke lag, als hätte Jonah eine übertriebene Angst vor Kälte. Er eilte in die Küche, wo er jeden Schrank durchsuchte, aber – wie erwartet – nur Töpfe und Geschirr fand. Gegenüber der Küchenzeile, hinter dem kleinen Esstisch, fiel ihm plötzlich eine etwa einen Meter hohe Tür auf. Sie war tapeziert worden, wodurch sie optisch beinahe mit der Wand verschmolz. Dante schob den Tisch beiseite und öffnete sie. Der niedrige Raum dahinter war düster: eine Abstellkammer mit Putzmittel, Staubsauger ... und ganz hinten stand eine Werkzeugkiste. Dante ging gebückt hinein und zog die Kiste heraus. Dabei stieß er einen Eimer mit Putzmittel um, kümmerte sich aber nicht darum. Keuchend schleppte er die Werkzeugkiste heraus – sie war schwerer als erwartet – und öffnete sie direkt vor der Tür des Abstellraumes. Er wühlte einen Moment lang zwischen Klebeband, Zangen und verschieden großen Schraubenziehern, bis er fand, was er suchte: Hammer und einige Nägel. Zumindest vorübergehend würde es das tun; er hatte keine Zeit, noch länger nach Alternativen zu suchen. Mit großen Schritten stieg er die Treppe in den ersten Stock hoch, holte sich einen der Kissenbezüge aus der Kommode, rannte wieder nach unten. Er konnte das Gefühl nicht abschütteln, dass er es nicht rechtzeitig schaffen würde. Gleich würde irgendjemand des Weges kommen und die Botschaft entdecken. Ein Spaziergänger, jemand, der auf den Weiden arbeitete oder Jakob Teiger, dem eingefallen war, dass Dante ein Veilchen gut stehen würde. »Du bist ein Kinderschänder?!«, würde die Person entsetzt, ja, angewidert rufen. Es gab keinen bestimmten Grund für diese Befürchtung, und doch war sie so stark, dass es Dante regelrecht überraschte, als er die Tür öffnete und niemand davorstand. Im Gegenteil. Stille lag über den Weiden, noch nicht mal das Brummen eines Autos drang zu ihm hoch. Dante verharrte einen kurzen Moment gedankenverloren in der Tür und fragte sich das erste Mal, seit er die Nachricht entdeckt hatte, wer dafür verantwortlich war. Es waren nicht nur die Schmiererei und die Jungenunterhose – das waren im Prinzip bloß Nebensächlichkeiten –, das wirklich Schlimme an der Sache war die Tatsache, dass irgendjemand wusste, was er war. Dante stand mit dem Kissenbezug in der einen und mit Hammer und Nägeln in der anderen Hand da und wunderte sich, dass ihm die Frage erst jetzt kam.

Wer konnte wissen, dass er sich in kleine Jungs verliebte? Es musste einer aus dem Dorf sein ... oder? Dante konnte sich nur schwer vorstellen, dass ihm jemand aus seinem alten Leben bis hierher gefolgt war, herausgefunden hatte, wo er wohnte, und ihm dann diese Botschaft hinterlassen hatte.

In diesem Moment riss ihn das in der Ferne erklingende Geräusch eines schweren Motors – wahrscheinlich der eines Landwirtschaftsfahrzeugs – aus seiner Erstarrung. Hektisch nagelte Dante den Kissenbezug an den vier Ecken an die Tür. Das alte Holz splitterte, kleine Teilchen lösten sich und fielen zu Boden. Dann trat er einen Schritt zurück und musterte mit schiefgelegtem Kopf sein Werk. Es sah bescheuert aus. Jeder, der am Haus vorbeikäme, würde sich fragen, was das sollte. Definitiv keine Dauerlösung, aber vorerst musste es genügen.

Dante schloss die Haustür, um dieses Problem aus seinen Gedanken zu streichen, und ging in die Küche, in der Hoffnung, dass der Adrenalinschub gleich nachlassen würde. Er stellte den Wasserkocher an und kramte in einem Hängeschrank, bis er fand, was er suchte. Kamillentee war nicht das, was er normalerweise gerne trank, aber besser als nichts.

Kurz darauf goss Dante das kochende Wasser über den Teebeutel und ging mit der Tasse in den Wohnbereich. Er ließ sich im Sessel nieder und schloss für einen Moment die Augen. Offenbar war ihm die Zeit, anzukommen und sich wohlzufühlen, nicht vergönnt. Es war schockierend, dass man so schnell auf ihn aufmerksam geworden war, dass irgendjemand in den Stunden, die er hier wohnte, herausgefunden hatte, dass er pädophil war. Zwar konnte er mit reinem Gewissen sagen, dass er seiner Neigung nie nachgegangen war, aber das interessierte die Gesellschaft nicht – der reichte es, dass er sich von

Kindern sexuell angezogen fühlte, und das stieß sie ab. Was er mit diesem Trieb machte, war denen egal.

Die Frage war nur: Konnte er hierbleiben, wenn jemand aus dem Dorf wusste, was er war? Allein die Vorstellung, wieder wegzumüssen, erschöpfte ihn. Nein, er konnte nicht schon wieder fliehen, hatte hier doch noch nicht einmal Atem holen können.

Als Lehrer einer regulären Schule konnte er keinerlei Erfahrung auf dem Zweig der Erwachsenenbildung vorweisen und hatte es lediglich einer großen Menge Glück zu verdanken, dass er die Stelle überhaupt bekommen hatte. Vielleicht würde er woanders auch einen Platz an einem Gymnasium finden, aber er wollte keine Minderjährigen mehr unterrichten. Dante schloss die Augen. Was blieb ihm da noch übrig?! Die Sache hier versuchen auszustehen? Konnte er herausfinden, wer über ihn Bescheid wusste, und demjenigen erklären, dass kein Kind etwas von ihm zu befürchten hatte? Dass er hierhergekommen war, weil er den Menschen, den er liebte, nicht schaden wollte? Und konnte er immer noch hier leben, wenn das ganze Dorf erfuhr, dass er pädophil war, oder würde der Hass der Gemeinschaft ihn weitertreiben? Doch wohin? Wenn die Dorfbewohner hier sein Geheimnis erfahren konnten, konnte es überall ans Licht kommen.

Dante nahm den Teebeutel aus der Tasse und legte ihn auf den Beistelltisch. Er würde der Sache eine Chance geben. Zugegeben, es war kein guter Neustart, aber noch bestand die Möglichkeit, dass er hier leben – *über*leben – konnte.

Kapitel 11

Die Bustüren öffneten sich zischend und Linus sprang heraus. »Hallo Mama!« Er wartete, bis sich der Bus gemächlich in Bewegung gesetzt und an ihnen vorbeigefahren war, dann umarmte er sie.

»Hey …« Sie strich ihm liebevoll über den Rücken. »Wie war die Schule?«

»Ganz okay«, sagte er ausweichend. »Können wir zu Ludwin gehen? Fabian hat gesagt, dass es ein neues Heft von den drei Fragezeichen-Kids gibt.« Er erzählte ihr nicht alles aus seinem Alltag – oft erfuhr sie Dinge nur durch Lehrergespräche oder von den Müttern seiner Freunde. Linus war der Mittelpunkt ihres Lebens, und sie war es auch eine Zeit lang für ihn gewesen, aber das würde vergehen, war bereits im Gange, und das tat weh.

Romy strich ihm eine Locke aus der Stirn. »Können wir machen. Ich weiß aber nicht, ob Ludwin das da hat. Eigentlich verkauft er ja keine Kinderzeitschriften.«

»Aber er hat doch letztens gesagt, extra für mich bestellt er sie.« Linus sah mit großen braunen Augen zu Romy auf.

»Okay, dann gucken wir mal.« Sie hoffte, dass Ludwin sein Wort gehalten hatte. Es gab nicht viel Materielles, was sie sich leisten konnte, aber Linus' Wissensdurst und die Freude am Lesen wollte sie ihm nicht nehmen.

»Doch, wirklich. Das hat er gesagt, ich habs genau gehört. Ich lüge nicht.«

Romy lächelte zärtlich zu ihm hinab. »Ich glaube dir, Schatz. Ich hoffe nur, dass Ludwin das nicht vergessen hat.«

»Bestimmt nicht«, sagte Linus, wobei in seiner Stimme nun Unsicherheit mitschwang.

Sie gingen über die Brücke und durchquerten das Dorf. Linus erzählte von einem Streit zwischen zwei Jungs aus seiner Klasse, die er beide nicht mochte, Romy hörte ihm interessiert zu und versuchte ihm die Sichtweisen zu vermitteln, damit er nachsichtiger mit seinen Klassenkameraden war. Sie kamen am Unterwegs und dem Bed & Breakfast vorbei, dann bogen sie nach rechts und überquerten den Marktplatz. Ludwins Buchhandlung war gedrungen, und die Tür neben dem Schaufenster schief. Die Häuser um den Marktplatz waren bei den Erdbeben Mitte des 19. Jahrhunderts beschädigt worden und durften später, als das nötige Kleingeld dagewesen wäre, dank Denkmalschutz nicht mehr abgerissen und neu gebaut werden. So sahen nun alle aus, als hätte sich ein Riese gegen sie gelehnt. Linus flitzte voraus und betrat den Buchladen, ohne zu warten. Romy folgte ihm, ehe die Tür zuschwingen konnte.

Die Buchhandlung war nicht breit, aber tief, an den Wänden standen Bücherregale, die bis zur Decke reichten, wobei die oberen Regalfächer nur über eine der Leitern auf Rollen erreicht werden konnten. Ludwins Mitarbeiter Johannes stand mit einem Stapel Bücher auf einer der Leitern und war so vertieft in seine Arbeit, dass er nicht einmal aufsah, als Linus und sie die Buchhandlung betraten. Romy selbst kam nur wegen der Kunstbände und Zeichenbücher her. Wenn sie Bücher – ob Schulbücher oder Kinderbücher – für Linus brauchte, musste sie sie oft bestellen.

Der lief nun zielstrebig auf die Verkaufstheke zu, hinter der Ludwin stand und breit grinste, als er seine neuen Kunden entdeckte.

»Hallo kleiner Mann!« Er sah über den Tresen zu Linus hinab.

Romy hatte das Gefühl, dass er Linus nicht mochte und nur wegen ihr freundlich zu ihm war.

»Hast du das neue Heft von den drei Fragezeichen?«, fragte Linus.

»Och, ich weiß nicht …« Ludwin wühlte im Chaos des Regals hinter seinem Tresen, wo bestellte Bücher, Ordner und lose Blätter lagen. »Ich glaube«, vorsichtig zog er ein Heft aus einem Stapel, »da ist es!«

»Jaaa! Supercool!«

Romy trat zu den beiden und wühlte in ihrer Tasche nach dem Portemonnaie. »Hallo Ludwin«, begrüßte sie ihn verhalten und strich über Linus' Haar.

»Guck mal, Mama, das ist Peter.« Er zeigte auf eine der drei Figuren auf dem Cover, die zu Berge stehende rotbraune Haare hatte und große Augen machte. »Der ist ein Schisser.«

Romy lächelte. »Ein Schisser?«

»Ja, der hat immer Angst.«

»Ich glaube, ich mag Peter am liebsten.«

Linus warf ihr einen unsicheren Blick zu. »Echt?«

»Klar, warum nicht?«

»Alle mögen Justus am liebsten, weil der so schlau ist.«

»Aber Peter ist netter.«

»Mh …« Einen Moment lang betrachtete Linus das Heft in seinen Händen. »Ich glaube, ich mag Peter auch am liebsten. Obwohl er ein Schisser ist. Er ist nicht so ein Besserwisser wie Justus und nicht so langweilig wie Bob.«

Romy reichte Ludwin das Geld, doch der hob abwehrend die Hände. »Nicht doch. Das Heft geht auf mich.« Er zwinkerte ihr verschwörerisch zu, und Romy rollte innerlich die Augen.

»Nicht nötig, Ludwin. Wirklich. Ich zahle das.« Sie hielt ihm immer noch die Münzen entgegen. Wenn er glaubte, dass er so ihr Herz erobern würde, dann täuschte er sich aber.

»Nein, Mylady, ich bestehe darauf.« Er grinste sie breit an.

Am liebsten hätte sie ihm die Münzen um die Ohren geworfen, doch dass Linus sie so sah, wäre die Sache dann doch nicht wert, und so steckte sie sie verärgert, aber ein Danke grummelnd, zurück ins Portemonnaie. Dann verabschiedete sie sich von Ludwin und verließ mit Linus den Laden. Der sang mittlerweile euphorisch den Titelsong der drei Fragezeichen, und immer, wenn er den Text nicht kannte, vernuschelte er ihn, senkte aber nicht die Stimme. Er bog von allein in die Richtung ihres Zuhauses, doch Romy rief ihn zurück. »Warte, Linus! Ich muss noch schnell Käse kaufen!«

»Krieg ich was Süßes?«

»Das kommt drauf an, wie du dich im Laden benimmst, mein Schatz.«

»Okidoki!«, rief Linus und folgte Romy bereitwillig zum Tante-Emma-Laden.

Die Glocke an der Tür bimmelte, als sie den Laden betraten. Linus blieb in Nähe der Kasse, wo eine alte Frau mit Brillengläsern, so dick wie Glasbausteinen, auf einem Stuhl saß und vor sich hindöste. Während er mit der Auswahl der richtigen Süßigkeit beschäftigt war, ging Romy auf die Suche nach dem Käse, den sie gerne aß. Alle paar Wochen wurden die Waren neu angeordnet, ohne Sinn und Verstand, und so hatte sie schon Stunden damit verbracht nach Batterien zu suchen, die sie dann bei dem Obst fand, oder Kaugummi neben dem Dosenessen.

Romy bog auf gut Glück in den Gang mit den Toilettenartikeln, da entdeckte sie Dante. Reglos stand er mit einem Farbeimer in der einen und einem breiten Pinsel in der anderen Hand da. Bei seinem Anblick machte ihr Herz sofort einen Hüpfer, und ihre Wangen wurden heiß. Langsam schlenderte sie auf ihn zu und überlegte, wie sie ihn in ein Gespräch verwickeln könnte – dass sein starrer Blick auf Linus gerichtet war, bemerkte sie nicht.

Kapitel 12

Das alte Weib, das ihm die Tür öffnete, als er nach der Mittagszeit pünktlich vor dem Laden eintraf, nickte ihm bloß zu und setzte sich dann auf einen wackligen Stuhl hinter der Kasse. Er steuerte zielstrebig auf die Farbeimer für Holz zu. Die Auswahl war dürftig und das Braun, in dem die Tür gestrichen war, gab es nicht. Dante glaubte jedoch nicht, dass Jonah etwas dagegen hatte, wenn die Farbe leicht vom Ursprung abwich – die Haustür brauchte auch ohne die Schmiererei dringend einen neuen Anstrich. Also griff er nach der Farbe, die der originalen am nächsten kam und drehte die Dose in der Hand. *Ein Tick dunkler, fast schwarz,* doch er wählte sie lieber zu dunkel als zu hell, damit er das Rot auch sicher überdecken können würde. Dann nahm er sich noch einen breiten Pinsel und machte sich auf den Weg zur Kasse.

Dass nach ihm jemand den Laden betreten hatte, hatte er gar nicht bemerkt – dementsprechend überrascht war er, als er in den Gang mit den Toilettenartikeln einbogen und ihn sah. Dante blieb wie angewurzelt stehen. An der Kasse stand ein hübscher Junge mit kastanienbraunen Locken und einer geschwungenen Nase. Er sah sich die Auswahl der Süßigkeiten an, hüpfte dabei hibbelig von einem Bein auf das andere, als wäre es für ihn unmöglich, still zu stehen. Seine Finger glitten über die Schokoriegel, Kaugummis und Überraschungseier, als würde er auszählen, was er sich nehmen sollte.

»Dante?«, sagte jemand hinter ihm.

Es fiel ihm schwer, den Blick von dem Jungen zu reißen, er hätte ihm doch stundenlang zusehen können.

Widerwillig drehte er sich zu der Stimme um und erkannte Romy, die Frau aus der Bäckerei.

»Ach, hallo«, sagte er, überrascht, sie hier zu sehen.

»Schön, dich zu treffen, hat dir Jonahs Haus gefallen?«

»Ja. Ja, hat es, und ich bin sogar schon eingezogen.«

»Ach, klasse! Das freut mich. Ich hoffe, es ist nicht zu ... « Sie stutzte. »Linus! Pass bitte auf, du schmeißt gleich noch das ganze Regal um!«

Dante drehte sich verwirrt in die Richtung, in die Romy geschimpft hatte. Sie bemerkte seinen Blick. »Das ist mein Sohn Linus.«

Romys Sohn. Ein Kind. Absolut tabu! Dante schüttelte den Kopf, um den Gedanken und die Gefühle, die der Junge kurzzeitig in ihm ausgelöst hatten, zu vertreiben.

»Und du kaufst Farbe ein? Ich schätze, Jonahs Haus kann das gut gebrauchen.« Sie lachte verlegen, als hätte er soeben eine Macke an *ihr* aufgedeckt.

Er wandte sich von Linus ab. »Ja ... genau«, sagte er fahrig. Er betrachtete die Farbdose in seiner Hand und hatte für einen Moment tatsächlich vergessen, wozu er sie wirklich brauchte. »Ich will direkt mal die Tür neu streichen. Die Miete des Hauses ist so niedrig, dass ich das Gefühl habe, Jonah etwas zu schulden ... Und wenn ich schon Zeit habe, kann ich mich auch nützlich machen.«

»Ach was.« Sie winkte ab. »Hier sind die Mieten eben niedriger als in der Stadt.«

»Ja. Romy, sag mal.« Dante fuhr sich mit einer Hand durch das Haar und versuchte den Jungen hinter sich auszublenden. »Hast du jemandem erzählt, dass ich Interesse an Jonahs Haus habe?«

Sie überlegte kurz, schüttelte dann aber den Kopf. »Nein, und bis gerade eben wusste ich ja gar nicht, dass du mit Gewissheit dort einziehen wirst. Warum fragst du?«

Dante runzelte die Stirn. Irgendjemand aus diesem Dorf musste ihm die Nachricht hinterlassen haben, jemand, der wusste, dass er in dem Haus wohnte. »Ach, ich ... nur so.«

Romy lächelte. »Aber hier im Dorf verbreiten sich Neuigkeiten schnell. Bis zum Abend weiß es jeder. Die Leute sind neugierig, gerade wenn es um Neue geht, und ich fürchte, du wirst noch sehr lange der Neue bleiben. Den Inhaber vom *Unterwegs* bezeichnet sie auch nach zwanzig Jahren noch als den von außerhalb.«

»Ja.« Er bemühte sich um ein Lächeln. »Das denke ich mir.«

Der Junge kam hinter ihm herangelaufen und blieb vor seiner Mutter stehen. »Mama, ich hab mir was ausgesucht!« Er hielt ihr einen Schokoriegel entgegen.

»Guck mal, Schatz. Das ist Dante«, stellte Romy ihn vor. »Dante, das ist mein Sohn Linus.«

Der Junge mit der Lockenpracht, die er unzweifelhaft von seiner Mutter hatte, betrachtete ihn aus großen braunen Augen. *Er hat unglaublich lange Wimpern ...*

»Hallo Dante«, sagte Linus.

»Hallo Linus«, sagte der.

»Magst du auch die Drei Fragezeichen?«

Er sah auf das Heft in den Händen des Jungen. »Ja, die Hörspiele höre ich gerne.«

»Die sind aber auch ganz schön gruselig«, sagte Linus.

Dante lächelte. »Das stimmt. Deswegen höre ich sie auch nie, wenn es draußen dunkel ist.«

»Hast du wohl auch manchmal Angst?«

Verblüfft sah Dante von Linus auf Romy. Der Junge war ganz schön offen, und die Frage war sehr tiefgründig für ein Kind.

»Natürlich. Jeder hat doch manchmal Angst.«

»Auch so wie Peter? Der kommt manchmal nicht mit, wenn Bob und Justus irgendwo hingehen, oder läuft schnell weg, wenn er Angst hat.«

»Ja, manchmal bin ich genauso ein Schisser wie Peter.« Er entspannte sich. Mit Kindern zu sprechen war so viel einfacher als mit Erwachsenen. »Nur leider bin ich nicht so sportlich wie er und könnte nicht so schnell wegrennen.«

Linus gluckste und sah nickend auf sein Heft hinab, als hätte er das Problem auch schon oft gehabt.

»Entschuldige, Dante. Wir wollten dich nicht vom Einkaufen abhalten«, ging Romy dazwischen.

Dante hätte am liebsten gerufen: »Nein, nein, ihr haltet mich nicht vom Einkaufen ab. Lasst uns noch eine Stunde weiter hier stehen und quatschen. Bitte, geht noch nicht.« Doch stattdessen sagte er: »Ach ... ich bin ohnehin gleich fertig.«

Ihre Wege trennten sich und während er noch Gemüse, Wasser, Brot, Aufstrich und Eier besorgte, zahlte Romy bereits und ging mit Linus nach draußen.

Als Dante mit seinem bezahlten Einkauf rauskam, bemerkte er, dass die beiden vor dem Laden standen und offenbar auf ihn warteten. Romy verwickelte ihn in ein Gespräch, an dem er sich voller Mühe beteiligte, während sie nebeneinander über den Markt liefen, der jetzt am frühen Nachmittag genauso leer war wie am Vormittag. Sein Blick fiel kurz auf den hell erleuchteten Buchladen und blieb dort haften, denn im Schaufenster stand mit verschränkten Armen ein Mann. Er sah zu ihnen herüber, und mehr noch: Er starrte sie an und verfolgte jeden ihrer Schritte mit eisigem Blick.

Kapitel 13

Wenn Romy niemandem erzählt hatte, dass er herziehen wollte, wussten nur Jonah und das Ehepaar Teiger von seinem Aufenthalt hier. Vielleicht auch Tom, falls seine Eltern es ihm gesagt hatten, aber Dante schloss ihn eigentlich aus, da der junge Mann weder geistig noch körperlich dazu in der Lage war, sein Geheimnis herauszufinden und ihm eine Botschaft an die Tür zu schmieren. Dante hebelte die Farbdose auf, der starke Geruch stieg ihm in die Nase. Jonah, Rosa und Jakob konnten es also theoretisch jedem anderen in diesem Dorf erzählt haben. Da fiel ihm Felix wieder ein, der ihn hier sogar gesehen hatte. Er war mit seiner offenen Art bestimmt jemand, der allen, die es hören wollten, von Dantes Einzug berichten würde. Und der grimmig dreinblickende Buchhändler? – Kein Mensch, mit dem Dante ein Bier trinken wollen würde, das war schon damals bei seinem ersten Besuch im Dorf so gewesen. Und wie er Dante angesehen hatte, als er mit Romy und Linus über den Marktplatz gegangen war, hatte er sich nicht verändert.

Romy hatte ihn so lange aufgehalten, dass es später geworden war, als er gehofft hatte – höchste Zeit, die Schmiererei zu beseitigen. Dante ging mit Pinsel und Farbeimer zur Haustür und öffnete sie. Um diese Jahreszeit wurde es schon früh dunkel, und obwohl von Dämmerung noch keine Rede sein konnte, hatte die Sonne schon einen ordentlichen Tiefstand erreicht. Trotz der warmen Temperaturen fröstelte er und zog die Schultern hoch. Irgendetwas in ihm sehnte sich nach der schützenden Nacht, in der er sich verkriechen konnte. Wie als Kind, als er mit Taschenlampe und Buch bewaffnet unter seiner ihn schützend umhüllenden Bettdecke gelesen hatte, spät abends – viel später, als seine Eltern erlaubt hätten.

Mit einem Ruck riss er den Kissenbezug von der Tür und ließ ihn zu Boden fallen. Das schreckliche Wort starrte ihn an wie ein Richter seinen Angeklagten.

Kinderschänder!

Es gab nichts, was seine Situation schlechter umschrieb. Er schändete keine Kinder, er *liebte* sie. Wie konnten Gefühle, die mit so viel Glück und Zärtlichkeit einhergingen, so falsch sein und ihm solchen Kummer bereiten?!

Dante tunkte den Pinsel kurz in die Farbe und wartete dann geduldig, als der Überschuss langsam zurück in den Eimer tropfte. Er warf einen Blick den Abhang hinab – weit und breit niemand zu sehen. Geräusche drangen auch nicht an sein Ohr, was gut war, denn so würde er hören, wenn sich jemand dem Haus näherte.

Dante hob den Arm für den ersten Pinselstrich und übermalte die roten Buchstaben zunächst komplett. Erst dann trug er gewissenhaft die nächste Schicht auf. Er wollte nichts übersehen, wollte nicht, dass auch nur ein Hauch des Roten noch sichtbar war. Die Sonne schien von hinten auf das Haus, sodass er im Schatten stand und sich konzentrieren musste, um jeden Millimeter zu erwischen.

Während er die Farbe auf der Tür verteilte, dachte er an die Zeit zurück, als er herausgefunden hatte, dass er pädophil war: in der Pubertät. Die meisten Jungs in seinem Freundeskreis hatten mit fünfzehn, sechzehn ihre ersten Freundinnen gehabt, doch er selbst hatte sich eingestehen müssen, dass er nicht auf die Mädchen in seiner Klasse stand. Keine von ihnen hatte ihm so recht gefallen wollen, nicht mal Sandra aus der Parallelklasse, die alle in seinem Jahrgang so toll gefunden hatten. Nein, er hatte eher ein Auge auf Jungs gehabt … Jungs aus den unteren Jahrgängen … Es war so leicht, mit ihnen ins Gespräch zu kommen. Damals hatte er über die Konsequenzen gar nicht großartig nachgedacht, hatte sich einfach nur gut unterhalten gefühlt, doch mit achtzehn hatte er sich dann das erste Mal verliebt. Um für sein Studium Geld anzusparen, ging er in der Oberstufe Babysitten, wobei „Baby" nicht ganz passte – der Junge war schon sieben. Das Kind sah zu ihm auf, sie verstanden sich gut und irgendwann … irgendwann merkte Dante, dass er Körperkontakt wollte. Dass ein Kribbeln durch seinen Körper ging, wenn er den Jungen zum Lachen brachte. Dass ihm der Gedanke an den Kleinen Kraft für die schwierige Klausurenphase gab. Die Gefühle hatten sich einfach so angeschlichen.

Wenn er heute an diese Zeit zurückdachte, konnte er nur den Kopf über sich schütteln. Wie jung er gewesen war, wie naiv und unerfahren.

Er trat einen Schritt zurück und betrachtete sein Werk. Ja, sah so aus, als hätte er jeden Zentimeter erwischt. Aber es war noch genug Farbe für einen weiteren Anstrich da, und so beschloss er, nach dem Trocknen noch einmal drüberzustreichen. Nur um sicherzugehen.

Dante schloss den Farbeimer und nahm den Pinsel mit in die Küche, um ihn auszuwaschen. Die Haustür ließ er offen – die kalte Luft tat ihm gut und würde das modrige Haus mal ordentlich durchpusten. Was sein achtzehnjähriges Ich wohl zu seiner momentanen Situation sagen würde? Ob er verstehen würde, dass er von Timmi Abstand hielt? Dass er keine Wahl hatte und nicht in der Nähe dieses Jungen bleiben konnte, den er ohne zu zögern als die Liebe seines Lebens bezeichnet hätte? Es dauerte eine Weile, bis das Wasser aus dem Hahn warm wurde, dann reinigte er den Pinsel, bis keine Farbe mehr in die Spüle tropfte. Wahrscheinlich wäre sein junges Ich schockiert. Mit achtzehn hatte er das Gefühl des Verliebtseins genossen und verdrängt, dass daraus niemals eine gegenseitige Liebe werden konnte. Manchmal hatte er völlig abwesend im Unterricht gesessen und einfach nur das Kribbeln im Bauch, die Glücksgefühle genossen. Hätte er zu dem Zeitpunkt bereits gewusst, dass er mit vierzig vereinsamt in einem Haus am Arsch der Welt leben würde – er wäre am Boden zerstört gewesen. Dante schüttelte resigniert den Kopf, legte den Pinsel auf die Abtropffläche und kochte sich einen Tee.

Als der Tee fertig war, nahm er sich die Tasse, stellte sich in den Türrahmen der Haustür und sah in die Ferne. Der Anblick der Hügel vertrieb seine negativen Gedanken. Er konnte nicht ändern, wen er liebte, und ebenso wenig, dass er mit dieser Person niemals zusammenleben, geschweige denn, eine Familie gründen können würde, aber er konnte seinen Umgang damit verändern. Plötzlich blendete ihn irgendetwas; nur kurz. Dante sah mit gerunzelter Stirn zu dem Hügel, von wo die Reflexion gekommen war. Da! Schon wieder! Dort lag etwas auf dem Boden ... Eine Glasscherbe? Nein, es bewegte sich wohl, sonst würde er die ganze Zeit geblendet. Trotz des heißen Tees in seiner Hand wurde Dante plötzlich eiskalt. Er ahnte, was das war, und rannte los.

Kapitel 14

Erst als heißer Tee über seine Hand schwappte, bemerkte Dante, dass er die Tasse noch umklammert hielt. Er warf sie einfach ins weiche Gras und rannte weiter.

Die Spiegelung war verschwunden, aber wer immer dort auf dem Boden gelegen hatte, hatte ein Fernglas auf ihn gerichtet und war die Person, die ihm diese unmissverständliche Nachricht an der Tür hinterlassen hatte.

Dante kam an einem Weidenzaun an und überlegte kurz, ob er nach einem Tor suchen sollte, entschied sich dann aber dagegen. Die Schnur, die sich vor ihm spannte, war nicht besonders hoch, er würde drübersteigen können. Was er als Städter jedoch nicht bedachte, war, dass die Bauern Strom auf ihre Zäune legten, damit die Tiere nicht die Flucht ergriffen, und so hielt sich Dante am Holzpfeiler fest und schwang sein Bein unbedarft über die Litze. Doch als er das zweite hinterherzog, rutschte er im Matsch weg, berührte die Schnur und Strom schoss durch seinen ganzen Körper. Benommen stolperte er zwei Schritte vor, riss den Zaun beinahe mit sich und konnte sich gerade noch fangen.

»Verdammt, was …« Dante hielt sich den Kopf, sah von der Schnur zu seinem Bein und begriff endlich, dass es sich um einen Stromzaun handeln musste. »Ach, verflucht!«

Es dauerte noch einen Moment, bis er sich gefangen und begriffen hatte, dass er keinen Schaden genommen hatte. Sein Bein fühlte sich seltsam an, aber Dante verdrängte das Gefühl und humpelte los. Er musste den Fremden mit dem Fernglas erwischen, um ihn zur Rede zu stellen – doch obwohl der noch nicht weit gekommen sein konnte, war niemand zu sehen. *Das*

Blitzen ist auf jeden Fall von hier gekommen. Dante lief die Wiese entlang, entdeckte einen niedrigen Haufen begrünter Erde, hinter dem sich der Fremde versteckt haben musste. Nach einem schnellen Blick über seine Schulter stellte Dante fest, dass das Haus von hier aus perfekt zu sehen war, während man von oben aber kaum erkennen konnte, wenn hier jemand lag.

Dante wandte sich wieder nach vorne um, und da entdeckte er den Beobachter doch noch! Die Gestalt rappelte sich in einiger Entfernung gerade wieder auf, als wäre sie gestürzt, und rannte dann weiter den Abhang hinab. Hinter der Weide führte der Weg entlang, den er am vorherigen Morgen gegangen war. Dante beschleunigte seine Schritte, er *musste* den Fremden erwischen, bevor er das Dorf erreichte – dort würde er problemlos untertauchen können, da sich Dante in den verwinkelten Gassen nicht auskannte. Allerdings war der Beobachter mittlerweile so weit weg, dass er nur noch als dunkle Gestalt zu erkennen war. Dante war nicht schlecht in Form, und seine Motivation war mindestens genauso groß, wenn nicht sogar größer als die des Verfolgten. Er blieb dran … und holte langsam auf. Zu Dantes Rechter stand im Schatten einer Baumgruppe eine Kuhherde und beobachtete die über ihre Weide rennenden Menschen. Dante warf den respekteinflößenden Tieren einen Blick zu. Zwei hatten sich in Bewegung gesetzt und kamen in seine Richtung. In ihm stieg Panik auf. Die Viecher konnten schnell sein, das wusste sogar ein Städter wie er.

Der Fremde kam am Zaun an.

»He!«, rief Dante so laut er konnte; ein verzweifelter Versuch, die Person davon abzuhalten, ins Dorf zu rennen. »Warte!«

Doch der Unbekannte war schneller unter dem Zaun hindurchgekrochen, als Dante gucken konnte, und lief auf dem Weg weiter. Ein unachtsamer Moment, Dante rutschte mit dem rechten Fuß nach vorne weg und fiel rücklings zu Boden. Er kam so hart auf, dass es ihm die Luft aus den Lungen trieb. Vorsichtig stemmte er sich mit den Händen hoch und spürte das weiche Etwas unter seinen Fingern, auf dem er eben ausgerutscht war. »So eine Scheiße! Das kann doch nicht wahr sein!« Er hatte sich genau in einen Kuhfladen gelegt. Dante sah, wie der Fremde hinter der Baumgruppe vor dem Dorf verschwand – endgültig zu weit weg, um noch eingeholt werden zu können. Aber er bezweifelte ohnehin, dass er es geschafft hätte; selbst wenn er nicht ausgerutscht wäre.

Als Dante aufgestanden war und sich umdrehte, um auf seinen Hintern zu sehen, stellte er fest, dass seine Hose voller Mist war. Fest biss er die Zähne zusammen, um nicht wütend aufzuschreien. Wenn er nur etwas schneller gewesen wäre ... hundert Meter näher, und er hätte den Verfolger womöglich erkannt.

Ein lautes Muhen riss ihn aus seinen Gedanken. Die beiden Kühe, die sich von der Herde gelöst hatten, waren noch nähergekommen. Zwar rannten sie nicht, hatten aber einen zügigen Gang drauf.

Dante schluckte und machte sich an den Aufstieg zurück zum Haus. Er würde nicht so schnell rennen können wie die Kühe, wenn sie erst mal loslegten, daher versuchte er gar nicht erst, vor ihnen zu flüchten, sondern bemühte sich um Ruhe. Vielleicht reagierten sie ja ähnlich wie Hunde und Pferde auf die Unsicherheit von Menschen.

Hinter sich hörte er das Stapfen der ihm folgenden Kühe, aber er wagte nicht, zurückzusehen. Stattdessen bemühte er sich, einen klaren Gedanken zu fassen. Der Verfolger hatte ihn beim Streichen der Tür beobachtet – gute Absichten hatte er also sicherlich nicht. Aber es war nicht gesetzt, dass er die Schmiererei an der Haustür auch hinterlassen hatte. Das konnten durchaus zwei verschiedene Personen gewesen sein.

In Dantes Augenwinkel erschien der große Kopf einer der beiden Kühe, die nun neben ihm herging und schnaubte. Dantes Herz schlug heftig in seiner Brust. Er hoffte, dass sie nur neugierig wäre, und sah sich nach der zweiten um, die einige Meter weiter hinten stehen geblieben war und ihnen nachsah. Die Kuh neben ihm lief eine ganze Weile mit, als wäre sie ein Türsteher, der einen ungebetenen Gast zum Ausgang begleitete. Dante hatte sich schon halb an seinen Begleiter gewöhnt, als er seinen Blick zum Haus hob.

Die frisch gestrichene Tür war immer noch offen, und davor stand ein Mann und musterte das ungleiche Paar.

Kapitel 15

Wie an den meisten Nachmittagen unter der Woche saßen Linus und Romy auch jetzt gemeinsam am Küchentisch und waren in ihre jeweilige Arbeit vertieft – Linus in seine Hausaufgaben und Romy in die Verwaltung eines Social-Media-Auftritts. Ein kleines Unternehmen aus der Stadt hatte die Stelle auf 450-Euro-Basis einige Monate zuvor ausgeschrieben, und Romy hatte sich kurz entschlossen beworben.

»Mama, wenn Papa noch zu Hause wäre, also ich meine hier bei uns ...«, begann Linus.

Romy sah von ihrem Laptop auf. »Ja?«

»Würdest du mich dann auch immer vom Schulbus abholen?«

Sie lächelte. »Wahrscheinlich schon, ja.«

»Das heißt, du würdest auch dann nicht bis abends arbeiten?«

Sie runzelte die Stirn. »Nein, wahrscheinlich nicht. Wie kommst du denn darauf?«

»Weil die Mütter von meinen Freunden arbeiten alle bis abends.«

»Wäre es dir denn lieber, wenn ich den ganzen Tag arbeiten würde und du nach der Schule in den Hort gehen müsstest?« Sie hatte sich dagegen entschieden, weil er zu viel im Monat kostete, als dass es sich für sie gelohnt hätte.

»Nein. Nein, das fände ich doof«, sagte er schnell. »Clemens und Nick gehen auch in den Hort, und Fabian hat gesagt, die ärgern ihn da immer. Einmal haben die die Tür vom Klo aufgemacht, obwohl er drauf saß. Da haben die nämlich keinen Schlüssel.«

»Das ist aber gemein.«

71

»Ja, total!« Und nach einiger Zeit fügte er hinzu: »Außerdem würde ich mich da bestimmt langweilen.«

Romy nickte, und als Linus nichts mehr erwiderte, wandte sie sich wieder ihrem Laptop zu.

»Mama?«, fragte er nach einer Weile erneut.

»Schatz, du sollst deine Hausaufgaben machen.« Sie tippte mit dem Finger auf das aufgeschlagene Mathematikheft.

»Aber nur noch eine Frage.«

Sie seufzte. »Gut. Was denn?«

»Wenn Ludwin mein Papa wäre, w…«

»Was?!«, unterbrach sie ihn entsetzt. Wo hatte er das denn her?

»Ja, könnte doch sein, oder? Ich glaube, er würde das gerne sein.«

»Nein, das könnte nicht sein.« Romy drehte sich zu ihm und beugte sich vor. »Ludwin wird niemals dein neuer Papa werden, okay?« Sie fand die Vorstellung sonderbar entsetzlich.

»Ganz sicher?«

»Ganz sicher.«

Linus schien zu überlegen, wobei er seinen Blick über die Küchenregale, auf denen Kräuter wie Basilikum, Petersilie und Thymian standen, schweifen ließ.

»Würdest du das denn wollen? Also dass Ludwin dein neuer Vater wird?« Romy hatte so intuitiv reagiert, dass sie darüber gar nicht nachgedacht hatte.

»Mh … ich glaube … nein, ich glaube, das will ich nicht.«

»Na siehst du«, sagte Romy erleichtert. »Dann ist ja alles gut, und du kannst mit deinen Hausaufgaben weitermachen.«

Linus lächelte, wobei er seine Zahnlücken entblößte, und beugte sich wieder über sein Heft. In der Hoffnung, dass das

Gespräch damit abgehakt war, wandte sich Romy wieder ihrer Arbeit zu.

Natürlich hatte sie sich das ein oder andere Mal die Frage gestellt, ob es Linus schadete, ohne Vater aufzuwachsen – aber sie war immer wieder zu dem gleichen Schluss gekommen: Nein. Sie machte einen guten Job, wenngleich sie ohnehin nichts an ihrer Familiensituation hätte ändern können. Schließlich suchte man sich einen Stiefvater für sein Kind nicht wie ein Törtchen in der Auslage einer Bäckerei aus. *Wobei* ... Wenn sie sich so einen Mann aussuchen könnte, sinnierte Romy, würde sie sich für Dante entscheiden. Ein Lächeln schlich auf ihre Lippen. Das war natürlich Unsinn, sie kannte ihn ja gar nicht, und doch strahlte er etwas so Ruhiges, beinahe Vornehmes aus, dass sie sich unweigerlich zu ihm hingezogen fühlte. Sie wüsste zu gerne, welche Charakterzüge sich noch vor ihren Augen verbargen.

Das Klingeln ihres Handys riss sie aus ihren Gedanken.

»Mama, kein Handy während der Hausaufgaben!«, sprach Linus ihre selbst aufgesetzte Regel aus.

»Ich weiß, aber da muss ich rangehen. Bin gleich wieder da«, sagte Romy. »Mach einfach weiter.«

Sie klappte den Laptop zu, griff nach dem Handy und verließ die Küche. Im Flur setzte sie sich auf die schmale Bank, auf der sie sich immer die Schuhe anzogen, und nahm das Gespräch entgegen.

»Hallo?«

»Hallo Romy, hier ist Ludwin.«

Mist. Sie hatte sich schon längst vorgenommen, die Nummer seines Buchladens zu speichern, doch bei ihren Kontakten war bisher nur seine Handynummer gelandet, die sie gerne ignorierte.

»Hallo. Ist gerade schlecht. Linus und ich machen Hausaufgaben.«

»Ich will dich auch gar nicht lange stören«, sagte Ludwin, der den Wink wieder einmal nicht verstand.

Sie hatte schon so oft mit den größten und schwersten Zaunpfählen gewinkt, dass sie davon ganz müde war.

»Ich rufe nur wegen Mara an. Du wolltest sie ja mal kennenlernen und da ... also, möchtest du heute mit Linus zum Abendessen zu uns kommen?«

Romy schloss die Augen und atmete tief durch. Sie wollte Mara kennenlernen?

»Geht das auch an einem anderen Abend?«, fragte sie.

»Ach, komm schon. Das wird bestimmt lustig.«

Das bezweifelte sie, doch da war dieses Mitleid, das Ludwin immer wieder in ihr weckte. Der Junggeselle, der zu gut aussah, um single zu sein, es aber nicht schaffte, eine Frau an sich zu binden; hauptsächlich, weil er den falschen hinterherjagte.

»Romy?«

»Ja, ja, ist gut. Wir kommen.«

»Wunderbar!« Sie hörte ihn durchs Telefon hindurch grinsen.

Nachdem sie sich verabschiedet hatten, legte Romy das Handy neben sich auf die Bank. Ein Abendessen mit Ludwin und seiner Schwester. Gut, soweit sie Mara kannte – und das war nicht gut –, war sie eine interessante Person; interessanter als ihr Bruder. Vielleicht würde der Abend also gar nicht allzu langweilig werden.

Kapitel 16

Jakob Teiger musterte die Haustür noch immer, als Dante am Zaun ankam und sich unter ihm durch duckte. Teiger drehte sich ertappt um und starrte ihn an.

»Hallo«, sagte Dante und ging möglichst locker auf den Inhaber des Bed & Breakfast zu. Doch irgendwie hatte er auf einmal das Gefühl, nicht mehr zu wissen, wie genau man überhaupt unauffällig ging. Bewegte er seine Hüften zu sehr? Humpelte er?

»Sie haben die Tür gestrichen«, sagte Teiger.

Die Farbe war fast vollkommen getrocknet und jetzt sah Dante, dass die rote Schrift durchschimmerte. Nur leicht, doch sie war zu sehen, und da er selbst wusste, was da stand, konnte er es erkennen. Er hoffte, dass Jakob Teiger blind dafür wäre.

»Die alte Farbe ist abgeblättert und ...«

»Sie haben Kuhscheiße an der Hose.«

»Ja.« Er räusperte sich. »Ich bin gestürzt.«

»Sie haben auf der Weide zwischen den Kühen nichts zu suchen!«

Ob es Jakob Teigers Vieh war?

»Was kann ich für Sie tun?«, fragte er. Dante hatte keine Lust mehr, sich kleinzumachen. Es entsprach seinem Naturell, in die Defensive zu gehen, aber immer spielte er diese Rolle nicht.

Teiger entspannte sich ein wenig und griff in seine Jackentasche. »Mein Sohn hat ... er hat etwas aus Ihrer Tasche genommen.«

Augenblicklich vergaß Dante die Scheiße an seiner Hose.

»Ich hätte es Ihnen ja schon vorher gebracht, wenn ich es gewusst hätte ...« Er verstummte und zog einen Gegenstand aus seiner Tasche, den Dante sofort erkannte. »Aber ich habe es erst heute bei ihm gefunden.« Teiger reichte ihm das mit rotem Samt bespannte Kästchen, und Dante ergriff es, widerstand dem Drang, es vor Teigers Blick zu schützen und in seine Hosentasche zu stecken. Die Hose war viel zu dreckig, am Ende würde sie die Kostbarkeit noch beschmutzen.

»Danke.« Er drehte das Kästchen in seiner Hand. »Was hat Ihr Sohn eigentlich?«

Das schien Jakob Teiger zu wecken. Er straffte die Schultern und richtete seine Augen scharf auf Dante. »Was geht Sie das an?!«

Er wollte schon den Mund öffnen, um sich zu entschuldigen, als er sich dagegen entschied. Nein, nicht, wenn Tom Teiger sein Hab und Gut stahl. »Es war nicht meine Absicht, unhöflich zu sein«, sagte er stattdessen. »Aber Ihr Sohn ist nicht gesund, habe ich recht?«

»Das weiß ich selbst, Sie aufgeblasener ...« Teiger bremste sich. »Er wurde verletzt und jemand wie Sie – *gerade* jemand wie Sie – wird niemals verstehen, was für einen Schaden das nicht nur für Tom, sondern für ...« Er unterbrach sich wieder.

Dantes Reflex war es, ihm zur Hilfe zu eilen, aber er tat es nicht, hörte dem Mann bloß zu.

»Sie sollten sich schämen! Für das, was Sie sind und dass Sie hier sind! Schämen sollten Sie sich!«

Mit diesen Worten stürmte er an Dante vorbei, wobei er ihn wohl fester als beabsichtigt mit der Schulter streifte, denn er geriet fast selbst aus dem Tritt, fing sich in letzter Sekunde und stapfte davon.

Dante sah Teiger hinterher. Irgendetwas machte den Mann wütend – es schien fast so, als hätte er eine besondere Wut auf

Dante persönlich. Doch manche Menschen, die einen schlimmen Schicksalsschlag erlitten hatten, waren auf die ganze Menschheit wütend. Sie konnten nicht begreifen, warum gerade ihnen so viel Übel zugestoßen war, und Dante vermutete, dass es bei Teiger das Gleiche war, wenn er durch seinen Sohn auch nur indirekt betroffen war.

Dante beschloss, das Kästchen zu verstauen, bevor er eine weitere Schicht Farbe auf die Tür strich. Er ging nach oben ins Schlafzimmer und öffnete eine Schublade der Kommode. Wenn er bereit dazu war, würde er seine anderen Sachen hierher schaffen und richtig einziehen, aber noch fühlte er sich dem nicht gewachsen. Zuerst musste er die Einsamkeit nutzen, um neue Kraft tanken.

Er stand vor der geöffneten Kommode und starrte auf das Kästchen hinab. Es war nicht gut gewesen, dass Tom es gefunden hatte. Dante fühlte sich, als wäre damit viel zu tief in seine Privatsphäre eingedrungen worden; als hätte ihn jemand beim Schlafen beobachtet oder an seiner dreckigen Wäsche gerochen. Vorsichtig griff er nach dem Kästchen und klappte es auf. Timmis Taufarmband ... Es war vergoldet und so zart, dass man es mühelos hätte zerbrechen können. Mit geschwungener Schrift war Timmis Name in dem Plättchen graviert worden. Dante strich mit dem Finger sanft über das Diebesgut – das einzige, was er sich hatte zuschulden kommen lassen. Aber Timmi hatte es nichts bedeutet und seine Eltern ...

Dante schloss das Kästchen wieder, schob es zwischen die Bettwäsche und drückte die Schublade zu. Dann stieg er die knarzende Treppe ins Erdgeschoss hinunter. Er musste die Tür streichen, bevor es dunkel wurde oder noch jemand zu ihm heraufkam.

Offenbar war das Haus nicht so abgelegen, wie er gehofft hatte. Er war nicht mal drei Tage hier und ihn hatten schon zwei Menschen besucht, und das nicht, um einen Plausch zu halten.

Er holte den Pinsel aus der Küche, öffnete die Farbdose erneut und begann mit dem Anstrich.

Kapitel 17

Obwohl der Abend kalt geworden war, saß Dante mit einer Tasse Tee im Garten und sah der Sonne zu, wie sie sich hinter den Hügeln vom Tag verabschiedete. Der Himmel war in Rot getaucht, und das Licht ließ mit jeder Sekunde ein bisschen mehr nach.

Dante hatte sich eine Decke um die Schultern geschlungen, fror trotzdem, genoss jedoch die frische Luft und die Aussicht. Er war anfällig für depressive Episoden und hatte in den letzten Jahren immer wieder dagegen ankämpfen müssen. Es hatte damals angefangen, als er als junger Erwachsener nicht mehr hatte leugnen können, pädophil zu sein. Dante hatte mit niemandem darüber sprechen können – keiner hätte ihn verstanden, und er hätte die angeekelten Blicke der Menschen, die er liebte, nicht ertragen. Und so versucht, dagegen anzukämpfen. Mit zweiundzwanzig kam er mit einer netten Kommilitonin zusammen. Sein Umfeld hatte ihn schon damit aufgezogen, dass er ein Spätzünder sei, und er konnte die Witze auf seine Kosten einfach nicht mehr ertragen. *So geht es mein ganzes Leben?*, fragte er sich.

Vier Monate war er mit dem Mädchen – Sabrina – zusammen, sie hatten jedoch keinen Sex. Nicht, dass sie es nicht versuchten, und er fand sie auch einigermaßen attraktiv – aber er bekam einfach keinen hoch und begriff schnell, dass es so nicht ging, dass er nicht imstande war, eine solche Beziehung zu führen. Sie trennten sich schließlich einvernehmlich. Sabrina weinte – sie musste ihn wirklich gern haben – und warf ihm vor, er sei eine so gute Seele, sie könne ihn nicht mal hassen. Es überforderte Dante, das Mädchen so unglücklich zu sehen und nichts daran ändern zu können.

Zwei Jahre später hatte er fast einen One-Night-Stand mit einer Frau, die er auf einer Feier seiner Eltern kennenlernte. Sie war eine Kollegin seines Vaters, der als Lektor in einem Verlag arbeitete, und obwohl jünger als seine Eltern, war sie trotzdem zehn Jahre älter als Dante. Doch auch an jenem Abend konnte er keinen Geschlechtsverkehr mit einer Frau haben. Sie war die attraktivste, die er je kennen gelernt hatte, nicht nur, weil sie körperlich anziehend war – auch ihr Charakter beeindruckte ihn. Sie war das Selbstbewusstsein in Person und gleichzeitig freundlich und offen zu jedem, dem sie begegnete. So kränkte er sie zumindest nicht, als er nicht konnte. Und dann … hatte er einen Fehler begangen.

Die Sonne verschwand vollständig hinter den weiten Hügeln, und eine Gänsehaut überzog seine Arme. Dante stand auf, zog die Decke enger um seine Schultern und ging durch die Hintertür zurück ins Haus.

Den letzten Schluck Tee, der mittlerweile kalt geworden war, goss er in die Spüle. Dante trank sein Heißgetränk nie aus, egal ob Tee, Kaffee oder Kakao – den Rest bekam er einfach nicht runter.

Er kochte sich noch einen Tee und ging dann ins Wohnzimmer, um das Feuer im Ofen anzuzünden.

Diesmal ging es schon schneller. Als es leise knisternd wuchs, setzte er sich – immer noch die Decke um die Schultern – in den Sessel.

Wäre er nicht so verletzt und aufgewühlt gewesen, hätte er den Aufenthalt an diesem Ort genießen, sich abgeschirmt und sicher fühlen können. Obwohl die Möbel alt und abgenutzt waren, hier lange nicht mehr sauber gemacht worden war, durch die schlecht isolierten Fenster kalte Luft ins Haus drang und alles ein wenig schäbig wirkte, war es doch gemütlicher als in seinem eigenen Haus, dem immer ein bisschen das Leben gefehlt hatte. Er griff nach der Teetasse, die er auf dem Beistelltisch abgestellt hatte, und legte seine Füße auf den Hocker vor dem Sessel.

Irgendwann hatte Dante seinen Eltern doch von der Pädophilie erzählt. Es war so schwer gewesen, mit dieser schrecklichen Sache allein zu sein, niemandem sein Leid klagen zu können. Durch die dunkelsten Momente, in denen er sich gehasst und nichts als Abscheu für sich empfunden hatte, hatte er sich ohne einen einzigen Freund kämpfen müssen. Doch wie sich herausstellte, war es dumm, ausgerechnet seinen Eltern davon zu erzählen. Sie gaben ihm immer ein Gefühl von Geborgenheit und gleichzeitig Freiheit, seine Mutter noch mehr als sein Vater, und er hoffte, dass sie ihn wirklich so bedingungslos liebten, wie sie vorgaben. Also beichtete er ihnen nicht nur, dass er schwul war, sondern auch, dass er auf kleine Jungs stand. Seine Mutter starrte ihn mit genau diesem entgeisterten Blick an, den er immer gefürchtet hatte, der sagte »Was bist du nur für ein widerlicher Mensch?!«. Sie brachte kein Wort heraus. Sein Vater hingegen – der schon immer der Wortgewandtere der beiden war – nannte ihn einen ekelhaften Kinderschänder, eine Schande, ein Tier. Er beschimpfte Dante so schlimm, dass der sein Vorhaben, so lange zu bleiben, bis er es ihnen erklärt und sie es verstanden hätten, verwarf und flüchtete. Danach kam das Thema nie wieder zur Sprache – es wurde einfach totgeschwiegen – und Dante hielt es nicht länger bei ihnen aus. Die Besuche waren weniger geworden und

irgendwann hatte er es ganz aufgegeben, die Beziehung auf-
rechtzuerhalten. Er hatte immer das Gefühl gehabt, seine
Eltern waren froh, wenn er nach seinem Besuch wieder verschwand, hatten ihn nie besucht und sich nicht bei ihm gemeldet, und so war es gekommen, dass sie sich vor zehn Jahren
das letzte Mal gesehen hatten.

Dante nippte am Tee. *Zehn Jahre, mein Gott, wie die Zeit rast.*

Nach der Geschichte hatte er sich natürlich keinem aus
seinem Freundes- oder Familienkreis mehr anvertraut. Stattdessen war er für drei Monate in Therapie gegangen, und selbst
dort hatte er ständig das Gefühl gehabt, dass der Therapeut ihn
verurteilte. So gab Dante den Versuch, mit jemand anderem an
sich zu arbeiten, schnell auf. Als seine Freunde dann nach und
nach Kinder bekommen hatten, hatte er sich von ihnen gelöst.
Das war nicht schwer gewesen, passierte es scheinbar oft, dass
sich der Freundeskreis nach dem ersten Kind neu bildete.

Allerdings wurde es im Alter immer schwieriger, Freunde zu
finden. Dante hatte das Gefühl, dass sich mit über dreißig auch
so schon niemand leichttat, neue Menschen kennenzulernen
und echte Freundschaften zu etablieren, aber für ihn war es
besonders mühevoll, weil er jeden mied, der Kinder hatte.

Draußen war es vollkommen dunkel geworden. Nur das Feuer
im Ofen erhellte das Wohnzimmer, die Wärme hatte sich ausgebreitet, und das Knacken des Holzes ließ ihn endlich runter-
kommen.

Kapitel 18

Romy strich Linus eine braune Locke aus der Stirn, aber sie hüpfte sofort wieder an die Stelle zurück. Ihr Sohn sah hinreißend aus. Seine dunklen Jeans waren frisch aus der Wäsche und hatten ausnahmsweise mal keine Flecken an den Knien, das weiße Hemd hatte er sich in die Hose gesteckt, sah hinten aber etwas zerknittert aus. Romy schminkte sich normalerweise nie, da sie bloß auf Leinwand gut mit dem Pinsel umgehen konnte – aber heute war ihr danach gewesen. Und so sah ihr Gesicht nun anders aus, ihre Augen größer und ausdrucksstärker, die Wangenknochen markanter und die Lippen voller. Der Anblick hatte ihr gefallen. Beim Mascara-Auftragen war Linus ins Badezimmer gekommen, eines hatte zum anderen geführt und nun, vor der Tür des Buchhändlers, fragte sich Romy, ob sie nicht etwas zu dick aufgetragen hatten.

Ludwin öffnete ihnen und sofort strahlten seine Augen so sehr, dass sie sich in ihrer Befürchtung bestätigt sah.

»Da seid ihr ja.« Er beugte sich zu Linus hinunter. »Wow. Du siehst ja schick aus.«

»Danke.« Der grinste so breit, dass seine Zahnlücken zum Vorschein kamen.

»Du natürlich auch«, sagte Ludwin mit gesenkter Stimme zu ihr.

Sie nickte bloß und versuchte sich ihr Unbehagen nicht anmerken zu lassen.

»Kommt rein!« Er hielt ihnen die Tür auf, und sie betraten die Wohnung, die klein, aber ordentlich war.

Über dem Esstisch hing ein Spiegel, der den Raum größer wirken ließ. Mara saß schon, sah von ihrem leeren Teller auf und lächelte. »Na Gott sei Dank, da sind ja unsere Ehrengäste«, sagte sie und stand auf. »Ludwin hat mich schon mit langweiligen Gedichtanalysen genervt.«

Romy grinste. »Das macht er also nicht nur bei mir?«

»Schön wärs.« Mara umarmte sie, als wären sie Freundinnen.

Romy stieg der schwache Geruch nach Zigarettenrauch und einem Parfüm in die Nase, das zu schwer für Maras junges Alter war.

»Und du bist Linus, hm?«, wandte sie sich nach der Umarmung an Romys Sohn.

Er sah mit großen Augen zu ihr auf, schien sich nicht an sie zu erinnern, und da man eine Erscheinung wie Mara nicht jeden Tag sah, war er offenbar beeindruckt.

»Ja ...«, sagte er leise.

»Cool. Ich bin Mara, Ludwins Schwester. Freut mich, dich kennenzulernen.« Mara wirkte ein bisschen unbeholfen im Umgang mit dem Kleinen, und ihr selbstbewusstes Auftreten ließ sie mit ihm umgehen, als wäre er ein Erwachsener.

»Hallo«, sagte Linus nur.

Romy strich ihm sanft über den Kopf. Es gab nichts, wovor sie ihn beschützen musste, und trotzdem hatte sie das Bedürfnis, ihm beizustehen.

»Na dann, lasst uns essen. Setzt euch!«, sagte Ludwin.

Romy hatte schon gewusst, dass Ludwin gerne kochte, und so war es keine Überraschung, dass das Abendessen gut schmeckte. Nach zwanzig Minuten waren ihre Teller leer und auf ihren Gesichtern lag ein zufriedener Ausdruck von Trägheit.

Romy wandte sich an Mara. »Und? Wie gefällt dir das Studium?«

Während des Essens hatten sie größtenteils geschwiegen, nur ab und zu hatte Ludwin versucht, sie in ein Gespräch über Woody Allen und seine Adoptivtochter Schrägstrich Ehefrau zu verwickeln. Das Thema war jedoch schon so alt, dass weder Mara noch Romy darauf eingestiegen waren.

»Ach, es ist ganz cool. Ich bin es nicht gewohnt, so viel büffeln zu müssen, aber das kriege ich schon hin. Es ist interessant, und ich bin echt froh, aus dem Dorf hier rausgekommen zu sein.« Sie lehnte sich zurück.

»Mara ist es hier zu klein«, erklärte ihr Bruder überflüssigerweise.

»Ich mag es einfach nicht, dass jeder mich kennt und über mich urteilt. In einer großen Stadt ist es viel anonymer.«

»Niemand urteilt über dich«, sagte Ludwin.

Mara rümpfte nur die Nase.

»Was studierst du denn?«

»Jura.«

Romy konnte ihre Überraschung nicht verbergen. Sie hatte eher damit gerechnet, dass Mara irgendetwas mit Medien oder etwas Kreatives studierte.

»Ja, so schauen alle, denen ich das erzähle.« Sie grinste.

»Tut mir leid.« Romy senkte den Blick. »Ich und meine Vorurteile.«

»Macht doch nichts.« Mara wandte sich an Ludwin. »Kann ich ein Bier haben?«

Er verzog unglücklich das Gesicht, stand aber auf und ging in die Küche.

»Was ist Jura?«, fragte Linus in die darauf entstehende Stille.

Mara musterte ihn, als würde sie überlegen, wie man ihr Fach einem Kind am besten erklärte. »Hmmm ... Du weißt doch, was Verbrecher tun, oder?«

Linus runzelte die Stirn. »Klar. Die machen Verbrechen.«

Sie nickte langsam. »Und dann kommt ein Polizist, nimmt sie fest und sie müssen ins Gefängnis. Wenn man Jura studiert, dann lernt man, wie lange ein Verbrecher ins Gefängnis muss und wie man es schafft, dass er da auch hinkommt.«

Linus dachte über ihre Worte nach, wobei er ins Leere starrte und sich mit dem Zeigefinger gegen die Unterlippe tippte. Dann fand sein Blick wieder zu Mara. »Wenn ich Polizist oder Detektiv werden will, muss ich dann auch Jura studieren?«

Ludwin kam zurück und reichte Mara ihr Bier. Interessiert sah er zwischen seiner Schwester und Linus hin und her. »Du willst Polizist werden?«, fragte sie interessiert, beugte sich vor und stützte ihre Ellbogen auf dem Tisch ab.

»Ja, vielleicht. Oder Detektiv. Da bin ich mir noch nicht sicher. Aber ich will auf jeden Fall auf einem Pferd sitzen und Verbrecher fangen.«

»Wow«, sagte Mara sichtlich beeindruckt. »Dafür *kannst* du Jura studieren, *musst* es aber nicht.«

»Macht es denn Spaß?«, fragte Linus.

Mara zuckte mit den Schultern. »Ja, schon.«

»Okay. Dann überlege ich mir das noch.«

Romy grinste, stolz, dass ihr Sohn sich solche Gedanken machte.

»Und du arbeitest in der Bäckerei, oder?«, fragte Mara Romy, als Linus keine Fragen mehr stellte.

»Ja. Es ist wahrscheinlich nicht so spannend wie dein Studium, aber ... es macht *mir* Spaß.« Romy hatte immer das Gefühl, sich rechtfertigen zu müssen, besonders bei Menschen, die gebildeter waren und mehr erreicht hatten als sie. Romy wollte lieber gar nicht zu genau darüber nachdenken, dass dieses zehn Jahre jüngere Mädchen erfolgreicher sein würde als sie.

»Ach, ich weiß nicht...« Mara nippte an der Bierflasche. »Man hat viel mit Menschen zu tun – das kann auch ganz spannend sein.«

»Ja.« Romy lachte leise. »Wenn ich nicht in so einem Kaff leben würde.«

»Okay, da hast du vermutlich recht. Aber hey«, Mara setzte sich auf, »habt ihr nicht diesen Neuen hier? ... Ach, wie heißt er noch mal ... Wie dieser Dichter.«

Ohne zu wissen, warum, wurde Romy plötzlich kalt. »Dante?«

»Ja, genau. Den hab ich heute getroffen«, sagte Mara und grinste. »Der ist aus der Stadt, oder?«

»Mhm«, machte Romy zustimmend.

Sie dachte an das Gespräch mit Rosa zurück, die davon fantasiert hatte, dass Mara und Dante gut zusammenpassen würden. Wahrscheinlich stimmte das wirklich. Wahrscheinlich war das Mädchen, das Jura studierte und in der großen Stadt lebte, eher etwas für den gebildeten Lehrer, der nach einem Dichter benannt war.

»Woher kennst *du* den Kerl denn?«, fragte Ludwin seine Schwester.

»Ich bin ihm auf dem Marktplatz begegnet«, antwortete Mara fröhlich und bemerkte offenbar nicht, dass ihm das missfiel. »Er wirkte nett. Irgendwie ... interessant.«

»Hm ... kann sein«, sagte Romy, die die Lust am Gespräch plötzlich verloren hatte.

»Ich glaube, ich frage ihn, ob er mit mir was trinken geht«, sagte Mara.

»Warum das denn?!«, fragte Ludwin einen Tick zu laut.

Die Laune am Tisch hatte sich spürbar verändert. Romy rutschte unruhig auf ihrem Stuhl hin und her und griff nach der altmodisch geblümten Tischdecke, um sie zwischen ihren Fingern zu knautschen.

Mara sah ihren Bruder verärgert an. »Na, weil er interessant zu sein scheint und hier niemanden kennt! Deshalb!«

»Was willst du dann von ihm? Du bist gerade erst über ...«

»Jetzt fang nicht damit schon wieder an!«, unterbrach Mara Ludwin. »Mir geht es gut, ja?«

»Aber geht es dir auch so gut, dass du dich mit einem Mann treffen kannst?«

»Ich werde ihn ja nicht gleich heiraten, Ludwin. Ich möchte ihn nur kennenlernen, mehr nicht. Er kommt nicht von hier, was ein großer Pluspunkt für ihn ist. Außerdem sieht er gut aus. Guck nicht so – das musst selbst du zugeben.«

Romy warf einen Blick zu Linus. Am liebsten hätte sie ihn sich unter den Arm geklemmt und wäre verschwunden. Sie hatte Gefallen an dem Junggesellen gefunden. Sollte ihr das Mädchen, so nett es auch war, jetzt in die Quere kommen? Und gab es überhaupt etwas, wo Mara ihr in die Quere kommen konnte?

Nein, wahrscheinlich nicht. Romy hatte sich ja noch gar nicht richtig mit Dante unterhalten. Aber das konnte sie ändern, oder? Am besten, bevor er merkte, wie interessant Mara war.

Kapitel 19

Nachdem er sich ein behelfsmäßiges Abendessen – Brot mit würzigem Käse und Rührei – gemacht hatte, stieg er nach oben ins Schlafzimmer. Am Kopfende des Betts war ein kleines Fenster, das hinaus auf die Weiden, nun aber bloß Dunkelheit zeigte.

Dante fuhr sich mit einer Hand über die Augen. Zum Glück war der anstrengendste Tag seines Lebens fast vorbei. Er ging noch schnell ins Badezimmer, um Zähne zu putzen und sich das Gesicht zu waschen, dann schlüpfte er in einen Pyjama. Der war bei den eisigen Temperaturen hier oben so kalt, dass sich eine Gänsehaut über Dantes Arme und Beine legte. Normalerweise hängte er seine Schlafkleidung im Herbst und Winter über die Heizung, damit sie warm war, wenn er hereinstieg …

Was Timmi wohl gerade tat? Machte er sich auch fertig und schlüpfte in sein kleines Bett, in der Hoffnung, seine Eltern würden ihm noch etwas vorlesen? Nein, wahrscheinlich nicht, die dürfte er längst aufgegeben haben. Seine Eltern arbeiteten im Schichtdienst, und Timmi konnte froh sein, wenn ihn überhaupt einer von den beiden ins Bett brachte und das mal keine Fremdbetreuung übernahm. Dante zog die Bettdecke zurück und ließ sich zwischen die Laken sinken. Sofort überkam ihm ein Gefühl von Ruhe, wodurch er jedoch die Erschöpfung umso deutlicher spürte. Die Matratze war eigentlich zu weich für seinen Geschmack, aber er versank darin wie in einer tröstenden Umarmung, und das tat gut. Wann war er zum letzten Mal umarmt worden? Ohne Familie, Freunde oder gar Partner war das seit Jahrzehnten nicht mehr vorgekommen.

Er zog sich die Bettdecke bis zum Kinn, drehte sich zur Seite und schloss die Augen. Es war still geworden. Noch stiller als am Tag. Nur der Wind war zu hören. Dante fragte sich, ob ein Sturm bevorstand oder sich der Wind bloß so laut anhörte, weil hier draußen nichts war, was ihn aufhielt. Keine Häuser, kein Wald – nur weite Wiesen und Felder. Doch bevor er sich darüber tiefere Gedanken machen konnte, war er auch schon eingeschlafen.

Dante betrat die fluffige Welt der Träume, in der alles gut war und ihm nichts geschehen konnte. Sie fühlten sich an, als würde eine liebende Mutter ihm beruhigend über den Hinterkopf streicheln und ihm ein Schlaflied singen. Doch plötzlich packte ihn eine Hand und zog ihn unsanft zurück in die Realität. Dante fuhr hoch.

Warum war er aufgewacht? Er hatte doch keinen Albtraum gehabt, daran hätte er sich erinnert. Dennoch pochte ihm das Herz wild in der Brust. Er starrte in die Dunkelheit des Schlafzimmers. Sein Atem ging stoßweise, als wäre er einen Marathon gelaufen. Er riss die Augen weiter auf, um etwas in der Dunkelheit erkennen zu können, aber es war sinnlos, da es keine einzige Lichtquelle gab. Und da hörte er es. Ein leises Knarzen. Dann wieder Stille.

Dante hielt den Atem an und lauschte. Das Geräusch war so kurz da gewesen, als hätte er es sich bloß eingebildet, aber es hatte wie ein Schritt auf dem Holzfußboden geklungen.

War da jemand im Haus?

Dante schlug die Bettdecke beiseite, wobei es ihm vorkam, als würde sie dabei so laut rascheln, dass es im ganzen Haus zu hören sein musste. Vorsichtig stieg er aus dem Bett.

Da! Erneut ein Knarzen! Es kam von unten, und nun war sich Dante sicher: Da war jemand.

Er schlich um das Bett herum auf die Treppe zu, zögerte dann aber. Sollte er nicht etwas mitnehmen, um sich zu verteidigen? Er drehte sich um, als könnte er mittlerweile in der Dunkelheit sehen. Verzweifelt ging er das Inventar durch, an das er sich erinnern konnte, doch da war nichts, was ihm behilflich sein konnte – zumindest nicht hier oben. Höchstens in der Küche, die jedoch so weit weg war, dass es Dante unmöglich erschien, dort hinzukommen, bevor er auf den Einbrecher traf.

Erneut drangen Geräusche zu ihm herauf. War das … Dante legte den Kopf schief. Kam da jemand die Treppe hoch?! Er hielt die Luft an und starrte mit weit aufgerissenen Augen geradeaus.

Er sollte die Deckenlampe anmachen, sofort, aber der Gedanke, dass er im Dunkeln zumindest ebenso unsichtbar war wie der Einbrecher, hinderte ihn daran. Das Licht anzumachen bedeutete, sich zu verraten.

Dante machte vorsichtig einen Schritt zurück und wartete. Mit nichts als seinen Händen, um sich zu verteidigen, wartete er darauf, dass jemand zu ihm kam. Doch das Knarren, bei dem er gedacht hatte, es käme von der Treppe, näherte sich nicht. Die Geräusche waren nun sogar leiser, als hätte sich der Eindringling entfernt.

Dante tastete sich vor, bis er das Holz des Treppengeländers an der Hand spürte. Vorsichtig stieg er die Stufen hinab, wobei sie unter seinem Gewicht unglaublich laut knarzten. Er biss die Zähne aufeinander. Der Einbrecher müsste taub sein, wenn er ihn nicht hörte.

Im Erdgeschoss stand im Bücherregal ein altes Radio, dessen Digitalanzeige blau leuchtete. Es war nicht viel Licht, reichte aber immerhin, um die Umrisse der Möbel erkennen zu können und dass sich niemand im Wohnzimmer befand. Aber wenn der Einbrecher nicht hier war, wo dann? Und vor allem – was wollte er hier? Es war doch klar, dass in diesem heruntergekommenen Haus niemand Wohlhabendes lebte.

Die Erkenntnis traf Dante so hart, dass er nach Luft schnappen musste: Die Person wollte nicht zu irgendwem, sondern zu ihm. Wie erstarrt stand er am Fuß der Treppe und wagte es nicht, sich auch nur einen Zentimeter zu bewegen. War es die Person, die ihm die Botschaft hinterlassen und ihn beobachtet hatte? Was wollte sie? Ihn verletzen? Ihm eine weitere Nachricht aufdrängen?

Und was sollte er nun tun? Kämpfen? Oder doch besser weglaufen?

Wenn der Einbrecher weder im oberen Stockwerk noch im Wohnzimmer ist, muss er in der Küche sein, ging Dante alle Möglichkeiten durch. Und falls er dort auch nicht war, konnte sich Dante zumindest ein Messer aus der Besteckschublade nehmen und sich ein bisschen sicherer fühlen.

Er machte einen vorsichtigen Schritt nach vorn. Der Boden unter seinen Füßen knarrte, und er blieb sofort stehen, lauschte in die Stille, die ihn regelrecht anzuschreien schien. Nichts … Dann schlich er weiter bis in die Küche. In der Dunkelheit konnte er kaum etwas erkennen, und so hastete er zur Küchenzeile, tastete nach dem Messerblock und zog hektisch ein Messer heraus. Dann drehte er sich um und hielt die Waffe vor seinen Körper. Zumindest das hatte er geschafft.

Dante starrte in die Dunkelheit und wartete ab. Wo konnte der Einbrecher sein? Oder war er vielleicht schon gar nicht mehr im Haus? Hatte er eben, als die Geräusche leiser geworden waren, gehört, wie der Eindringling flüchtete?

Doch dann hörte er wieder ein Knarzen. Es war nicht weit weg, sogar beunruhigend nah, aber es kam nicht aus der Küche. Langsam ging Dante wieder ins Wohnzimmer, wo sich jedoch nichts verändert hatte. Es war immer noch niemand zu sehen.

Und dann: ein Schaben, und zwar laut – viel zu laut. Kein Versuch, leise zu sein.

Es klang, als würde jemand Gegenständen verrückten. Da! Etwas war auf den Boden gestellt worden. Aber von wo kamen diese verdammten Geräusche?

Und da fiel es ihm wieder ein: Hier gab es einen Keller.

Kapitel 20

Die Tür zum Keller befand sich unter der Treppe zum Schlaf-zimmer und war so niedrig, dass Dante den Kopf einziehen musste. Die Dunkelheit vor ihm war zu endgültig, als dass er hinuntergehen konnte, ohne das Licht anzuschalten. Er fühlte sich an die Szene in Stephen Kings *Es* erinnert, in der der kleine Georgie Angst vor dem Grauen im Keller hatte, ohne zu wissen, dass das Monster ganz wo anders lauerte.

Mit klopfenden Herzen tastete er nach dem Lichtschalter an der Wand neben sich, doch nachdem er ihn endlich gefunden hatte, blieb es unten still.

Dante sammelte all seinen Mut und schaltete das Licht an. Zumindest konnte er nun so viel sehen, dass er ohne Bedenken die Treppe hinuntersteigen konnte. Seine Beine waren mittler-weile weich wie Pudding, und er traute ihnen nicht mehr be-dingungslos. Mit einer Hand umklammerte er das Messer, mit der anderen das Treppengeländer. So schlich er langsam nach unten. Es war nun so still, als würde der Einbrecher im Keller ebenso wie Dante die Luft anhalten. Erwartete er ihn unten?

Die Treppe führte in einen kleinen Vorraum, in dem nur eine verstaubte Kiste Bier stand. Eine offene Tür führte in den nächsten Raum ab, der im Dunkeln lag. Nur die ersten Zenti-meter des Zimmers wurden von der Lampe im Vorraum erhellt.

Dort musste er sein. Irgendwo in diesem Kellerraum.

Dante schluckte. Die Hand, mit der er das Messer um-klammerte, zitterte. Vorsichtig bewegte er sich auf die Tür zu. Sein Körper schrie ihn an, er solle sich aus dem Staub machen, aber Dante *musste* nachsehen, musste herausfinden, wer der Einbrecher war und was er hier wollte.

Einen irrationalen Moment lang glaubte er, Jonah wäre gekommen, um etwas aus seinem Keller zu holen, das er mitten in der Nacht so dringend brauchte, dass er sich ins Haus geschlichen hatte.

Doch im nächsten Moment begriff Dante, dass das Irrsinn war.

An der Tür konnte er noch immer nichts im nächsten Raum erkennen. Seine Hand tastete nach dem Lichtschalter, wobei er jede Sekunde damit rechnete, dass jemand sie packte und ihn in die Dunkelheit ziehen würde. Als er den Schalter gefunden hatte und nichts passierte, holte Dante tief Luft, zählte bis drei, dann bis vier und schließlich bis fünf, bis er sich dazu aufraffen konnte, das Licht anzuschalten.

Dosensuppen, Ravioli, Kaffee und Wasser in Glasflaschen – ein Vorratsraum. Es hätte Dante nicht gewundert, wenn das Mindesthaltbarkeitsdatum von dem Zeug längst überschritten gewesen wäre. Dann stand hier drin noch eine Leiter und ein … Was war das denn? Eine Harpune?! Wozu, um Gottes Willen, brauchte Jonah eine Harpune?

Ein Klappern erklang, dann Schritte, die über Holz polterten.

Dante wirbelte herum und rannte zurück in den Vorraum. Er sah gerade noch, wie die Kellertür krachend zufiel und hörte, dass der Riegel vorgeschoben wurde. *Was!?* Dante sprintete die Treppe hoch und drückte gegen die Tür, doch sie war verschlossen.

Als er in den Keller gelaufen war, hatte er keinen Blick unter die Treppe geworfen, verdammt! Der Eindringling musste sich darunter versteckt haben!

Dante rüttelte am Knauf der Kellertür, doch sie gab nicht nach. Verzweifelt sah er sich um, fuhr sich mit der Hand durch die braunen Haare und hätte am liebsten geschrien. Dieser verfluchte Fremde! Er war ihm grade einmal zu oft auf die Pelle gerückt!

Dante hatte niemandem etwas getan und trotzdem schlich er durchs Haus und jagte Einbrecher. Und jetzt war er auch noch in diesem furchtbaren Keller gefangen und wusste nicht, was er tun sollte.

Er lehnte sich gegen die kalte Wand und sah auf das Messer in seiner Hand. Sobald er hier rauskam, würde er herausfinden, wer ihn eingesperrt hatte. Dante schob die Klinge zwischen Tür und Türrahmen und versuchte sie so aufzuhebeln. Keine Chance. Obwohl das Holz sich unter seinen Bemühungen bog, schaffte er es nicht, die Tür zu öffnen.

»So ein Scheiß!« Dante machte einen Schritt zurück und fuhr sich mit den Händen durchs Haar.

Mittlerweile hatte die Angst der Wut Platz gemacht, und die verlieh ihm Stärke und Entschlossenheit. Er warf sich mit der Schulter gegen die Tür, und endlich gab sie nach. Schwer atmend stolperte Dante zurück ins Wohnzimmer, fing sich und sah sich um. Es war immer noch düster – der Einbrecher hatte sich nicht die Mühe gemacht, Licht zu machen. Er zog die Kellertür zu und ging zur Haustür, um nun selbst für Licht zu sorgen. Nichts war verändert, nichts gestohlen.

Was hatte der Eindringling bei ihm gewollt?

Dante öffnete die Haustür und sah nach draußen. Das Licht aus dem Wohnzimmer reichte nur wenige Meter in den Vorgarten, dahinter erstreckte sich schwarzes Nichts. Er schloss die Tür wieder und lehnte sich von innen dagegen. *Was für eine Nacht …*

An Schlaf war jetzt nicht mehr zu denken, dennoch verschob er den erneuten Gang in den Keller, um nachzusehen, was der Einbrecher dort getrieben hatte, auf den nächsten Tag. Auf den ersten Blick hatte er nichts entdecken können – das reichte ihm, um bis morgen zu warten.

Dante schloss die Haustür ab, schlurfte in die Küche und versicherte sich, dass hier niemand war, dann stieg er wieder nach oben ins Schlafzimmer. Das Messer auf dem Nachttisch, legte er sich ins Bett, starrte hellwach an die Zimmerdecke und fragte sich, wer dahinterstecken konnte.

Kapitel 21

Mara hatte am vergangenen Abend nur allzu deutlich gezeigt, dass sie Interesse an Dante hatte; und ob platonisch oder nicht – Romy war enttäuscht gewesen. Sie hatte sich ausgemalt, dass sie einander langsam kennenlernen würden, ehe er sie irgendwann nach einem Date fragte.

Sie hatte so viele romantische Filme gesehen, die genau das vorgaben. *Wie ein einziger Tag, 10 Dinge, die ich an dir hasse, Titanic* – immer bemühte sich der Mann um die Frau. In dieser Hinsicht war Romy altmodisch. Auch Linus' Vater hatte sie damals um ein Date gebeten, hatte sie sogar von zu Hause abgeholt und sie behandelt wie eine Prinzessin. Sie hatte sich wunderschön und begehrenswert gefühlt.

Doch wenn sie jetzt darauf wartete, dass Dante sie fragte, könnte es sehr schnell zu spät sein.

»Romy!«, rief jemand von links.

Sie war so in Gedanken versunken gewesen, dass sie, den Blick auf ihre Schuhe gerichtet, nichts um sich herum wahrgenommen hatte. Nun sah sie auf. Vorm Bed & Breakfast saß auf einem der beiden Plastikstühle Tom und winkte ihr zu.

»Hallo Romy!«, rief er in seiner üblichen lethargischen Tonart.

»Hey.« Sie ging zu ihm.

Auf dem Parkplatz stand kein Auto, was erahnen ließ, dass sie niemanden zu Gast hatten. In dieser Gegend gab es keine Sehenswürdigkeiten, die man besichtigen konnte – die meisten Touristen kamen her, um sich vom Trubel der Großstadt zu erholen und wandern zu gehen.

»Guck mal, wo ich sitze«, sagte er stolz grinsend.

Tom saß nie auf einem der Stühle vor dem Haus – die waren für Rosa und Jakob reserviert.

Sie strich sich mit einer Hand über den Unterarm. »Ja, toll. Wo sind denn deine Eltern?«

»Im Keller.«

»*Darfst* du denn hier sitzen?« Romy wusste nicht, warum sie die Frage stellte. Tom war ein erwachsener Mann – zumindest theoretisch – und tat nichts Verbotenes oder Gefährliches. Trotzdem wirkte es falsch.

»Nein, aber sags niemandem!«, flüsterte Tom laut.

Sie nickte. »Ist gut.«

»Hast du Mara gesehen?« Er sah ernst zu ihr auf.

»Ja. Wir haben gestern zusammen zu Abend gegessen.« In ihrem Magen zog sich etwas zusammen. Es fühlte sich nicht richtig an, mit Tom über Mara zu sprechen, weil sie ihm nicht nah genug stand ... als würde sie ihm vom Tod eines Angehörigen erzählen.

»Ich glaube, sie mag mich.«

Das ungute Gefühl wurde größer. »Nein, das glaube ich nicht.«

»Aber ... warum nicht? Ich mag sie.«

»Ich weiß. Du solltest sie trotzdem in Ruhe lassen!« So viel Sanftheit sie auch in ihre Stimme legte, es kam doch harscher heraus als beabsichtigt.

»Das sagt Papa auch ... aber ich will nicht.«

»Tom, bitte halt dich dran.«

Er schüttelte heftig den Kopf. »Ich will nicht!«

»Warum denn nicht?« Man musste mit ihm geduldig sein, wie mit einem Kind, aber Tom war keines und so fiel es Romy schwer, ihn so zu behandeln – gerade wenn es um Mara ging.

»Ich finde sie so nett.«

»Das kann ich verstehen, ich mag sie auch.« Romy holte Luft. »Aber jeder Mensch soll selbst entscheiden, mit wem er Zeit verbringen will.«

»Mara will mich sehen. Sie mag mich.«

In Toms Gegenwart war ihr immer mulmig zumute. Vor seinem Unfall hatte sie ihn gemocht, er war tollpatschig, aber freundlich gewesen, doch nun sah das Ganze anders aus. Er streifte oft rastlos durch die Wälder und Felder der Umgebung, auf der Suche nach toten Tieren – um sie wieder lebendig zu machen, wie er behauptete. Rosa hatte ihr einmal erzählt, dass er schon mal von morgens bis abends verschwunden gewesen war. Niemand wusste, was er da getrieben hatte.

»Ludwin, dein Vater und die meisten hier im Dorf haben ein Auge auf dich. Du solltest aufpassen, dass du dich an die Regeln hältst.«

»Immer seid ihr gemein zu mir!«, schluchzte Tom los.

»Wir sind nicht gemein zu dir«, sagte Romy nun sanfter. Sein Weinen erinnerte sie zu sehr an das eines Kindes, als ihm lange böse sein zu können.

Der junge Mann war verwirrt und seit dem Unfall nicht mehr er selbst und doch …

»Papa ist auch immer gemein zu mir. Mama ist die Einzige, die mich mag.«

Romy hatte schon lange den Verdacht, dass Jakob seinen Sohn hasste. Woran das lag, konnte sie nicht mit Bestimmtheit sagen, glaubte jedoch zumindest eine Ahnung zu haben.

»Wir mögen dich hier alle«, sagte sie wenig überzeugend. »Aber es ist wichtig, dass du auch zu allen lieb bist, hörst du?«

»Ich bin *immer* zu allen lieb!«

»Nein, bist du nicht. Ich weiß, du merkst das nicht immer, aber auch wenn du es nicht böse meinst …«

Als wollte er ihre und nicht seine eigenen Worte festigen, griff er hinter seinen Rücken und zog eine Taube hervor, die zwischen seinem Rücken und der Stuhllehne geklemmt haben musste. Ihr Kopf hing herab, die toten Augen starrten Romy an. Sanft strich Tom über ihre Federn, als würde er in der Berührung Trost suchen.

»Ich bin immer zu allen lieb …«, flüsterte er mehr zu sich als zu ihr.

Rosa hatte ihr erzählt, dass er die Tiere, die er durch die Gegend trug, nicht selbst umbrachte. Doch Jakob, der dabeistand, hatte nur gegrunzt, als würde er seiner Frau nicht glauben, und auch in Romy gab es ab und an einen leisen Zweifel daran.

»Du solltest die Taube vergraben«, sagte sie, bemüht um einen sanften Tonfall. »Die wird doch irgendwann verwesen und stinken.«

»Nein, die kriege ich wieder lebendig.«

»Die ist tot, Tom«, sagte sie sanft.

»Nein!«, schrie er und sprang auf, wobei der Stuhl umgekippt wäre, hätte er nicht direkt an der Hauswand gestanden.

»Ja, ist ja gut.« Sie wich zurück.

»Du hast *nicht* recht!«, schrie Tom.

Aus dem Bed & Breakfast kamen Schritte, und Romy brachte noch mehr Abstand zwischen sich und Tom.

»Tut mir leid«, beeilte sie sich zu sagen, um ihn zu beruhigen.

»Hey.« Rosa eilte aus dem Haus und auf Tom zu, stockte kurz, als sie die tote Taube sah, legte dann aber eine Hand auf seine Schulter. »Was ist denn hier los?«

»Tut mir leid«, sagte Romy wieder. »Ich habe ihm nur gesagt, dass er die Taube nicht …«

Rosa gegenüber kam sie sich schrecklich grenzüberschreitend vor. Tom war ihr Sohn, nicht Romys, und Romy wäre durchgedreht, wenn jemand so mit Linus gesprochen hätte wie sie gerade mit Tom.

»Meine Taube wird nicht stinken.« Tom strich unablässig über das Gefieder.

»Doch, das wird sie, mein Schatz«, sagte seine Mutter ruhig.

»Außer sie wird wieder leben.«

Rosa ging nicht auf Toms Worte ein, sondern sah Romy an, still, ohne etwas zu sagen.

Diese trat einen Schritt zurück. »Okay. Ich muss dann weiter.« Sie deutete hinter sich in Richtung der Bäckerei.

Rosa nickte nur.

Romy warf einen letzten Blick auf Tom. Sie hätte nicht mit ihm sprechen sollen, konnte einfach nicht mit dem Mann umgehen, der irgendwie weder erwachsen noch Kind war. Vielleicht war er beides. Sie drehte sich um und eilte davon – zurück blieb ein schlechtes Gewissen.

Kapitel 22

Das kalte Wasser weckte seine Lebensgeister. Die letzte Nacht war schrecklich gewesen – er hatte sich ständig von einer Seite auf die andere gewälzt und in die Stille gelauscht. Zweimal war er aus dem Halbschlaf geschreckt, weil er das Gefühl gehabt hatte, jemand stehe im Schlafzimmer, aber er hatte sich jedes Mal geirrt.

Dante trocknete sich das Gesicht ab, und sein Blick fiel in den Spiegel. Er musterte die dunklen Ringe unter seinen Augen und die Blässe seiner Wangen. Vielleicht würde er am Mittag besser schlafen – wenn es draußen hell war, gab es keine Schatten, vor denen er sich fürchten musste.

Er schlurfte nach unten und kochte sich Kaffee; von dem würde er mindestens zwei Liter brauchen, um sich fit zu fühlen. Während der Kaffee durchlief, öffnete Dante den Kühlschrank. Am Tag zuvor hatte er Paprikaaufstrich, Brot und Eier gekauft und gedacht, dass ihm das reichen würde, aber an diesem Morgen brauchte er mehr. Bei dem Gedanken an die Auslage in der Bäckerei lief ihm das Wasser im Mund zusammen, und so beschloss Dante, bei Romy zu frühstücken. Doch bevor er ins Dorf ging, wollte er im Keller nachsehen, ob der Einbrecher eine Spur hinterlassen hatte.

Andererseits wusste Dante ja gar nicht, wie es dort unten vor dem Einbruch ausgesehen hatte, deswegen würde er vermutlich ohnehin nichts bemerken, wenn der Eindringling nur gekommen war, um etwas zu stehlen. Er konnte sich aber ohnehin nur schwer vorstellen, dass Jonah im Keller einen teuren Fernseher oder Schmuck aufbewahrte, und für Konserven würde niemand einbrechen.

Er ging durchs Wohnzimmer auf die Kellertür zu, blieb stehen und strich mit einem Finger über den Riegel, den er gestern Abend nicht mehr vorgeschoben hatte. Nachdenklich betrachtete er ihn. Wie hatte er dieses Schloss knacken können?! *Das hätte gar nicht so einfach gehen dürfen ...*

Er schob den Riegel vor und rüttelte an der Tür. Der Einbrecher musste ihn in seiner Hast nicht ganz vorgeschoben haben. Nur deshalb hatte sich Dante befreien können. Sonst würde er wahrscheinlich immer noch im Pyjama und ohne Handy da unten hocken und hoffen, dass ihn irgendwann jemand vermissen würde. Da hätte er garantiert Tage warten können.

Er öffnete die Tür wieder, vertrieb den Gedanken, was hätte passieren können, und stieg die Treppe hinunter. Auf den ersten Blick sah alles normal aus: Im Vorraum befanden sich nur der Bierkasten und eine Menge Staub, im zweiten Raum standen die Konserven augenscheinlich unberührt an ihren Plätzen. Zumindest wäre er nicht verhungert oder verdurstet.

Dante ging langsam durch den Raum. Hinter den Regalen, befand sich an der Wand ein kleiner Stromkasten. Es gab nur drei Schalter: Keller, Schlafzimmer/Badezimmer und Küche /Wohnzimmer. Ob der Einbrecher den Strom hatte ausschalten wollen? Er hatte ja nicht damit rechnen können, dass Dante das Licht gar erst nicht einschaltete. Aber warum hatte er es dann nicht getan? Er schloss den Kasten wieder und drehte sich um. Nein, hier gab es nichts Ungewöhnliches, keine Botschaften, kein abgetrennter Pferdekopf als Drohung wie bei der Mafia ... nicht mal Unordnung. Die Konserven standen fein säuberlich nebeneinander, ebenso wie die Wasserflaschen und die Bierdosen. Am Fuß einer Leiter, die an der Wand neben den Regalen lehnte, standen zwei Farbeimer, darauf lagen breite Pinsel, und Dante ärgerte sich, dass er nicht dort nachgesehen hatte – dann hätte er die Tür viel schneller gestrichen gehabt.

Er strich mit dem Finger über die dicke Staubschicht, die auf einer Packung Klopapier lag, und betrachtete ihn dann. Der Einbrecher hatte nichts angefasst, also warum war er dann überhaupt in den Keller gestiegen? Dante runzelte die Stirn. Hätte der Fremde nicht anschließend das Weite gesucht, hätte man vermuten können, dass er Dante in eine Falle locken wollte. Aber so ... ergab das keinen Sinn.

Dante ging wieder nach oben und schob den Riegel der Kellertür vor.

Hatte der Einbrecher ihm bloß Angst einjagen wollen? Das hatte er zumindest geschafft, auch wenn im Moment der Ärger stärker war. Dante hätte am liebsten nach ihm gesucht und ihn zur Rede gestellt, vielleicht sogar angezeigt. Etwas, das er sonst möglichst vermeiden wollte, weil damit die Anschuldigung der Kinderschändung öffentlich werden würde.

Er ging in die Küche, goss sich Kaffee ein und gab Milch und Zucker dazu. Dann nippte er daran, und obwohl es so heiß war, dass ihm beim Schlucken der Brustkorb schmerzte, tat das Koffein schon jetzt gut. Er seufzte leise, war zuversichtlich, dass er den Tag schon gestemmt bekommen würde, obwohl er dringend herausfinden musste, wer von seiner Pädophilie wusste.

Dante hatte die Überlegung bisher lieber beiseitegeschoben und sich nicht damit auseinandergesetzt, aber nun hatte er keine Wahl. Er konnte sich nicht vorstellen, wer davon wissen konnte. In seiner Heimat kannten nur seine Eltern das Geheimnis, und die sprachen ganz sicher mit niemandem darüber, außerdem sein ehemaliger Therapeut, und der war sogar gesetzlich dazu verpflichtet zu schweigen.

Er trat ans Wohnzimmerfenster neben der Haustür und sah hinaus. Nebel hing über den Wiesen, und Dante konnte keine hundert Meter weit sehen, geschweige denn bis zum Dorf. Der Himmel war grau und wolkenverhangen, und obwohl die Sonne längst aufgegangen sein musste, war sie nirgends zu sehen. Vom gestrigen guten Wetter war nichts mehr übrig.

Dante dachte zurück ans letzte Mal, als er hier gewesen war. Es kam ihm so lang her vor. Er hatte damals viel unbeschwerter gelebt, war voller Hoffnung gewesen, dass alles irgendwann gut werden würde. Hatte er sich damals womöglich verraten? Dante war eigentlich zu beschäftigt mit seiner Arbeit gewesen, um hier Freunde zu finden, und doch hatte er an manchen Abenden eine Unterhaltung gebraucht, die über die distanzierten Gespräche mit dem Buchhändler hinausging. Aber er würde sich doch wohl daran erinnern, wenn er jemandem sein größtes und schrecklichstes Geheimnis erzählt hätte – selbst, wenn er es im betrunkenen Zustand getan hätte ... oder?

Er sah zu seinem Auto. Ob er heute lieber ins Dorf fahren sollte? Nein, die Strecke war zu kurz, um sie zu fahren. Dante stutzte. Was lag denn da auf seiner Motorhaube?! Er stellte die Kaffeetasse auf den Beistelltisch neben dem Sessel und zog sich seine Stiefel an.

Draußen zerrte eine Windböe an seinen Haaren. Es war über Nacht spürbar abgekühlt und ohne Jacke fror er, während er auf seinen Wagen zu stapfte. Als er sah, was auf der Motorhaube stand, fragte er sich, ob ihn der Einbrecher damit verhöhnen wollte ... So viele Menschen konnten in den letzten Stunden schließlich nicht hier oben gewesen sein. Er nahm die

Tasse, die er am Tag zuvor hatte fallen lassen, an sich, und dann fesselte etwas ganz anderes seine Aufmerksamkeit.

Kapitel 23

Er hatte die platten Reifen vom Haus aus nicht sehen können, weil die untere Hälfte des Wagens von der Mauer verdeckt gewesen war. Dante hockte sich hin und fuhr mit den Fingern über die die klaffenden Schlitze im Gummi. Fest stand: Das war nicht durch einen spitzen Stein oder Ähnliches entstanden, nein, jeder Reifen wies einen Schlitz auf, der nur von einem Messer mit gezackter Klinge stammen konnte.

Damit hatte sich die Frage, ob er fahren sollte, erübrigt. Er ließ sein Auto zurück und stapfte den Feldweg hinab in den Ort, um zu frühstücken. Die Vorfreude auf Romys Gebäck war natürlich gedämpft.

Wer tat denn so etwas?! Wer hatte eine solche Wut auf ihn, dass er ihm die Reifen zerstach?

Dante schob die Hände tief in seine Jackentaschen. Er musste schnellstens herausfinden, wer von seiner Pädophilie wusste. Er war noch nicht mal vier Tage hier und schon standen Sachbeschädigung, Hausfriedensbruch und – wenn man es genau nahm – Stalking auf der Liste der gegen ihn verübten Verbrechen.

Um ihn herum waberte Nebel. Dante sah sich unbehaglich um. Was, wenn ihn der Fremde in diesem Moment schon wieder beobachtete? Der Nebel schluckte jedes Geräusch, und es wäre nicht schwer, sich in seinem Schutz zu bewegen. Dante senkte den Blick. Nein, er durfte sich nicht verrückt machen lassen, musste einen kühlen Kopf bewahren. Doch zweierlei Ängste hatten ihn ergriffen: Die, dass herauskam, dass er pädophil war, und die, dass er körperlich angegriffen werden könnte. Welche davon größer war, vermochte er nicht zu sagen.

Sein Verstand sagte ihm, die um sein physisches Wohl, doch sein Herz fürchtete die Öffentlichkeit seiner sexuellen Neigung mehr.

Erleichtert bog er schließlich um die Ecke und hielt auf die Brücke zu. Der Bach darunter war vor lauter Nebel nicht zu erkennen – Dante hörte nicht einmal mehr das Plätschern des Wassers. Im Dorf selbst war der Nebel nicht mehr ganz so dicht, und der Wind wurde von den Häusern abgehalten. Dante lief die beunruhigend stille Straße entlang. Lebten hier denn keine Menschen, die zur Arbeit mussten? Ihm kam nur ein Hundebesitzer entgegen, der allerdings nicht mal aufsah, als er vorbeieilte und seinen Hund grob an der Leine mit sich zog. Dante blieb stehen und sah Tier und Mensch hinterher. Wie es wohl war, in diesem Dorf zu leben? In einer anderen Situation hätte er es hier sicher als paradiesisch empfunden, doch vielleicht hatte er auch eine zu idealistische Vorstellung. Außerdem mochte es nicht jeder, allein zu sein …

Er ging weiter und kam am Bed & Breakfast vorbei. Es lag verlassen da, die Tür war geschlossen, die Vorhänge zugezogen. Mit jedem Schritt wurde sein Hunger größer, er musste unbedingt etwas essen.

Sobald die Bäckerei in Sichtweite kam, wurde Dante schneller. Sie strahlte eine Wärme aus, die ihm wie das Licht am Ende des Tunnels erschien. Er meinte das frische Gebäck bereits riechen zu können. Sein Magen zog sich zusammen und ließ ein leises Knurren hören.

Nach wenigen Schritten stieß Dante erleichtert die Tür auf und trat ein. Felix saß in einer Ecke über sein Handy gebeugt, achtete aber nicht auf ihn. Da er keine Lust auf ein Gespräch mit dem redseligen jungen Mann hatte, ging er direkt auf Romy zu, die hinter der Auslage stand und ihn anlächelte.

»Hallo«, begrüßte sie ihn. »Schön, dass du hergefunden hast.«

»Mein Frühstück kann mit deinem leider nicht mithalten«, sagte er.

»Was hättest du denn gerne?«

Er dachte an die halbleere Tasse zu Hause auf dem Beistelltisch. »Einen Kaffee, möglichst groß, bitte, und dazu ein be-legtes Brötchen und …« Er ließ seinen Blick über die Auslage wandern. Am liebsten hätte er sich alles bestellt. »Dazu bitte einen Schokomuffin und eine Zimtschnecke. Zum Hier-essen.«

»Okay. Setz dich doch schon mal. Ich bring dir deine Bestellung gleich.«

»Danke«, sagte Dante im Brustton der Überzeugung. Er fühlte sich schon besser, und das, obwohl er noch nicht mal einen Bissen gegessen hatte. Allein, dass dieser wundervolle Ort der warmen Gebäcke existierte, tröstete ihn.

Er hängte seine Jacke über einen Stuhl und setzte sich an einen Tisch am Fenster, an dem er am ersten Morgen schon gesessen hatte. Kaum hatte er es sich bequem gemacht, tastete er seine Jackentaschen nach der Lesebrille ab, fand sie und griff nach der Zeitung, die auf der breiten Sitzbank am Fenster lag. In seinem alten Zuhause hatte es zu seiner täglichen Morgen-routine gehört, bei einer Tasse Kaffee, einem weichen Ei und finnischem Knäckebrot mit Käse die Nachrichten zu lesen. Dieses Ritual erschien ihm nun wie aus einem anderen Leben. Es war ein Versuch, sich zu trösten, indem er das Bekannte an diesen neuen Ort zelebrierte. Doch bevor er eine Zeile gelesen hatte, zog jemand den anderen Stuhl an seinem Tisch zurück, wobei die Beine unangenehm über dem Boden schrappten.

»Wie schön, dass ich dich hier treffe«, sagte Felix und ließ sich nieder.

Dante sah von der Zeitung auf, behielt sie aber in der Hand.

»Ah, Guten Morgen.«

»Na, hast du gut in dem alten Klapperhaus geschlafen?«, fragte Felix amüsiert. »Du siehst ganz schön fertig aus.«

Dante konnte mit so viel unverblümter Ehrlichkeit wenig anfangen und räusperte sich unbehaglich. »Ich muss mich erst mal an die neue Umgebung gewöhnen. Nächste Nacht wird bestimmt besser.«

»Oje ... da würde ich mich aber nicht drauf verlassen.« Der Schalk blitzte in Felix' Augen auf.

Aber bevor Dante fragen konnte, was er damit meinte, kam Romy mit seinem Tablett voller Köstlichkeiten an den Tisch.

»Kann ich dir auch noch was bringen, Felix?«, fragte sie, während sie den Kaffee und zwei Teller vor Dante abstellte.

Der griff sofort nach der Tasse und nippte an dem heißen Gebräu, das so viel besser als in seinem Haus schmeckte.

»Einen Kakao bitte.«

»Alles klar, bring ich dir.«

»Danke, du bist die Beste, Romy.« Felix sah ihr lächelnd hinterher.

»Sag mal ... sind eigentlich allgemein viele Leute auf den Weiden unterwegs?«, fragte Dante und stellte die Kaffeetasse auf dem Tisch ab. Sie stieß leicht gegen einen der Teller.

»Auf den Weiden? Du meinst bei dir oben am Haus?«

Dante nickte.

»Hm … nein, eigentlich nicht. Die Kühe werden natürlich zum Melken zum Bauern getrieben und dann halt wieder rausgelassen. Manchmal holt sich jemand ein Pferd zum Reiten, aber sonst … ich bin wohl derjenige, der da am meisten unterwegs ist.«

Dante musterte den Jungen. Hatte er irgendeine Möglichkeit, hinter sein Geheimnis zu kommen?

»Warum fragst du?« Felix nahm Romy die Tasse mit Kakao aus der Hand und stellte sie auf dem Tisch ab.

»Ich habe das Gefühl, irgendjemand …« Er stockte. Wie viel sollte er verraten? Er wollte sich nicht verquatschen. Aber warum nicht offen sein? Entweder war Felix derjenige, den er suchte, und wusste es ohnehin, oder er war es nicht, dann hatte Dante nichts zu befürchten. »Irgendjemand schleicht um mein Haus herum«, brachte er den Satz zu Ende. »Keine Ahnung, vielleicht bin ich auch paranoid, aber ich fühle mich beobachtet.«

Felix lachte. »Ach was – da oben bist du völlig allein. Da ist nichts los. Hier im Dorf ist ja schon tote Hose, aber bei dir …« Er schüttelte den Kopf. »Vielleicht ist dir die Einsamkeit schon jetzt zu viel.«

Dante bezweifelte das, hob seine Tasse an und nippte erneut am Kaffee.

»Hey!« sagte Felix laut.

Dante sah auf, aber der Junge sprach nicht mit ihm, sondern beugte sich über die Lehne des Stuhles zu Romy.

»Mara ist im Dorf, hab ich recht?!«, rief er ihr zu.

Dante wusste nicht, warum, aber mit einem Mal sah Romy unglücklich aus. Sie kräuselte die Lippen und zog die Augenbrauen zusammen. »Ja.« Dann ging sie um die Verkaufstheke herum und kam an ihren Tisch. Dante griff sich das belegte Brötchen und biss krachend hinein. Krümel rieselten auf den Teller.

»Wie gehts ihr denn so?«, fragte Felix. Er stellte die Frage übertrieben beiläufig, was Dante aufhorchen ließ.

»Gut. Sie würde sich bestimmt freuen, dich mal zu sehen.«

»Du hast sie gesprochen, hm?«

Romy nickte. »Ich war gestern mit Linus bei Ludwin.«

Ihr wunderschöner Sohn. Der Lockenkopf.

»Ludwin lässt wohl nicht locker, was?« Felix grinste.

»Ich weiß nicht, was du meinst.« Romy wurde rot und warf Dante einen unbehaglichen Blick zu. Der sah schnell weg. Er hatte das Gefühl, dass dieses Gespräch nicht für seine Ohren bestimmt war.

»Jaja, ist klar.« Felix wandte sich amüsiert von Romy ab und griff nach seiner Tasse. »Ich bin mir sicher, Ludwin hat ein Auge auf Mara. Frauen in Not wecken seinen Beschützer-instinkt.«

»Er hat bestimmt ein schlechtes Gewissen, weil er dich so …« Romy hielt inne, und Felix schüttelte so heftig den Kopf, dass der Kakao in seiner Tasse schwappte.

»Ist mir egal!«

Dante hatte keine Ahnung, wovon die beiden sprachen. Er biss erneut in sein Brötchen und versuchte beschäftigt zu wirken, dabei spitzte er seine Ohren.

»Ach komm … Es ist doch schon so lange her«, sagte Romy beschwichtigend.

»Zwei Jahre. Das würde ich nicht als lang bezeichnen.«

Sie räusperte sich unbehaglich.

»Egal. Hauptsache Tom kommt Mara nicht zu nah«, murmelte Felix.

Kapitel 24

Romy wünschte sich, Felix würde endlich verschwinden. Sie mochte den jungen Mann, auch wenn er immer ein bisschen geschwätzig war, aber er war nett, und sich mit ihm zu unterhalten brachte nie unangenehmes Schweigen mit sich. Doch nun hatte er sich Dante aufgedrängt, den sie in Felix' Anwesenheit schlecht um ein Date bitten konnte. Er würde es direkt im ganzen Dorf herumerzählen, und Romy würde den Spott nicht ertragen, der daraufhin unweigerlich aufkäme.

So stand sie an der Auslage, arrangierte das Gebäck neu, legte es am Ende doch wieder da hin, wo es zuerst gelegen hatte, und machte Kaffee. Ab und zu kam ein Gast, um etwas zum Mitnehmen zu kaufen, dann war sie wieder mit den beiden Männern allein. Dante hatte längst aufgegessen und lauschte nur noch schweigend Felix' Worten, wobei sein Blick so oft aus dem Fenster glitt, dass sie vermutete, er wartete nur den Moment ab, um sich höflich von seinem Gesprächspartner zu lösen.

Romy sah auf die Uhr, dann wieder zu den Männern. Zwanzig vor neun. Musste Felix nicht langsam los? Dante hatte noch nicht bezahlt – dabei würde sie ihn allein erwischen.

Sie wollte ihn nicht zu einem richtigen Fünf-Sterne-Restaurant-Date einladen, eher zu einem Essen bei sich zu Hause. Zudem konnte sie besser backen als kochen – ihre Kochkünste grenzten schon ans Erbärmliche. Vielleicht also lieber zu Kaffee und Kuchen?

Was für eine dämliche Idee, wo er doch beides hier bekommen konnte … Aber was blieb ihr anderes übrig? Sich vor ihm zu blamieren, indem sie Fertig-Kartoffelpüree mit Erbsen,

Möhren und Fischstäbchen kochte? Für ihren Sohn war das genug, er liebte es, aber er war ein Kind, und Dante erwartete bestimmt etwas mehr, wenn er von einer Frau zum Essen eingeladen wurde. Ihn in ein Restaurant einzuladen, wäre aber auch unpraktikabel. Dann müsste sie Linus mitnehmen, und die Gefahr, dass er ihre ganze Aufmerksamkeit auf sich zog, war in einem Restaurant größer als bei sich zu Hause, wo er in sein Zimmer gehen konnte, wenn ihm bei den Erwachsenen langweilig würde. Linus war ihr absoluter Lieblingsmensch, aber sein Kind mit zu einem Date zu nehmen war auf der Peinlichkeitsskala etwa so, wie als Jugendlicher von seiner Mutter begleitet zu werden.

Sie strich sich eine Haarsträhne hinters Ohr, als Dante Anstalten machte, aufzustehen. Felix hörte einfach nicht auf zu reden, aber Dante ließ sich davon nicht beirren, nahm Teller und Tasse und stand auf.

»Nein, lass! Ich mach das schon«, sagte Romy, griff nach ihrem Tablett und eilte zum Tisch, um abzuräumen.

»Kann ich dir noch was bringen, Felix?«, fragte sie in der Hoffnung, dass Dante und er nicht gleichzeitig gingen.

»Nein, ich mach mich auch auf den Weg.«

Romy biss sich auf die Unterlippe, versuchte sich ihre Enttäuschung nicht anmerken zu lassen und brachte das volle Tablett zurück zu ihrer Arbeitsplatte. Dann tippte sie Dantes Bestellung in die Kasse. Er stand neben Felix und zog das Portemonnaie aus der hinteren Hosentasche. Ihr Herz pochte wild in ihrer Brust, als sie sein Geld entgegennahm, sich für das Trinkgeld bedankte und ihm das Wechselgeld reichte.

»Danke«, sagte er und wandte sich sofort ab.

Romy gab Felix' Bestellungen in die Kasse ein und war hin- und hergerissen. Sollte sie die Chance jetzt nutzen? Sie wusste nicht, wann sie Dante das nächste Mal sehen würde – heute bestimmt nicht mehr … aber Felix stand direkt vor ihr. Und wenn Dante ihr einen Korb gab? Romy wollte keinen Zuschauer dabeihaben.

Dante öffnete die Tür, wobei ein kalter Windstoß in die Bäckerei fegte, zog seine Jacke zu und trat nach draußen. Sie reichte Felix sein Wechselgeld, als die Tür auch schon zufiel. *Mist. Zu spät.*

»Machs gut, Romy!«, sagte Felix und ging auf den Ausgang zu.

Unschlüssig, was sie tun sollte, sah sie ihm beim Verlassen der Bäckerei zu und ärgerte sich, dass sie Dante nicht doch vor seinen Augen gefragt hatte, aber jetzt war es zu spät.

Obwohl …

Sie lief zur Tür und riss sie auf. Felix war nach links gegangen und zog sich gerade seine dunkle Wollmütze über die blonden Haare. Dante war nach rechts gegangen, die Hände in den Jackentaschen vergraben und die Schultern gegen die Kälte hochgezogen. Sie öffnete gerade den Mund, um ihn zu rufen, als er sich von selbst umdrehte.

Überrascht, dass er von sich aus zurückkam, verschlug es ihr einen Moment die Sprache. Dann traf sein Blick ihren und sie lächelte ihn an.

»Entschuldige!«, rief sie ihm zu. »Ich habe … noch etwas vergessen!«

Er beschleunigte seine Schritte und sah sie interessiert an. »Hast du mir zu viel rausgegeben?« Dabei griff er zur hinteren Hosentasche, wo er eben das Portemonnaie verstaut hatte.

»Nein, nein«, sagte Romy schnell. Sie warf einen Blick in Felix' Richtung, der unbeirrt weiterstapfte und offenbar gar nicht bemerkte, was sich außerhalb seines Blickfelds abspielte.

»Ich wollte nur ...« Sie räusperte sich. »Also, ich habe mich gefragt, ob du nicht Lust hättest, Linus und mich heute Nachmittag mal zu besuchen. Ich meine, du kennst hier ja noch niemanden und ich wollte ... vielleicht magst du einen Kaffee mit uns trinken? Also mit mir ... und Linus würde einen Kakao trinken. Oder ... nein, also Linus wird wahrscheinlich in seinem Zimmer sein.« Sie lachte nervös. Was redete sie da nur?

Dante sagte nichts. Sie sah auf ihre Füße, dann wieder hoch zu ihm. Er blickte an ihr vorbei in die Bäckerei. Ob er sich fragte, warum sie ihn zu sich nach Hause einlud, wenn es doch auch hier Kaffee gab? Sie hätte ihn nicht danach fragen sollen.

»Also ...«, sagte sie, als die Stille unangenehm wurde.

Dante blinzelte. »Ja, nein. Also, natürlich. Tut mir leid.« Er rieb sich lächelnd die Nasenwurzel. »Das ist sehr nett von dir. Ich komme gerne auf einen Kaffee vorbei.«

Sie atmete auf. »Echt? Oh, das ist schön.«

»Und Linus ...«

»Du wirst ihn gar nicht bemerken!«, fiel sie ihm hastig ins Wort. »Er muss nach der Schule eh Hausaufgaben machen und wird wahrscheinlich die meiste Zeit in seinem Zimmer ver-bringen.« Kurz stieg ein schlechtes Gewissen in ihr hoch, dass sie ihren Sohn so abschob, aber sie hatte lange kein Date mehr gehabt, und Dante gefiel ihr mit jeder Sekunde besser. Sie wollte so gerne, dass das klappte.

»Okay, aber ich möchte euch nicht stören«, sagte er.

Sie schüttelte schnell den Kopf. »Tust du nicht.«

Dante lächelte. »Dann komme ich gerne.«

»Super!« Zum Herzklopfen und dem Flattern in ihrem Bauch gesellte sich nun ein Gefühl der Glückseligkeit. Sie hatte ein Date mit Dante – einem attraktiven Mann, der scheinbar kein Problem mit ihrem Kind hatte.

Kapitel 25

Neben Romy und Felix waren die Teigers die einzigen Dorfbewohner, die er kannte und die von seinem Umzug in Jonahs Haus wussten – mal abgesehen von Jonah selbst. Daher hatte er sich kurzerhand umentschieden und war nicht nach Hause gegangen, sondern umgekehrt, um das Bed & Breakfast aufzusuchen.

Der Nebel hatte sich mittlerweile verzogen, und jetzt war es nur noch der Wind, der über die Dächer pfiff und in ihm den Wunsch weckte, mit Wärmflasche und Tee ins Bett zu kriechen.

Dazu kam, dass er zwar keinen Hunger mehr hatte, aber von der anstrengenden Nacht immer noch müde und erschöpft war. Vielleicht würde er sich Schlafen legen, nachdem er mit den Teigers gesprochen hatte.

Er erreichte den schiefen, wettergegerbten Bau des Bed & Breakfast und wunderte sich, dass kein Auto vor der Tür stand. Hatten sie immer noch keinen Gast? War er in den letzten Tagen der einzige Gast gewesen?

Auf einem der beiden Plastikstühle neben der Haustür lag ein toter Vogel. Dante betrachtete den traurigen Anblick einen Moment lang, dann sah er hoch zum Himmel, als würde er erwarten, dass gleich die nächste Taube tot herabfiel. *Merkwürdig …*

Dante bemühte sich, nichts in den toten Vogel hineinzuinterpretieren. Er war kein schlechtes Omen oder ein Wink des Schicksals, dass er verschwinden sollte. Es war zwar unwahrscheinlich, aber es konnte ja sein, dass die Taube gegen das kleine Fenster neben der Haustür geflogen und auf dem Stuhl tot zusammengebrochen war. Er schüttelte den Kopf, wandte

119

sich von den leblosen Augen des Tiers ab und betrat das Bed &
Breakfast.

Wieder fiel ihm auf, dass es im Gebäude ungewöhnlich dunkel
war. Obwohl es heute draußen schon düster war, mussten sich
seine Augen erst einmal an das fehlende Licht gewöhnen.

Der Empfang war leer und auch beim Blick ins Kaminzimmer
entdeckte Dante niemanden. Doch dieses Mal hielt ihn kein
Gewissen davon ab, auf Erkundungstour zu gehen. Er betrat
das Zimmer mit den vollen Bücherregalen und den alten Ohrensesseln. Es roch etwas muffig, und auf dem Kaminsims lag
eine Staubschicht. Die Verbindungstür zum Nebenzimmer war
geschlossen. Dante legte eine Hand auf die Klinke und zog die
Tür auf. Dahinter lag ein etwa dreißig Quadratmeter großer
Raum mit fünf rechteckigen Tischen, an denen jeweils zwei
Stühle standen. Obwohl die Fenster so klein waren, dass selbst
im Sommer kaum Licht hereinscheinen konnte, waren die geblümten Tischdecken ausgeblichen, als wären sie lange Zeit der
Sonne ausgesetzt gewesen. Das musste der Frühstücksraum
sein.

Eine Schwingtür führte zu einem weiteren Raum – Dante bemerkte sie erst, als er ein Geräusch von dort hörte: ein Schleifen
und ein Rumpeln, das ihn unangenehm an letzte Nacht erinnerte.

Er machte einen Schritt auf die Tür zu und streckte eine Hand
aus. Gemurmel drang dahinter hervor, doch er verstand nicht,
was die Person sagte. Vorsichtig drückte er die Tür auf. Der
Raum dahinter war hell erleuchtet, und obwohl die Tür nur
einen Spalt breit offen stand, erkannte Dante, dass es sich um
die Küche handelte. Und er sah Tom. Der junge Mann saß auf
dem Boden und wühlte vor sich hin brabbelnd in einer Kiste,

aus der er schließlich etwas Undefinierbares herauszog. Dante erkannte erst auf den zweiten Blick, was es war: eine Mullbinde, an der Blut und Erde klebten.

»He! Was machen Sie da?!«

Dante wirbelte herum und ließ die Tür los, die zuschwang. Jakob Teiger stand mit hochrotem Kopf mitten im Speisezimmer.

»Ich ... also ich wollte ...«

»Das ist Hausfriedensbruch!«, ging Teiger ihn an.

»Nein, tut mir leid. Ich wollte nicht ...« Bevor er das unschöne Wort *herumschnüffeln* aussprechen konnte, biss er sich auf die Zunge. *Mist!* Was sollte er sagen? Herausfinden, was Sie wissen? Nachzusehen, ob es hier Informationen über mich gibt? Ob Sie irgendetwas gegen mich in der Hand haben?

»Ich will Sie hier nicht mehr sehen! Sie haben jetzt eine neue Unterkunft, also verschwinden Sie von hier!«

Überrascht von Teigers heftiger Reaktion, machte Dante einen Schritt auf ihn zu.

»Bitte, Herr Teiger. Ich wollte Sie nicht aufregen und ganz sicher keine Grenzen überschreiten, aber ich habe eine Frage und ...«

Doch er fiel ihm erneut ins Wort. »Ich will Sie hier nicht sehen und schon gar nicht mit Ihnen reden!« Sein Gesicht färbte sich immer dunkler.

»Aber warum? Was ist denn los?«, fragte Dante. Er musste irgendetwas verpasst haben – Teiger konnte doch unmöglich so außer sich sein, weil Dante die Tür zu seiner Küche geöffnet hatte. Er war schließlich nicht in seine privaten Wohnräume eingedrungen, sondern war immer noch im Bed & Breakfast, in dem es üblich sein sollte, dass Fremde ein- und ausgingen.

»Warum sind Sie so sauer auf mich? Ich verstehe gar nicht, wa...«

»Raus hier!«, schrie Teiger und deutete mit ausgestrecktem Zeigefinger Richtung Haustür.

Unsicher, was er tun sollte, sah Dante von der Tür zu Teiger und wieder zurück. »Das muss ein Missverständnis sein. Wenn Sie immer noch wütend sind, weil ich Ihren Sohn so angeschrien habe, tut mir das leid. Ich wollte das nicht, ich habe mich bloß erschreckt und ...«

»Jetzt reichts! Ich rufe die Polizei!« Er drehte sich um und stürmte zur Rezeption.

Dante bekam es mit der Angst zu tun und folgte ihm. »Nein, warten Sie! Ich geh ja schon. Ist ja gut. Sie brauchen die Polizei nicht zu rufen.«

Teiger fuhr so plötzlich herum, dass er fast gegen Dante gestoßen wäre, und zeigte mit dem krummen Finger auf ihn. »Wenn Sie sich noch ein einziges Mal in diesem Haus blicken lassen, dann werden Sie es bereuen, das schwöre ich Ihnen!«

»Aber ich ...« Dante begriff immer noch nicht, was mit dem Mann los war. Konnte es sein, dass er über ihn Bescheid wusste? Hatte *er* die Nachricht an seine Tür geschrieben?

Kapitel 26

»Verdammt, Dante! Was hast du denn verbrochen?« Mara saß rauchend auf einem der beiden Stühle vor dem Bed & Breakfast, wobei sie der tote Vogel neben sich gar nicht zu stören schien.

Die Tür schlug hinter ihm zu, und er schüttelte den Kopf. War das gerade wirklich passiert? Hatte Jakob Teiger ihm mit der Polizei gedroht? Mara hatte es offenbar auch gehört, denn sie grinste noch breiter und sagte: »Komm, erzähl es mir.«

»Ich habe keine Ahnung, was passiert ist.« Dante sah zur geschlossenen Tür. »Wirklich nicht …«

Die Wut auf Tom, als der seine Tasche durchwühlt hatte, konnte doch unmöglich der einzige Grund sein, schließlich war auch Teiger über seinen Sohn verärgert gewesen, hatte noch heftiger und nicht so intuitiv wie er reagiert.

Mara erhob sich aus dem Stuhl, zog ein letztes Mal an ihrer Zigarette und schnipste sie weg. »Du solltest von hier verschwinden«, sagte sie, hakte sich bei ihm unter, als würden sie sich schon ewig kennen, und zog ihn mit sich.

Er warf noch einen Blick über die Schulter. Jakob Teiger stand am Fenster und betrachtete sie.

»Ist das normal? Ich meine, ist der immer so?«

»Dass er den Leuten die Polizei an den Hals hetzen möchte?«, fragte Mara amüsiert. »Nein. Du bist offenbar etwas ganz Besonderes.«

Dante entzog ihr seinen Arm. So viel Körperkontakt war ihm unangenehm. »Weißt du denn dann, welches Problem er mit mir haben könnte?«

Mara schwieg einen Moment und sah starr geradeaus, als würde sie seinem Blick ausweichen wollen. Er vergrub die Hände in den Jackentaschen und ballte sie darin zu Fäusten.

»Ich glaube, ich weiß, woran es liegt. Es hängt mit seinem Sohn zusammen.«

»Mit Tom?«

»Ja.« Sie räusperte sich. »Seit Toms Unfall ist Jakob etwas … *schwierig* auf Menschen aus der Stadt zu sprechen.«

»Warum das?«

Mara, deren Selbstbewusstsein sich augenblicklich um die Hälfte zu reduzieren schien, biss sich auf die Unterlippe, holte Luft und sagte dann: »Tom ist erst seit ein paar Jahren so … na ja … beeinträchtigt, sag ich mal. Er ist als gesunder Mensch geboren, herangewachsen, hatte Freunde, war gut in der Schule und hatte Ambitionen. Das hat sich geändert, als jemand von außerhalb durchs Dorf gefahren ist, als wäre es eine Rennstrecke. Du siehst ja, wie eng es hier ist. Es ist nicht umsonst nur dreißig erlaubt. Aber der Mann – oder die Frau – ist mit hundert Sachen durchgebrettert und hat Tom dabei erwischt.« Dann schwieg sie.

Dante wollte sie nicht drängen, fragte sich aber, was das mit ihm zu tun hatte. Warum war Jakob dann sauer auf ihn? Er hatte schließlich nicht hinter dem Lenkrad gesessen.

Doch so weit war Mara mit ihrer Erzählung noch nicht. Ihr schien Toms Schicksalsschlag nah zu gehen, und Dante erinnerte sich, wie Romy und Felix darüber gesprochen hatten, dass sich Tom besser von ihr fernhalten solle.

»Jedenfalls«, fuhr Mara fort, »stand es nicht gut um ihn. Ich habe ihn gefunden und den Notarzt gerufen. Der hat eine Weile bis hierher gebraucht, dann haben sie Tom ins Krankenhaus gebracht. Er lag 'ne Zeit lang im Koma und niemand wusste, ob er es überlebt, und falls doch, mit welchen Folgen.«

Dante wollte sich nicht vorstellen, wie es sein musste, wenn sich das Leben eines geliebten Menschen mit einem Schlag so grundlegend veränderte. »Okay. Aber was hat das mit mir zu tun?«, sprach er den Gedanken aus, der ihm nicht aus dem Kopf ging.

Mara warf ihm ein Lächeln zu. »Man hat nie herausgefunden, wer der Fahrer war. Das Auto kam nicht von hier, soviel konnte man anhand des Nummernschilds erkennen. Auch wenn das Auto zu schnell weg war, als dass man den Fahrer hätte ausfindig machen können.«

Dante dachte einen Moment lang darüber nach und schüttelte dann den Kopf. »Das ist doch absurd. Ich war es nicht und es gibt gar keinen Grund … Teiger kann doch nicht jeden verdächtigen, und vor allem nicht jeden anschreien und rausschmeißen, nur weil er nicht von hier kommt.«

Mara zuckte mit den Schultern. »Hier kommen ja nicht so viele Touristen her.«

»Aber er verdient sein Geld mit Touristen, ist darauf angewiesen, dass jemand bei ihm im Bed & Breakfast Urlaub macht.«

»Was glaubst du denn, warum alle Zimmer frei sind?«

Dante schüttelte wieder den Kopf. Das war völlig unsinnig. So konnte doch niemand leben. Wie sollten die Teigers denn finanziell über die Runden kommen, wenn Jakob jeden Gast vertrieb? Außerdem hatte der ihm nicht von Anfang an die kalte Schulter gezeigt, geschweige denn ihn angeschrien. Er war zwar ruppig gewesen, hatte ihn aber dennoch in seinem Bed & Breakfast willkommen geheißen und normal behandelt. Es musste irgendetwas anderes sein, das Jakob Teiger so wütend machte. Hoffentlich etwas, das nichts mit seiner Pädophilie zu tun hatte.

»Du kommst aus Trier, oder?«, riss Mara ihn wieder aus seinen Gedanken.

»Ja.« Er sah sie an, während sie ohne Ziel die Straße entlanggingen. »Woher weißt du das?« Er erinnerte sich nicht daran, ihr das erzählt zu haben.

»Ach ... Rosa muss das erwähnt haben.«

»Okay ...?« Er runzelte die Stirn.

»Jedenfalls wohne ich da im Moment auch ... also wenn ich nicht hier bin.«

»Tatsächlich?«

»Ja. Ich bin da hingezogen, um zu studieren. Jura. Und, ja, ich weiß, ich sehe nicht so aus.«

Er schmunzelte. Das tat sie wirklich nicht, aber das war nicht das, was er hatte sagen wollen. »Das heißt, wir hätten uns leicht in Trier begegnen können.«

»Ja. Die Welt ist klein.«

Nein, ist sie nicht. Man sagte das gerne, um sich Zufälle zu erklären, aber eigentlich stimmte das nicht. Es war sehr unwahrscheinlich, dass sie beide innerhalb der letzten vier Tage von Trier aus in dieses Dorf gekommen waren und sich nun über den Weg liefen. War es wirklich ein Zufall?

Kapitel 27

Romy reichte Ludwin seinen Kaffee to go und eine Zimtschnecke, war aber in Gedanken noch immer bei Dante. Sie hatte ihn tatsächlich zu sich eingeladen, und er hatte einfach so zugesagt. Sie lächelte.

»Du siehst glücklich aus«, sagte Ludwin und erwiderte ihr Lächeln.

Sie nickte, öffnete die Kasse und nahm das Wechselgeld heraus.

»Wer oder was zaubert dir denn dieses bezaubernde Lächeln auf die Lippen?«

Sie reichte ihm das Geld. »Ach, es ist nichts.«

»Das glaube ich dir nicht.« Er beugte sich vor. »Ich sehe doch, dass in deinem hübschen Köpfchen etwas vor sich geht.«

Sie konnte nicht verhindern, dass ihr Lächeln breiter wurde.

»Na gut, dann nicht …«, sagte Ludwin amüsiert, machte aber keine Anstalten zu gehen. Schließlich fügte er hinzu: »Ich fand es gestern Abend auch sehr schön. Du hast dich gut mit Mara verstanden und ich glaube, Linus hat sich auch wohlgefühlt.«

Romy schob Dantes Gesicht in Gedanken beiseite, um wieder im Hier und Jetzt anzukommen. »Ja, es war ganz nett.«

Er sah sie abwartend an, und als sie nichts sagte, fügte er hinzu: »Wir können das ja mal wiederholen.«

Glaubte er, sie sei deswegen so glücklich? »Ja, also … Irgendwann mal.«

»Heute Abend vielleicht?«

Das Lächeln verschwand langsam aus ihrem Gesicht, und sie senkte den Blick. »Ich weiß nicht … Heute Nachmittag bin ich schon verabredet und …«

»Oh.« Ludwin taumelte einen Schritt zurück, als hätte sie ihn geschlagen. »Mit wem bist du denn verabredet?«

Sie zögerte einen Moment, entschied aber dann, dass es vielleicht ganz gut war, wenn er erfuhr, dass sie sich mit einem anderen Mann traf. »Dante.«

Eben hatten seine Augen noch gefunkelt, jetzt starrten sie Romy kalt an und auch seine Haltung versteifte sich.

Sie hatte seit Linus' Vater niemanden mehr gehabt und so hatte Ludwin sie jahrelang als Single angesehen, sich möglicherweise deswegen Hoffnungen gemacht. Dass sich das nun ändern könnte, schien ihm gar nicht zu gefallen.

»Ein Date …«, sagte er leise.

»Date ist vielleicht übertrieben, aber er kommt zu Kaffee und Kuchen zu uns nach Hause.«

»Das ist nicht dein Ernst!?«

Sie zog die Augenbrauen zusammen. »Doch, warum denn auch nicht?! Er ist ein attraktiver Mann, und ich würde ihn gerne näher kennenlernen!« Die Worte klangen patziger als beabsichtigt.

»Ja, aber da kannst du ihn doch nicht so einfach zu dir nach Hause einladen!«

»Warum denn nicht?«

»Weil das dein privater Rückzugsort ist.«

»Wie bitte?« Romy starrte ihn fassungslos an. Wovon redete er da?

»Eure Wohnung, das ist euer heiliger Ort, ein Ort, an den man sich zurückziehen kann, wenn es einem schlecht geht. Aber wenn du jemanden wie Dante zu euch einlädst, dann entweihst du diesen Ort und …«

»Moment mal!«, unterbrach sie ihn. »Das ist doch kein heiliger Ort. Das ist nur unsere Wohnung. Ludwin – was ist denn mit dir los? Und überhaupt, was soll das bedeuten: *jemand* wie Dante?«

»Dass dieser Mann ... Er ist nicht ... er ist nicht *gut*!«

»Ach ja? Und wer *ist* gut? Ich meine, abgesehen von dir?« Sie stemmte ihre Hände in die Hüften und starrte Ludwin an.

Er war auch sonst immer irgendwie aufdringlich, ließ sich aber meistens abschütteln, doch jetzt ging er zu weit.

»Darum geht es gar nicht. Unabhängig von mir ist Dante einfach kein Mann, den du zu dir nach Hause einladen solltest. Du solltest wirklich vorsichtiger sein – gerade du.«

»Was soll das heißen, gerade ich?« Sie richtete sich auf, wusste ganz genau, was er meinte, wollte aber nicht glauben, dass er jetzt mit dieser Geschichte ankam.

»Romy ...«, fing Ludwin an.

»Nein!«, unterbrach sie ihn erneut. »Ich habe dir im Vertrauen davon erzählt, und du verwendest das jetzt nicht gegen mich, nur weil du nicht willst, dass ich eine anderen Mann date!« Sie hatte ihm irgendwann mal im Vertrauen erzählt, dass ihr jemand, lange bevor sie Linus' Vater kennen gelernt hatte, in einem Club K.-o.-Tropfen in den Drink gegeben hatte und sie daraufhin beinahe vergewaltigt worden war. Sie hatte Glück und einer der Türsteher bemerkte, was in der Seitengasse neben dem Club vor sich ging und vertrieb den Täter. Romy war betrunken gewesen, als sie es Ludwin erzählt hatte und hatte es sofort bereut, weil das etwas war, das sie nicht jedem auf die Nase band – unter anderem, damit es nicht wie jetzt gegen sie verwendet werden konnte.

»Ich verwende das nicht gegen dich. Ich denke nur, dass du vorsichtiger sein solltest, gerade weil du schon mal etwas Schlimmes erlebt hast.«

»Das ist doch Unsinn! Diese alte Geschichte hat überhaupt nichts mit Dante zu tun, und wenn sich jede Frau, die schon mal sexuelle Belästigung erfahren hat, von Männern fernhalten würde, dann würde die Menschheit sehr schnell aussterben«, sagte Romy. »Also: Entweder du nennst mir einen vernünftigen Grund oder ... er kommt heute Nachmittag zu mir nach Hause.«

Er wich zwei Schritte zurück, fuhr sich mit beiden Händen durch die Haare und sah sich hilfesuchend in der Bäckerei um. Offensichtlich hatte er keinen Grund.

Sie nickte zufrieden. »Aha. Siehst du? Dann lass Dante bitte meine Sorge sein. Das geht dich nichts an.«

Ludwin seufzte. »Bitte, überleg dir das. Ihr könntet euch doch auch irgendwo anders treffen ...«

Sie lachte leise. »Und wo? Ist ja nicht so, als hätten wir hier eine große Auswahl an Restaurants, Kinos und Theatern.«

»Aber ...« Er suchte nach Worten. »Bitte, kannst du mir nicht einfach vertrauen? Er ist nicht der richtige Mann für dich, glaub mir.«

Romy schüttelte den Kopf. »Nein, Ludwin. Du möchtest nicht, dass ich mit irgendwem ausgehe. Das kann ich auch irgendwie verstehen, aber du überschreitest gerade eine Grenze.«

»Verdammt, Romy!«, rief er. »Dieser Kerl ist gefährlich! Er wird dir wehtun, und nicht nur dir, sondern auch Linus! Warum glaubst du mir denn nicht?«

Kapitel 28

Timmi lächelte ihn an. Er hatte kurze breite Milchzähne, wobei dem rechten Schneidezahn eine kleine Ecke fehlte. Ein halbes Jahr bevor er Dante kennengelernt hatte, war er gefallen und mit dem Mund auf der asphaltierten Einfahrt seines Elternhauses aufgeschlagen. Gerade schaukelte er im Garten.

Dante stand am offenen Fenster und sah zu Timmi hinab, beobachtete ihn, wie er immer höher flog. Ab und zu löste er eine Hand vom Seil der Schaukel, um Dante zuzuwinken, hatte jedoch Respekt von der Höhe, sodass er sich immer schnell wieder festhielt.

Dante winkte zurück. Er hatte nur eben das Schlafzimmerfenster nach dem Lüften schließen wollen, stand nun aber da und konnte sich nicht bewegen. Timmi wohnte mit seinen Eltern direkt nebenan, und die Gärten wurden nur durch eine etwa zwei Meter hohe Hecke voneinander getrennt. Es war zwar noch kalt, doch die Bäume und Sträucher in der Nachbarschaft blühten bereits. Nach dem langen Winter brauchte Dante die ersten Sonnenstrahlen so sehr, dass er schon mit dem Gedanken gespielt hatte, sich mit einer Wolldecke und einem Buch auf die Terrasse zu setzen – doch das konnte er nun vergessen. Er würde sich auf keinen einzigen Satz konzentrieren können, ständig lauschend, ob er Timmi hörte, und dem Drang widerstehen müssen, mit ihm in Kontakt zu treten.

Am Anfang, als der Junge mit seinen Eltern im Haus nebenan eingezogen war, hatte sich Dante oft mit den beiden überfreundlichen Ärzten unterhalten, ihnen im Herbst beim Laubkehren geholfen und im Winter Streusalz geliehen. Er hatte sogar zweimal auf Timmi aufgepasst, als die Eltern mitten in der Nacht arbeiten mussten. Dante hatte im Wohnzimmer Klausuren korrigiert, während der Kleine im Kinderzimmer über ihm geschlafen hatte. Es war kein Problem gewesen – er hatte ihn nicht mal zu Gesicht bekommen.

Aber dann hatte Timmi Vertrauen zu Dante aufgebaut und seine Nähe gesucht – wahrscheinlich als eine Art Vaterersatz, weil der eigentliche so wenig für seinen Jungen da war. Die Eltern spielten nie mit ihm im Garten, und Dante wünschte, er könnte diese Rolle in Timmis Leben einnehmen, mit ihm lesen, Blumen pressen und Frösche beobachten. Sie hätten so viel voneinander lernen können.

Während er Timmi beim Schaukeln beobachtete, fragte er sich, ob er zu ihm gehen und fragen sollte, ob er angeschubst werden wollte. Machte das ein Erwachsener nicht für ein Kind? Oder ein Junge für seine Freundin? Aber er war kein harmloser Erwachsener und Timmi nicht seine gleichaltrige Freundin, sondern ein Kind. Und doch – oder gerade deshalb – fühlte sich Dante so sehr zu ihm hingezogen, dass er schnell das Fenster schloss. Er wollte sich gerade abwenden, als er sah, wie Timmi fiel. Der Kleine hatte Dante noch mal zuwinken wollen, das Gleichgewicht verloren und stürzte von der Schaukel. Sie schwang ohne ihn weiter, über seinen Kopf hinweg, der sofort rot anlief. Timmis Mund stand bereits offen, aber sein Schrei kam verzögert bei Dante an.

Er machte einen Schritt in Richtung Schlafzimmertür, um nach unten zu eilen – der Junge hätte sich schließlich etwas gebrochen haben können –, doch dann hielt er inne, weil er Timmi nicht zu nah kommen durfte. Das hatte er sich geschworen, es war das Beste für das Kind.

So stand Dante in seinem Schlafzimmer, lauschte Timmis Schreien und rührte sich nicht vom Fleck. Sollten seine Eltern nicht langsam aus dem Haus kommen, um ihrem Sohn zu helfen? Oder waren sie schon längst bei ihm, aber er war so schwer verletzt, dass er deshalb nicht aufhörte zu schreien? Dante traute sich nicht zurück ans Fenster. Dann würde er nicht mehr an sich halten können und zu Timmi eilen.

Das Schreien ließ auch nach einigen Minuten nicht nach, und da fiel Dante wieder ein, dass Timmis Eltern ihn gebeten hatten, auf den Jungen zu achten. Normalerweise passte er immer bei ihnen zu Hause auf, und er wunderte sich, warum er heute hier war. Was tat er in seinem Schlafzimmer, wenn er auf Timmi aufpassen sollte?!

Das Schreien des Jungen veränderte sich. Es war kein langgezogenes Heulen mehr, nein, er rief nach Dante. Der konnte sich nicht rühren.

Er wollte Timmi nicht zu nah kommen.

Er *durfte* nicht!

Dante schreckte hoch. Am Rücken spürte er kalten Schweiß, sein Herz pochte so heftig in seiner Brust, als würde es jeden Moment herausspringen. Er stand nicht im Schlafzimmer seines Hauses in Trier, sondern lag in Jonahs Bett. Timmis Schrei schien dennoch im Raum zu hängen. Tränen sammelten sich in Dantes Augen.

Er war nach dem Gespräch mit Mara zurückgekehrt, um sich etwas hinzulegen, und hatte nur schlecht geträumt. Erschöpft fuhr er sich mit der Hand durch die Haare und rutschte zurück, bis er mit dem Rücken die Wand berührte. Warum hatte er diesen Traum gehabt? Er hatte Timmi nie beim Schaukeln

133

zugesehen, die Familie hatte nicht mal eine Schaukel in ihrem Garten, und Dante hatte dem Kleinen nie seine Hilfe verweigert.

Er fuhr sich mit dem Handrücken über die schweißnasse Stirn. Langsam beruhigte sich seine Atmung wieder, und auch sein Herz schlug schon nicht mehr so heftig gegen seinen Brustkorb, doch der Mittagsschlaf war nicht so erholsam gewesen, wie er erhofft hatte.

Er schwang die Beine aus dem Bett, stützte die Ellbogen auf den Oberschenkeln ab und starrte auf den rauen Teppich. *Kaffee* … Er brauchte einen Kaffee, dringend. Dante fürchtete zudem, länger geschlafen zu haben, als geplant. Normalerweise dauerte ein erholsames Nickerchen zwanzig Minuten, doch nun hatte er mindestens eine, wenn nicht sogar zwei Stunden geschlafen.

Er ging die Treppe hinunter, lauschte dem Wind, der Regentropfen gegen das Haus peitschte und sah aus dem Fenster neben der Tür. Der Himmel hatte sich von blaugrau endgültig zu dunkelgrau gewandelt und versprach noch mehr Regen. Missmutig wandte sich Dante ab. Heute würde er das Haus nicht mehr verlassen, denn auch wenn der Wind an dem Häuschen riss, als würde er es wegtragen wollen, war er hier sicherer als im Dorf.

Dante durchquerte das Wohnzimmer und blieb an der Küchentür wie angewurzelt stehen. Von den Wänden, den Schränken, den Küchengeräten und der Hintertür her starrte ihn Timmi an.

Kapitel 29

Dante stand wie erstarrt da. Timmis Gesicht war lebensgroß auf DIN-A4-Blätter gedruckt, die überall in der Küche hingen. Alles um ihn herum verschwamm, und die Bilder schienen um ihn herumzuwirbeln. Überall Timmi, der grinsend seinen fehlenden Schneidezahn zeigte.

Dante merkte gar nicht, wie er in die Mitte der Küche trat. Fassungslos ließ seinen Blick über die Wände schweifen – sogar von der Decke her lächelte ihn das Gesicht des Jungen an.

Dante konnte nicht begreifen, was er da vor sich hatte, bis ihm mit einer Minute Verzögerung der Gedanke kam, dass irgendjemand hergekommen sein und die Fotos in die Küche gehängt haben musste. Während er im Haus gewesen war! Seine Beine wurden weich. Er stützte sich auf dem Küchentisch ab, schob einen Stuhl zurück und setzte sich.

Immer wieder schüttelte er den Kopf, um seine Gedanken zu ordnen, aber wie, wenn ihn seine Liebe und sein gleichzeitig größtes Geheimnis von überall her anstarrte. Doch jetzt, wo er erst mal saß, fand er nicht mehr die Kraft, aufzustehen und den Raum zu verlassen.

Das durfte nicht wahr sein. Da wusste nicht nur irgendjemand, dass er pädophil war, sondern auch was Timmi ihm bedeute. Die Person musste bei dem Jungen gewesen und ihn fotografiert haben. Dante schnürte es die Kehle zu. Wie konnte das sein? Träumte er? Bildete er sich alles nur ein?

Dann stand er mit einem Ruck doch auf und zupfte ein mit Tesafilm angeklebtes Blatt von der Wand über dem Küchentisch. Langsam löste er das zweite Bild, dann das dritte und das vierte; immer schneller und grober riss er die Bilder herunter.

Es waren so viele, teilweise überlappend, um keine freie Stelle zuzulassen.

Dante legte den ersten Schwung auf den Tisch und ging dann zur Hintertür. Dort machte er weiter und ließ die Blätter einfach auf den Boden segeln. Hauptsache sie waren ab, nicht mehr in seinem direkten Blickfeld.

Erst als sein Blick verschwamm, bemerkte Dante, dass er Tränen in den Augen hatte, und gleichzeitig überkam ihn eine Erschöpfung, die er so noch nie zuvor verspürt hatte. Sein Leben lang war er weggelaufen und hatte sich verstellt, nie hatte jemand auch nur geahnt, was in ihm vorging. Es war hart gewesen, hatte sich aber gelohnt. Und nun schien alles über ihm zusammenzubrechen, und er wusste nicht, was er dagegen tun sollte. Er fühlte sich in die Ecke gedrängt, unfähig zu handeln oder gar dagegen anzukämpfen, während das Grauen immer näherkam und wie ein schweres Gewicht auf seine Brust drückte.

Als er die Tür von Bildern befreit hatte, wandte er sich zum Kühlschrank und riss auch von diesem alle Fotos. Inzwischen war der ganze Boden bedeckt. Timmi starrte von unten zu ihm herauf, und Dante hatte das Gefühl, mit jeder Sekunde, die verstrich, veränderte sich sein Lächeln. Es war nicht mehr fröhlich, sondern gezwungen, und als er auch den Kühlschrank von Bildern befreit hatte, glaubte Dante, Wahnsinn in Timmis Blick zu erkennen.

Ihm fiel das Atmen schwer, hektische rote Flecken hatten sich auf seinen Händen gebildet und breiteten sich den Arm hinauf aus. Dante riss die Blätter von den Schrankfronten und nahm sie aus der Spüle – sogar am Ofen und am Wasserhahn klebten welche.

Er stieß einen verzweifelten Schrei aus, hatte das Gefühl, sie würden nicht weniger, als würden sie wie Pflanzen in einer Zeitrafferaufnahme nachwachsen.

Lachte da jemand? Er fuhr herum. Timmis Gesicht hing an der Wand neben dem Kühlschrank. Mit zwei Schritten war er dort und riss das Bild herunter, lief zurück und machte weiter.

Der ganze Boden war voller Fotos, und er hatte noch nicht mal mit der Decke begonnen.

Wer hatte das nur getan?

Er stieg auf einen Stuhl und zupfte die Blätter von der Decke. Sie segelten langsam, viel zu langsam, als würden sie ihn verhöhnen, zu Boden. Schwindel ließ ihn schwanken, Dante stützte sich an einer Wand ab und blinzelte. Er sah durch das Fenster in der Hintertür auf die Weiden hinaus. Das Unwetter tobte – als wollte es seine Gefühle ausdrücken.

Dante streckte sich wieder und zog die letzten Bilder von der Decke, wobei die Klebestreifen an manchen Stellen Farbe mitnahmen, und dann klingelte es an der Tür.

Kapitel 30

Dante hielt erschrocken inne – er hatte gerade vom Stuhl steigen wollen, stand mit einem Fuß schon auf dem Boden. Überall um ihn herum lagen die Bilder. Sollte er das Klingeln einfach ignorieren? Nein, dann würde derjenige vielleicht gleich zum Küchenfenster reinsehen, um zu überprüfen, ob er da war. Er musste die Blätter wegschaffen. In den Mülleimer. Die Schränke. Egal wohin, nur schnell weg!

»Ich komme gleich!«, rief er, um die Person davon abzuhalten, nach ihm zu sehen. Dann riss er die Tür unter der Spüle auf und stopfte das Papier hinein. Es raschelten und einige Blätter glitten wieder hinaus, aber er machte hastig weiter.

Als im Schrank kein Platz mehr war, griff er sich den Stapel vom Tisch und versenkte ihn im Mülleimer. Wer auch immer vor seiner Tür stand – Dante hoffte, dass er ihn schnell abwimmeln konnte und gar nicht erst ins Haus lassen musste. Trotzdem wollte er die Tür auf keinen Fall öffnen, solange hier drin ein solches Chaos herrschte.

Und schließlich hatte er es geschafft. Dante drehte sich in der Küche ein letztes Mal um sich selbst. Alle Bilder waren versteckt. Die Klingel ertönte ein zweites Mal.

Dante lief aus der Küche, durchs Wohnzimmer, blieb vor der Tür stehen und atmete tief durch. Er würde den Besucher abwimmeln und dann überlegen, was zu tun war. Es gab jetzt keinen Grund, in Panik zu geraten.

Freundlich lächelnd öffnete er die Tür, und vor ihm standen Romy – mit einer Kuchenglocke in der Hand – und Linus, der ungeduldig von einem Bein aufs andere trat. Der Wind riss an ihrer Kleidung und zog Romys Locken unter der tief ins Gesicht gezogenen Kapuze hervor.

Dante hatte eher mit Jonah, Mara oder Jakob Teiger gerechnet, aber nicht mit den beiden. Was wollten sie hier? Und warum hatte Romy Kuchen mitgebracht?

»Hallo?«, sagte er.

»Hey.« Sie lächelte. »Ich hab mir etwas Sorgen gemacht.«

»Sorgen …?«

Sie zögerte, das Lächeln verschwand von ihren Lippen. »Hast du unsere Verabredung vergessen?«

Ihre Verabredung! Sie hatte ihn zu Kaffee und Kuchen bei sich eingeladen. Er hatte es vollkommen vergessen.

»O Gott! Wie spät ist es?« Er hatte nach seinem Mittagsschlaf nicht mehr auf die Uhr gesehen. Es musste später sein, als er angenommen hatte.

»Es ist fast vier und irgendwann ist die Zeit für Kaffee und Kuchen vorbei.«

Sechzehn Uhr! Er hatte beinahe fünf Stunden geschlafen!

»O Mann, das tut mir schrecklich leid, Romy. Ich habe letzte Nacht nicht gut geschlafen und bin … einfach eingenickt.«

Ihr Lächeln kam zaghaft zurück.

»Mama, können wir endlich reingehen?« Linus war klatschnass, und obwohl auch er eine Kapuze trug, glitzerte der Regen auf seinen Wangen.

»Oh, entschuldigt. Ja, natürlich. Kommt rein! Ich mache gleich den Kamin an.« Dante öffnete die Tür, damit seine Gäste eintreten konnten – er konnte sie schließlich schlecht wieder nach Hause schicken; nicht, nachdem er die Verabredung verpennt hatte und draußen ein Sturm tobte.

Romy und Linus traten ein, zogen ihre Jacken aus und hängten sie über die Garderobe neben der Tür. Dann fuhr sich Romy durch ihr braunes Haar und sah sich um.

»Ich habe zwar schon oft die Aussicht bewundert, die man von hier oben hat, aber war noch nie hier drin. Es ist ganz gemütlich.«

»Es ist sehr klein.« Dante ging zum Kamin, um ihn anzuzünden. »Aber ich brauche ja auch nicht viel Platz.« Gleichzeitig überlegte er verzweifelt, ob unter der Spüle irgendetwas zwischen all den Fotos stand, das er fürs Kuchenessen brauchte. Aber soweit er sich erinnerte, stand dort nur Putzmittel. Blieben noch die Mülleimer, die überquollen von Papier.

Linus setzte sich in den Sessel und baumelte mit den Beinen, während er Dante dabei zusah, wie der das Feuer im Ofen anzündete.

»Mama, wir brauchen auch einen Kamin«, sagte er.

»Ja, brauchen wir wirklich. Vielleicht, wenn wir im Lotto gewinnen und uns ein Haus leisten können.«

Dante lächelte ihr flüchtig zu. »Das ist leider die einzige Möglichkeit, hier zu heizen. Zieht zwar bis hoch ins Schlafzimmer, aber viel Wärme ist es trotzdem nicht.«

»Diese alten Häuser, hm?«

Er nickte und führte Romy in die Küche. Linus blieb im Sessel sitzen, den Blick aufs Feuer gerichtet.

Sie stellte den Kuchen auf der Arbeitsplatte ab und griff intuitiv nach einer Schublade.

»Nein, nein«, sagte Dante schnell. Er wollte auf keinen Fall, dass sie sich hier selbst bediente. Nicht, dass sie etwas öffnete, was sie nicht sollte. »Setz dich an den Tisch. Ich mach das schon.«

»Okay. Ich wollte nur den Kuchen schneiden – das hab ich noch nicht gemacht«, sagte sie lächelnd und setzte sich.

»Kein Problem, ich mach das schon«, wiederholte er, zog ein großes Messer aus dem Messerblock. Dann hob er die Glocke und der Duft nach warmen Schokoladenkuchen stieg ihm in die Nase. Vor Hunger zog sich sein Magen zusammen. »Der sieht ja köstlich aus«, sagte er über die Schulter hinweg.

»Danke. Den habe ich vorhin noch schnell gebacken, nachdem ich Linus abgeholt habe.«

»In welche Klasse geht er?«

»In die vierte. Wir müssen uns die nächsten Monate nach einer weiterführenden Schule umsehen.«

Dante schnitt die Hälfte des Kuchens in gleichgroße Stücke und holte dann drei Teller aus dem Hängeschrank, auf die er die Kuchenstücke verteilte, und stellte sie auf den Tisch. Er war so klein, dass sie zusammenrücken mussten.

»Na ja, aber er wird das schon hinkriegen«, fuhr Romy fort, als Dante nichts sagte.

Es fiel ihm schwer, sich auf das Gespräch zu konzentrieren. Seine Gedanken schweiften immer wieder zu den Bildern im Mülleimer.

»Trinkst du Tee oder Kaffee?«, fragte er.

»Tee, bitte.«

Er nickte und machte sich an die Zubereitung. Danach kochte er für sich Kaffee, um sein Gehirn wieder zur Konzentration zu animieren.

»Linus, kommst du?«, rief Romy ins Wohnzimmer.

»Muss ich? Hier ist es so schön warm!«

»Ihr seid ganz schön nass geworden, was?«, fragte Dante mit schlechtem Gewissen.

Romy nickte. »Ich habe den starken Wind etwas unterschätzt – der weht einem den Regen direkt ins Gesicht.«

»Tut mir leid, dass ihr wegen mir draußen unterwegs sein musstet.« Er stellte zwei Tassen auf den Tisch. »Was trinkt Linus? Kakao habe ich leider nicht da.«

»Wasser reicht, danke.«

Er füllte ein Glas mit Wasser und stellte es neben einen der drei Teller.

»Wie kommt es, dass du so schlecht geschlafen hast?«, fragte Romy, als sich Dante endlich an den Tisch setzte.

Er räusperte sich. »Ich schätze, das liegt an dem ganzen Trubel der letzten Tage. Ich habe die letzten zehn Jahre an ein und derselben Schule unterrichtet und in ein und demselben Haus gewohnt, da ist der Umzug hierher schon eine große Sache.«

»Du bist hergekommen, ohne eine Wohnung zu haben – das war riskant.« Sie steckte ihre Gabel in den Kuchen und stach sich ein Stück ab.

»Ich dachte, im persönlichen Gespräch bekommt man eher eine Wohnung, als wenn man anruft.«

»Du kommst aus der Stadt, da muss der Wohnungsmarkt ganz anders aussehen. «

Dante nickte bei dem Gedanken an den lächerlichen Mietpreis für dieses Haus. »Das habe ich gemerkt. In Trier würde ich für dieses Haus das Doppelte bezahlen.«

Sie lächelte. »Wie kommt es eigentlich, dass du ausgerechnet hierher gekommen bist? Deine Sprachenschule ist ja doch noch ein Stück entfernt.«

»Ich bin schon vor Jahren hier gewesen, um an meiner Master-arbeit zu schreiben. Das Dorf ist mir in guter Erinnerung geblieben, und ich hatte das Gefühl … es wäre Bestimmung, dass ich wieder hierher komme.«

»Bestimmung.« Sie nickte.

Er lächelte verlegen. »Ja, hört sich doof an.«

»Nein, nein. Kann doch sein. Wer weiß …«

Linus kam mit von der Wärme rosigen Wangen in die Küche, setzte sich zu ihnen an den Tisch, griff nach dem Wasserglas und trank es in einem Zug leer.

»Dante, hast du auch Jura studiert?«, fragte Linus plötzlich.

Er sah verblüfft von dem Kind zu seiner Mutter, die ihn anlächelte. »Mara hat ihm die Tage von ihrem Studienfach erzählt.«

»Ähm, nein. Also … ich … Ich habe Deutsch und Philosophie studiert. Auf … auf Lehramt«, stammelte Dante, dem eigentlich bewusst war, dass Linus damit nur halb so viel anfangen konnte wie erwünscht.

»Ich will mal Detektiv werden«, sagte Linus, ohne Dante anzusehen. Mit seinem Zeigefinger drückte er in den weichen Teig des Kuchenstücks vor sich.

»Echt?«, fragte Dante. »Wie die drei Fragezeichen?«

»Ja, wie Peter.« Er leckte sich über die Unterlippe und sah dann zu Dante auf. »Wo hast du Sprudelwasser?«

Verblüfft über Linus' unverblümte Art, sagte er. »Im Kühlschrank.«

War er plötzlich so unsicher, weil er sich größtenteils von Kindern fernhielt und sich jetzt mit einem so attraktiven Jungen unterhielt? Er konnte kaum einen klaren Gedanken fassen. Oder war es die Panik, die er immer noch angesichts des Bilderfunds empfand?

Linus stand auf, ging zum Kühlschrank, öffnete ihn und wollte gerade nach etwas greifen, als er innehielt. An dem obersten Boden klebte ein weiteres Bild von Timmi und lächelte ihm entgegen.

Kapitel 31

»Nein! Weg da!« Dante sprang so schnell auf, dass Romy zusammenzuckte.

Sie hatte sich gerade ein großes Stück Kuchen in den Mund schieben wollen und in Gedanken gebeten, dass es ihr nicht von der Gabel auf den Schoß fallen möge. Nun fiel es auf ihren Teller zurück, und sie sah erschrocken zum Kühlschrank. Dante war so schnell bei Linus gewesen, dass es wirkte, als hätte er sich rübergebeamt. Er schob ihren Sohn grob beiseite und schloss die Kühlschranktür mit einem gewaltigen Rumms.

Linus, der offensichtlich nicht begriff, was das Problem war, stand wie angewurzelt da.

»Was ist denn los?«, fragte Romy. Sie stand auf und ging zu ihrem Sohn, der ganz benommen aussah.

»Ich wollte … Entschuldige bitte, Linus. Es war nicht meine Absicht, dich zu erschrecken.«

»Was war denn das Problem?«, fragte Romy wieder und strich ihrem Sohn sanft über den Hinterkopf.

»Ich …« Dante fuhr sich mit einer Hand durch die Haare. »Ich habe überreagiert, entschuldigt. Ich habe das Wasser gar nicht im Kühlschrank stehen.« Er griff nach Linus' Glas, hielt es unter den Wasserhahn und füllte es.

Romy betrachtete ihn skeptisch. Er hatte Linus nicht wehgetan und war auch nicht laut geworden, und trotzdem fand sie seine übertriebene Reaktion daneben. Und hatte sie sich das nur eingebildet, oder hatte Dante nicht sogar gesagt, das Wasser wäre im Kühlschrank?

»Alles gut?«, fragte sie ihren Sohn sanft, wobei sie unentwegt über seinen Kopf strich.

Er nickte, sagte aber nichts.

»Du hast nichts falsch gemacht.« Dante stand das schlechte Gewissen ins Gesicht geschrieben. »Es war mein Fehler, okay? Tut mir wirklich leid. Alles wieder gut?«

Linus zögerte, nickte dann aber.

»Hier ... da, dein Wasser.« Dante stellte Linus' Glas neben dessen Teller.

Linus löste sich von Romy und setzte sich wieder an den Tisch. Dante und Romy sahen einander einen Moment lang unschlüssig an, dann ließen auch sie sich auf ihren Stühlen nieder. Doch die Stimmung war dahin. In der Küche hatte sich unbehagliches Schweigen ausgebreitet. Linus rührte das Glas Wasser nicht an, Dante ließ den Kuchen liegen, und Romy fragte sich, ob es ein Fehler gewesen war, herzukommen.

Es war aufdringlich gewesen, das hatte sie mittlerweile selbst gemerkt – aber sie hatte so viel Mut zusammengenommen, um ihn um dieses Treffen zu bitten, da hatte sie es nicht verstreichen lassen können. Nun bereute sie es jedenfalls, Dante so überrumpelt zu haben. Er stand irgendwie neben sich.

Entweder lag das an dem langen Mittagsschlaf oder er hatte, was das betraf, gelogen und einfach keine Lust gehabt, sie zu treffen. Als er nicht zur vereinbarten Zeit bei ihr aufgetaucht war, hatte sie immer wieder an das Gespräch in der Bäckerei mit Ludwin denken müssen, in dem er ihr so vehement davon abgeraten hatte, Dante in ihre Wohnung zu lassen. Es war eine Trotzreaktion gewesen, Kuchen und Linus kurzerhand einzupacken und herzukommen. Sie hatte Ludwin einfach nicht die Befriedigung geben wollen, dass Dante sie versetzt und es sich wirklich herausgestellt hatte, dass er ein Arschloch war, dem man nicht trauen konnte. Doch vielleicht hatte Ludwin gar nicht so unrecht mit seiner Meinung von Dante.

Sie würde jetzt einfach ihren Kuchen essen, ihm etwas für den nächsten Tag dalassen und wieder nach Hause gehen, beschloss sie. Was war sie dumm gewesen, Linus durch dieses Unwetter her zu schleppen, nur weil sie einen Mann hatte kennenlernen wollen.

»Ich habe Mara getroffen«, sagte Dante in die Stille hinein.

Sie hatten schon viel zu lange geschwiegen. Was für ein kläglicher Versuch, die Situation aufzulockern.

»Mara?«, fragte Romy.

Er konnte es nicht wissen, aber Mara war das ungünstigste Thema, das er hätte wählen können.

»Ja. Sie hat mir von Toms Unfall erzählt.«

»Ach ja …«, sagte sie. »Ja, schreckliche Sache.«

»Mara glaubt, dass Jakob Teiger mich nicht leiden kann, weil ich von außerhalb komme – wie der Unfallverursacher.«

»Mh … Jakob kann dich nicht leiden?«

Er schüttelte den Kopf. »Er hat mich heute Vormittag angeschrien und beschimpft.«

»Was?!«

»Ja, ich weiß nicht warum.«

Sie verstand es auch nicht. Obwohl Jakob grimmig war und tatsächlich etwas gegen Menschen von außerhalb hatte, zeigte er ihnen das nie so deutlich.

»Du bist mit Tom aneinandergeraten, oder? Rosa hat da etwas erwähnt.«

Zuerst Jakobs Sohn und dann ihren. Das war ihm sichtlich unangenehm. Er fuhr sich mit einer Hand durch die Haare und lehnte sich zurück. »Ich habe mich … erschreckt.«

147

Wie bei Linus.

»Vielleicht ist er deswegen noch sauer.«

»Aber …« Dante war die Parallele wohl auch klar, denn er zögerte, bevor er weitersprach. »Er hat sich den Inhalt meiner Reisetasche angesehen, was ich verhindern wollte. Ist das nicht verständlich? Ich meine, er ist ein erwachsener Mann, stand, als ich zurückkam, in meinem Zimmer und da hatte ich noch nicht gesehen, dass er … behindert ist.«

Romy überlegte, wie sie an Dantes Stelle reagiert hätte. Wahrscheinlich anders. Zumindest weniger laut. Auch wenn Rosa gerne übertrieb, musste ein Funken Wahrheit an ihrer Erzählung sein.

»Tom ist ihr wunder Punkt«, sagte sie leise. »Jakob und Rosa haben ihren Jungen früher vergöttert. Er war ihre Nummer eins, sie haben immer davon gesprochen, dass er noch groß rauskommen würde, doch dann war da dieser Unfall und alle Wünsche, die sie für ihren Sohn hatten, sind zerplatzt.«

»Aber er kann doch immer noch ein … schönes Leben führen.«

»Natürlich. Aber er wird immer auf sie angewiesen sein. Es gibt in der Stadt zwar auch betreutes Wohnen und Arbeit für Menschen mit Beeinträchtigung, aber dann wäre er gar nicht mehr bei ihnen und das wollen sie auch wieder nicht.«

»Ich hatte das Gefühl, Jakob Teiger war tierisch genervt von seinem Sohn. Er hat auf mich nicht gerade den Eindruck eines liebenden Vaters gemacht.«

»Vielleicht ist er das auch, und vielleicht ist er enttäuscht, dass Tom nicht das Leben führen kann, das Jakob gerne für ihn gehabt hätte. Aber das heißt ja nicht, dass er ihn weniger liebt.«

Dante verzog das Gesicht, als wäre er da anderer Meinung, aber was wusste er schon, er hatte ja nicht mal Kinder.

Romy hatte die Lust an einem weiteren Gespräch verloren. Der Unmut über Dantes Umgang mit Linus klang in ihr nach. Obwohl er ihn ja weder geschlagen noch beschimpft hatte, war Linus seitdem ungewöhnlich still, sah nur auf sein Stück Kuchen hinab, ohne etwas zu essen oder zu trinken.

»Okay, kleiner Mann«, sagte sie mit fröhlicher Stimme. »Wollen wir uns mal auf den Rückweg machen?« Sie rechnete halb damit, dass Dante sie bitten würde, länger zu bleiben, aber das tat er nicht, und das war wahrscheinlich besser so. Sie stand auf. »Ich lass dir den Kuchen hier. Bring mir die Kuchenglocke einfach in die Bäckerei, wenn du ihn aufgegessen hast.«

Dante rückte den Stuhl zurück. »Okay, mache ich. Danke. Der Kuchen ist sehr lecker.« Doch auch er hatte sein Stück nur zur Hälfte gegessen.

Linus stand auf und ging an Dante und Romy vorbei, ohne etwas zu sagen. Sie folgte ihm und gemeinsam zogen sie an der Haustür ihre Jacken an. Plötzlich hatte sie das dringende Bedürfnis, mit ihrem Kind allein zu sein und ihn in den Arm zu nehmen. Irgendetwas stimmte nicht, und sie wollte wissen, was es war.

»Okay. Dann bis bald«, sagte sie an Dante gewandt.

Das schlechte Gewissen stand ihm noch immer ins Gesicht geschrieben, aber sie konnte und wollte diese Last nicht von seinen Schultern nehmen. Er hatte sich ihrem Sohn gegenüber danebenbenommen, und auch wenn sie einiges für einen Mann wie Dante tun würde, Linus stand immer an erster Stelle.

»Entschuldige noch mal«, sagte er leise zu Romy.

Sie nickte ihm nur zu und bemühte sich um ein Lächeln, dann schob sie Linus vor sich nach draußen. Der Wind ergriff ihn sofort, und er stolperte zwei Schritte zu Seite, fing sich und griff nach ihrer Hand. Sie gingen nebeneinander den Weg zum Gartentor entlang, wobei sie Dantes Blick im Rücken spürte.

Nachdem sie auf dem Weg waren, drehte sich Linus zum Haus um; dann sah er sie mit großen Augen an.

»Mama?«

»Ja?«

»Warum hat Dante das Gesicht von einem Jungen in seinem Kühlschrank hängen?«

Kapitel 32

Dante starrte auf das letzte Blatt mit Timmis Gesicht. Es war, als hätte der Einbrecher gewusst, dass Romy mit ihrem Sohn herkommen und Linus den Kühlschrank öffnen würde. Verdammt, das war wahnsinnig knapp gewesen. Hätte Romy die Fotos gesehen, hätte sie ihn darauf angesprochen ... Er wusste zwar nicht, was Linus nun dachte, aber er würde es nicht mit Pädophilie in Zusammenhang bringen. Nur hatte Dante falsch reagiert. Verärgert riss er das Blatt herunter und stopfte es in den vollen Mülleimer.

Romy war eine nette Frau, er hatte sie nicht vor den Kopf stoßen wollen. Auch wenn Linus dieses Erlebnis vergaß und sich neue Erinnerungen darüberlegten – sie würde es nicht vergessen, dafür war Dante zu grob gewesen. Wenn er doch nur die letzte halbe Stunde, oder am besten direkt den ganzen Tag, rückgängig machen könnte, dann wäre er zu Romy gegangen und hätte dort einen schönen Nachmittag verbracht.

Dante stellte den Kuchen auf den Kühlschrank, räumte den Tisch ab und spülte das Geschirr, wobei seine Gedanken zu den Anfängen seiner beruflichen Laufbahn wanderten. Er hatte nicht lange darüber nachdenken müssen, was er später mal werden wollte – sein Wunschberuf war von Anfang an Lehrer gewesen. Er liebte es, Wissen zu erlangen, und wollte es gerne weitergeben. Die Aufgabe war spannend und vielschichtig, ging immer voran, man erzielte Fortschritte, außerdem mochte er den Umgang mit Menschen – auch wenn die Bewohner dieses Dorfes wohl mittlerweile etwas anderes von ihm behaupten würden.

Er sah nach draußen in den Regen, während er die Teller abtrocknete.

Für Dante war aber auch klar gewesen, dass er nicht Grundschullehramt studieren würde. Zum einen, weil er mit seinen Schülern diskutieren und ihnen höheres Wissen beibringen wollte, zum anderen war da schon damals seine Pädophilie gewesen. Er war nicht hebephil, was bedeutete, dass man auf frühpubertäre Kinder stand, sondern pädophil. Er fand den Körper eines Kindes vor seiner Pubertät anziehend. In einer Grundschule hätte er nur mit solchen Schülern zu tun gehabt, in weiterführenden Schulen auch mit Kindern in und nach ihrer Pubertät. Dante hatte sich schnell als Oberstufenlehrer gemausert, wo er erwachsene Menschen unterrichtete. Er konnte mit ihnen diskutieren, was in seinen Fächern, Deutsch und Philosophie, die reinste Freude war. Nicht alle hatten Lust darauf, aber einige hatten Spaß an seinem Unterricht und das wiederum hatte ihn glücklich gemacht. Er ließ stets verschiedene Meinungen zu, akzeptierte sie und benotete Schüler nicht schlechter, nur weil sie andere Ansichten hatten als er. Das gab ihnen die Möglichkeit, offen und ohne Scheu zu sprechen, und er konnte Sachverhalte diskutieren, die man normalerweise nur mit Freunden besprach … Freunde, die er nicht hatte.

Jedenfalls hatte er daher als Pädophiler nie ein Problem damit gehabt, in einer Schule zu arbeiten. Er war seinen Schülern nie zu nah gekommen, hatte sich nie verliebt. Dennoch freute er sich darauf, fortan nur noch Erwachsene zu unterrichten. Die Weiterbildung hatte er schon vor Jahren gemacht. Ohne Freunde oder Partner hatte er schließlich deutlich mehr Zeit als die meisten Menschen, und so hatte er diese mit seiner Lieblingstätigkeit gefüllt: Wissen anhäufen.

Dante räumte das saubere Geschirr weg und wischte mit einem Lappen über die Oberflächen. Danach drückte er die Fotos tiefer in die Mülleimer, um auch noch die Blätter aus dem Schrank unter der Spüle hineinzupressen.

Schließlich blickte er sich in der Küche um und war zufrieden, dass es nicht mehr so aussah, als wäre hier vor kurzem die Hölle ausgebrochen. Nur was er mit Romy und Linus tun sollte, wusste er nicht. Er musste sich noch einmal richtig entschuldigen, bezweifelte aber, dass sie seine Entschuldigung annehmen würde. Vielleicht konnte er irgendetwas tun, was ihnen zeigte, wie leid es ihm tat? Jeder Mensch hatte Wünsche, die er sich selbst nicht erfüllte, und mit denen man sein Herz erwärmen konnte.

Er öffnete die Hintertür und stellte sich in den Türrahmen. Die frische Luft tat gut. Er ließ sich den Wind um die Nase wehen und sah hinaus in die graue Landschaft. Der Regen prasselte über ihm so stark auf das Dach, dass er als beständiges Rauschen in Dantes Ohren klang.

Obwohl es erst in zwei, drei Stunden dunkel werden würde, war es aufgrund des Regens schon jetzt so düster, dass er keine zweihundert Meter weit blicken konnte, weswegen er einen Moment brauchte, bis er erkannte, dass da draußen jemand war.

Eine Gestalt im Friesennerz stapfte sich gegen den Wind stemmend über das Feld. Dante kniff die Augen zusammen, konnte jedoch nicht erkennen, wer es war. Es hätte ein Mann ebenso wie eine Frau sein können, alt oder jung.

Wahrscheinlich war es Felix, der nach den Schafen sah. Aber bei diesem Wetter? Oder durfte die Wolle nicht nass werden? Dante kannte sich mit Schafen nicht aus – vielleicht standen sie

kurz vor der Schur und nasse Wolle ließ sich nicht verkaufen.
Dann ist es jetzt auch zu spät.

Dante sah der Gestalt nach, wie sie langsam über die Wiese ging und im Regen verschwand.

Kapitel 33

Da er beim Aufräumen am besten nachdenken konnte, hatte er beschlossen, einmal das ganze Haus zu putzen. Er staubsaugte die Küche und wischte danach mit einem feuchten Lappen über den Boden. Dabei lösten sich Essensreste in dunklen Krusten von den Fliesen – er wollte gar nicht wissen, wie alt diese waren, da Jonah schon seit Jahren nicht mehr hier wohnte.

Dante wischte zwischen den Büchern im Wohnzimmer Staub und hätte am liebsten auch den Ofen gesäubert. Mit Zeitungspapier und kalter Asche hätte er das Sichtfenster soweit vom Ruß befreien können, dass man wieder etwas erkennen konnte, doch es brannte immer noch ein kleines Feuer und so verlegte er diese Aufgabe auf später.

Während der Arbeit meldete sich irgendetwas in seinem Hinterkopf, irgendeine Sache, die er erledigen wollte, erledigen *musste*. Aber Dante fiel nicht ein, was es war, und so war er mit dem Wohnzimmer fast fertig, als ihm die Mülleimer voller Timmi-Bilder einfielen. Er hielt mitten in der Bewegung inne, während der Staubsauger knisternd Krümel unter dem Ohrensessel herauszog. Eigentlich war es unsinnig, bei diesem Wetter nach draußen zu gehen – die Mülltonnen standen nicht an der Hauswand, sondern einige Meter entfernt, zwischen der Mauer, die das Haus umgab und einem dichten Busch. Er staubsaugte weiter, doch der Gedanke an die Bilder ließ ihn nicht los. Wenn alle Dorfbewohner so gerne unangemeldet vorbei kamen wie Jakob Teiger, Romy und Linus, würde möglicherweise schon bald wieder jemand vor seiner Tür stehen.

Mit einem Seufzer schaltete er den Staubsauger aus, ließ ihn mitten im Wohnzimmer stehen und ging in die Küche, wo er die Beutel aus den Mülleimern zog. Doch statt sie zuzubinden und nach draußen zu den Mülltonnen zu bringen, trug er sie ins Wohnzimmer, stieg über den Staubsauger und blieb vor dem Ofen stehen. Die klein gewordenen Flammen züngelten an den Holzscheiten, die ab und zu leise knackten. Dante hockte sich davor, öffnete die Scheibe und griff in die Mülltüte. Er zog eine Handvoll Blätter heraus – sie waren geknickt und manche zerrissen, aber Timmis Gesicht war immer noch allzu deutlich zu erkennen. Tief holte er Luft und legte dann ein Bild nach dem anderen ins Feuer – vorsichtig, damit es nicht unter der drückenden Papierlast erstarb. Die Flammen leckten freudig am Gesicht seines Liebsten, fraßen es auf, bis nur noch Asche übrig blieb.

Es dauerte lange, bis alles verbrannt war, und schließlich hielt er das letzte Foto in der Hand, betrachtete es nachdenklich und fragte sich, ob er Timmi jemals wiedersehen würde. *Nein!* Dante hatte sich gegen Timmi entschieden, was gleichzeitig eine Entscheidung für den Jungen war, weil er so eine unbeschwerte Kindheit haben konnte.

Dante beugte sich vor und hielt das Blatt in die Flammen, bis das Feuer es entzündete und sich langsam über das Papier ausbreitete, es allmählich auflöste. Zuerst Haare und Stirn, dann Augen, Nase und eine Wange, danach die Lippen und die andere Wange, bis nichts mehr von Timmi übrig war.

Dante sah noch einen Moment lang in die Flammen und richtete sich auf, wobei seine Knie knackten, als würden sie ihm einmal mehr deutlich machen wollen, wie alt er war. Er stopfte die nun fast leeren Mülltüten wieder in die Mülleimer und wusch sich die Hände mit Spülmittel. Während er sie einschäumte, ließ er seinen Blick aus dem Fenster schweifen. Der

Regen schluckte beinahe das ganze Licht und verbreitete eine Weltuntergangsstimmung. Dante wollte den Blick gerade abwenden, als er erneut bemerkte, dass die Gestalt in der gelben Regenjacke über die Wiese lief – dieses Mal in die andere Richtung, den Hügel hinab. Dante runzelte die Stirn, kniff die Augen zusammen und beugte sich vor, doch er konnte nicht erkennen, wer es war. Er wusch den Schaum von seinen Händen, trocknete sie ab und zog die Hintertür auf.

Sofort heulte ihm der Wind um die Ohren.

»Hey!«, rief Dante.

Nicht weit von ihm entfernt schüttelte der Wind die Äste des kleinen Apfelbaums. Das Holz ächzte.

»Hey!«, versuchte er sich Gehör zu verschaffen, aber der Wind trug seine Worte davon. Er wollte wissen, was die Person hier machte, ob er irgendwie helfen konnte. Dante stellte sich vor, wie sie nach einem verwundeten Schaf suchte oder eine Kuh in diesem Unwetter ihr Kalb gebar.

Doch die Gestalt lief weiter, ohne ihn zu bemerken, und so rannte Dante kurzerhand zurück ins Haus, um sich seine Regenjacke anzuziehen. Er zog sich die Kapuze übers Haar, lief nach draußen und trat durch das Gartentor. Die Person könnte auch einen ganz anderen Grund haben, sich bei diesem Wetter hier rumzutreiben, schoss es durch Dantes Kopf. Was, wenn sie irgendetwas gegen ihn ausheckte? Etwas wie die Bilder in seiner Küche? Aber vielleicht war es auch nicht so und Dante wurde paranoid. Der Wind wollte ihn den Hügel hinabtreiben, doch er hielt dagegen, wollte unbedingt wissen, was die Person auf dem Hügel getrieben hatte. Kurz senkte er den Blick, um einer Pfütze auszuweichen, dann sah er wieder auf und musste feststellen, dass die Gestalt im Unwetter verschwunden war.

Dante blieb stehen und sah sich um. Nichts. Vorsichtig schob er sich unter dem dünnen Seil des Stromzauns hindurch, wobei er bäuchlings voran im Matsch landete und sich völlig einsaute. Dante richtete sich auf, und der Wind drückte ihn zur Seite. Je weiter er sich vom Haus entfernte, desto dunkler schien es zu werden.

Er lief Meter um Meter, fragte sich, was er hier eigentlich wollte, behielt die Richtung, aus der die Gestalt gekommen war, aber bei. Dante war kurz davor aufzugeben, als er erkannte, warum sie das erste Mal so plötzlich verschwunden war. Es hatte nicht nur am Regen und der schlechten Sicht gelegen: quer über die Weide führte ein Teil des Flusses. Er war zwar nicht so tief wie unter der Brücke am Dorfeingang, lag aber in einer Senke.

Dante stieg den kleinen Abhang hinab und sah sich um. Der Wind heulte über seinen Kopf hinweg, sodass er davor geschützt wäre, würde er sich bücken, doch der Regen prasselte ununterbrochen auf seine Kapuze hinab.

Was hatte die Gestalt da gemacht? Er sah sich um, wobei etwas Helles am Flussufer seine Aufmerksamkeit auf sich zog. Langsam ging er darauf zu, ihm wurde heiß und kalt zugleich. Der Regen rann über seine Wangen, Dante bemerkte es gar nicht.

Das, was da lag, war ein Mensch.

Ein kleiner nackter Mensch.

Nein, das konnte nicht sein!

Dante konnte sich nicht weiter nähern, musste umkehren und zum Haus zurückgehen, fliehen. Das, was da vor ihm lag, war zu schrecklich. Doch seine Beine schienen mit seinen Gedanken nicht einer Meinung zu sein, denn die trugen ihn dichter an den reglosen Körper heran. Er lag auf dem Bauch, das Gesicht nach links zum Fluss gedreht, die Füße zeigten zu Dante. Er erkannte den Jungen sofort.

Kapitel 34

»Nein!«, keuchte Dante und fiel auf die Knie.

Das Wasser des schmalen Flusses leckte an seinen Waden, als er das Gesicht des kleinen Körpers in die Hände nahm und sich zu ihm hinabbeugte.

»Timmi …« Er streichelte mit dem Daumen über seinen Wangenknochen, was er zu dessen Lebzeiten nie gewagt hätte.

Es war absolut klar zu erkennen, dass der Junge nicht mehr lebte, und doch glaubte Dante, jeden Moment aus einem Albtraum erwachen zu müssen. Er vergrub sein Gesicht an Timmis Schulter und weinte, wobei seine eigenen unter Schluchzern zuckten, und seine Kehle vor unterdrückten Schreien brannte.

Wie konnte es sein, dass der kleine Timmi tot war? Wie konnte etwas so Vollkommenes wie Timmis Leben plötzlich zerstört, einfach ausgelöscht sein? Die Freude, die der Junge mit jedem Atemzug ausgestrahlt hatte, die Herzlichkeit und Offenheit, all das war vorbei, weg, nicht mehr existent. Es zerriss ihm das Herz, dass der Junge dort lag und nie wieder aufstehen würde.

Dante hockte eine ganze Weile weinend neben dem Leichnam und erlaubte sich heimliche Küsse auf Timmis Stirn, als würde er ihm Gute-Nacht-Küsse geben. Er bemerkte die Kälte, die der Regen mit sich brachte, erst, als seine Zähne so heftig klapperten, dass sein Kiefer schmerzte. Dante wusste, dass er nicht ewig hierbleiben konnte. Ja, er sollte Timmi dringend ins Warme, ins Trockene bringen. Der Junge musste ganz ohne Kleidung schrecklich frieren.

Wie hatte das nur passieren können? Wie war Timmi überhaupt hierhergekommen? Woran gestorben? Dante konnte auf den ersten Blick keine Zeichen von Gewalteinwirkung erkennen – weder blaue Flecken noch ein Einschussloch oder Messerstiche, und auch kein Blut.

Dante wischte sich den Regen aus den Augen – oder waren es Tränen? –, dann stand er auf und betrachtete den nackten, verletzlichen Körper. Timmi war ihm schon immer wie eine zarte Mohnblume vorgekommen, doch jetzt ... es tat ihm weh, ihn so daliegen zu sehen. Er bückte sich, um Timmi hochzuheben, aber als er ihn dabei zur Seite drehte, wich er erschrocken zurück. Der Junge war nackt. Erst jetzt begriff Dante, was das bedeutete: Wenn der Hintern entblößt war, galt das auch für die Genitalien! Nein, das ging nicht. Er konnte Timmi nicht nackt in den Armen halten. Oder? Zuerst glaubte er, sich nur an den Gedanken gewöhnen zu müssen, aber dann schüttelte er entschlossen den Kopf. Nein, das Gefühl des Widerwillens verschwand nicht. Das war nicht richtig. Er hatte Timmi nie nackt gesehen, geschweige denn, ihn angefasst, als er noch gelebt hatte – und das würde er auch jetzt nicht tun. Das hätte Timmi nicht gewollt. Dante musste zurück ins Haus, eine Decke holen, den Jungen darin einwickeln und ihn so nach oben tragen. Anders ging es nicht.

Es fiel ihm schwer, Timmi so schutzlos im Flussbett, völlig allein, liegen zu lassen. Was, wenn jemand vorbeikam und den Jungen entdeckte? Was würde er mit ihm anstellen? Timmi konnte sich doch nicht mehr wehren.

Aber dann besann sich Dante – er hatte keine Wahl, musste zurück zum Haus. Es würde nicht lange dauern, redete er sich ein, in fünf Minuten, spätestens in sieben, wäre er wieder da.

Er strich Timmi noch einmal zärtlich durch das braune Haar, das durch die Nässe wie schwarz aussah. Dann wandte er sich mit einem Ruck von dem Jungen ab und stieg den Abhang hinauf. Wenn er nicht zurückblickte, würde es ihm nicht so schwerfallen. Der Rückenwind half ihm, die Wiese zu überqueren. Erst war das Haus nur als unscharfes, helles Rechteck zu erkennen, aber je näher er ihm kam, desto mehr erschien es ihm wie ein sicherer Hafen. Dante lief die letzten Meter bis zum Zaun und kroch darunter hindurch. Er stieß das Tor zu seinem Garten auf, eilte auf die Hintertür zu und wühlte dabei in seiner Jacke nach dem Schlüsselbund. Er fürchtete schon, ihn bei Timmi verloren zu haben, als seine Finger die kalten Schlüssel fanden und er den Bund herauszog.

Hastig sperrte er die Tür auf und trat in die Küche. Er tropfte den ganzen Boden voll, aber was machte das schon? Das war völlig unwichtig – nur Timmi zählte. Im Bücherregal im Wohnzimmer lagen die rettenden Decken. Er lief darauf zu, als er unsanft mit jemandem zusammenstieß und fluchend zwei Schritte zurücktaumelte.

Zuerst glaubte Dante, dass er denjenigen vor sich hatte, wegen dem er überhaupt erst aus dem Haus gelaufen war, aber dann erkannte er ihn.

Ungläubig zog er die Augenbrauen zusammen.

Kapitel 35

Linus hatte sich in sein Zimmer zurückgezogen, und auch wenn Romy seitdem immer wieder versuchte, ihn zum Reden zu bringen, sagte er kein Wort mehr.

Sie war sicher, ihn falsch verstanden zu haben. Im ersten Moment hatte sie geglaubt, Dante habe einem Menschen den Kopf abgetrennt und in seinen Kühlschrank gelegt, aber das war völlig absurd. Außerdem hatte Linus nicht Kopf, sondern Gesicht gesagt. Doch nachdem er ihr vor Dantes Haus die Frage gestellt hatte, und sie diese nicht beantworten konnte, hatte er geschwiegen.

Nun saß sie mit einer Tasse Tee in ihrer kleinen Küche und spielte mit der Schnur des Teebeutels. Was war nur in Dante gefahren? Wie hatte er in der einen Sekunde noch freundlich und aufgeschlossen sein und in der nächsten schon irrational, ja, beinahe hysterisch werden können? War das vielleicht sein echtes Gesicht gewesen? Was hatte ihr Sohn im Kühlschrank gesehen, das Dante so aus der Fassung gebracht und Linus hatte verstummen lassen?

Sie holte den Teebeutel aus der Tasse, legte ihn auf die Untertasse, nahm ihr Handy und entsperrte es. Das letzte Mal war Romy von Rosa unterbrochen worden, aber vielleicht konnte ihr das Internet ja noch mehr über Dante verraten, als dass er seinen Schülern viele Hausaufgaben aufgab.

Die ersten Treffer wurden ihr angezeigt. Zuoberst erschien die Homepage der Schule, an der er zuletzt unterrichtet hatte, dann seine Facebook- und seine LinkedIn-Seite. Da das Internet hier draußen auf dem Dorf unendlich langsam war, rief sie nichts davon auf. Profile auf diesen Seiten waren ohnehin geschönte Darstellung eines Menschen.

Romy klickte auf den vierten Treffer. Es war ein Zeitungsartikel mit dem Titel *»Wenn Wissen zur Sucht wird«*, in dem ein Journalist über den Zwang schrieb, sich weiterzubilden und doch nie genug zu lernen, sondern das Gefühl zu haben, immer hinterherzuhinken. Dante gab darin als Oberstufenlehrer seine Meinung preis. Er sprach zunächst positiv über das Erlangen von Wissen, was bei seinem Beruf ja zu erwarten war, aber dann machte er einen Schwenk zu den negativen Seiten: dass man sich in Informationen verlieren, den Eindruck haben könne, ungebildet zu sein, weil Wissen niemals aufhöre und immer jemand mehr wisse, als du, oder die Person dir zumindest das Gefühl gebe. *»... etwa wenn ich mich mit einem Gebiet beschäftige wie dem Weltall. Welche Planeten gibt es, wie definiert man sie, warum ist Pluto keiner mehr? All das sind Fragen, die ich leicht im Internet oder in Büchern recherchieren kann. Dann komme ich aber garantiert von Hölzchen auf Stöckchen. Ich finde den Aufsatz eines Astronomen, der wahnsinnig viel über das Thema weiß, und dabei vergesse ich, dass er Experte auf dem Gebiet ist, aber auch nur auf diesem. Stattdessen denke ich, der weiß alles, und ich weiß nichts. Mit dieser Thematik beschäftigte sich schon Sokrates 400 v. Chr., als er definierte, was der Unterschied zwischen einem Philosophen und einem Sophisten – einem Lehrer im alten Griechenland – ist. Als Philosoph, dem bewusst war, dass er nicht über alles Wissen der Welt verfügte, verzweifelte Sokrates daran. Er sagte damals, er wisse nur eines: dass er nichts wisse.«*

Romy überflog den Rest und ging dann auf die Homepage der Zeitung, in der der Artikel erschienen war. Ganz oben wurde das Wetter angezeigt und eine Unwetterwarnung über Trier ausgesprochen. Danach folgte ein Beitrag darüber, welche

Schäden das Unwetter schon jetzt zu verschulden hatte. Romy scrollte weiter und plötzlich sprang ihr das Gesicht eines Jungen ins Auge. Er war etwa in Linus' Alter und grinste breit in die Kamera, wobei ihm zwei Milchzähne fehlten. Seine Haare waren kurz, braun und vorne hochgegelt. Der neutrale Hintergrund und die leicht schiefe Sitzhaltung ließen sie vermuten, dass das Foto vom Schulfotografen aufgenommen worden war. Darunter stand die Schlagzeile *»Achtjähriger Tim Linke vermisst!«*.

Benommen starrte Romy einen Moment lang das Bild an. Was konnte es für eine Mutter Schrecklicheres geben, als dass das Kind verschwand? Romy zögerte. Sollte sie den Artikel wirklich lesen?

Nein, entschied sie. Das sollte man genauso wenig lesen wie in der Schwangerschaft Berichte über Horrorgeburten. Doch genau das hatte sie getan, als sie mit Linus schwanger gewesen war, und genau wie damals, tat sie es auch jetzt.

Ihre Augen zuckten von links nach rechts und lasen benommen die Zeilen. Tim Linke wurde seit zwei Tagen vermisst, die Eltern waren erst am Abend zur Polizei gegangen, obwohl er schon morgens nicht mehr in seinem Bett gelegen hatte – sie hatten gehofft, Erpresser würden sich melden. Es fehlte den Linkes nicht an Geld, weswegen sie geglaubt hatten, dass ihr Sohn wegen einer Lösegeldforderung entführt worden war. Jedoch hatte sich niemand gemeldet und die Polizei bat nun im Zeitungsartikel um Hinweise.

Romy legte ihr Handy beiseite und starrte auf die Tasse vor sich. *Entführt. Wie grauenvoll.* Sie stellte sich vor, dass jemand Linus an der Bushaltestelle ins Auto zog. Zwischen den Feldern würde ihn niemand hören, wenn er schrie.

Sie stand auf, verließ die Küche, trat an seine Zimmertür und klopfte … Nichts. Vorsichtig drückte sie die Klinke herunter und öffnete die Tür.

Linus lag auf seinem Bett, die Augen geschlossen und atmete tief; auf dem Nachttisch spielte der CD-Player ein Drei-Fragezeichen-Hörspiel ab. Romy schlich zu ihm, legte sich neben ihn und nahm ihn in den Arm. Er war in den letzten Wochen ordentlich gewachsen – es war, als hätte sie nur kurz geblinzelt, und plötzlich war er kein Kleinkind mehr gewesen, sondern ging mit großen Schritten auf die Pubertät zu. Wenn ihm etwas geschah, würde sie daran zerbrechen. Romy lauschte seinem Atem und sprach sich zu, dass er nicht vermisst wurde, dass es ihm gutging und er hier bei ihr war.

Doch sie bekam das verschwundene Kind aus Dantes Heimatstadt nicht aus dem Kopf.

Kapitel 36

»Felix? Was zum Teufel machst du hier?!«

»Ich …« Felix sah von Dante zur Haustür und wieder zurück, doch ehe er auch nur einen Schritt machen konnte, hatte sich ihm Dante auch schon in den Weg gestellt.

»Was tust du hier?«, wiederholte er seine Frage. »Bist du gerade ernsthaft bei mir eingebrochen?!«

Neben ihnen knackte das Feuer im Ofen, und nach der Kälte draußen fand es Dante im Haus unangenehm heiß. Seine Wagen brannten, und die Haut an seinen Händen spannte.

»Ich hab dich was gefragt! Was tust du hier?!«, rief Dante lauter, als Felix nicht antwortete.

»Das verstehst du nicht.«

»Dann erklär es mir, verdammt noch mal!«

»Ich … kann nicht.«

»Hat dich jemand geschickt?«, fragte Dante. »Will irgendjemand, dass du mir Angst einjagst? Will jemand, dass …« Seine Augen füllten sich mit Tränen bei dem Gedanken an Timmi, der im Regen lag und darauf wartete, dass er ins Trockene geholt wurde.

»Nein, mich hat niemand hergeschickt. Aber ich …« Felix schüttelte den Kopf. »Tut mir leid, Mann.«

»Ich rufe jetzt die …« Dante brach ab. Nein, er konnte jetzt nicht die Polizei rufen. Nur rund zweihundert Meter von hier lag die Leiche eines nackten Jungen. »Ich rufe die Polizei, wenn du mir nicht sofort sagst, was du hier tust«, sagte er trotzdem. Ein Bluff – vielleicht brachte er etwas.

Aber Felix betrachtete ihn nun eingehender. »Nein, das tust du nicht.«

»Was? Doch! Du bist bei mir eingebrochen. Verdammt, das ist eine Straftat. Auch wenn dieses Haus lange leer stand, kannst du hier nicht einfach reinspazieren. Ich wohne jetzt hier.«

Felix schüttelte langsam den Kopf. »Ich weiß, dass du die Polizei nicht rufen wirst.«

»Doch, das tu ich.« Dante hörte selbst, wie unsicher er klang.

»Ich werde jetzt gehen, und du wirst nichts dagegen tun können.«

Die Art, wie Felix sprach, so ruhig und voller Selbstvertrauen, verunsicherte Dante noch mehr. Warum war er hier? Hatte Felix ihn beim Verlassen des Hauses beobachtet? War er es, den er über die Weide hatte laufen sehen? Hieß das, *er* hatte Timmi ans Flussbett gelegt?!

Felix machte einen Schritt auf die Tür zu, aber Dante stellte sich ihm in den Weg. »Was tust du hier, Felix? Warum bist du hier?«

Der Eindringling ging an ihm vorbei, doch Dante hielt ihn am Arm fest. »Sag es mir! Was willst du von mir?«

»Von dir?«, fragte Felix und versuchte ihm den Arm zu entziehen. »Nichts will ich von dir!«

»Du lügst doch! Warum bist du dann hier eingebrochen? Sag es mir!«

»Du hast ein Riesenproblem, Dante. Ich will wirklich nicht in deiner Situation sein.«

»Was? Was redest du da?! Was weißt du über mich?«

»Genug.«

»Was soll das denn heißen?«

Felix zerrte weiter an seinem Arm, aber Dante hielt ihn unerbittlich fest. Wenn er alles wusste, dann sollte er es sagen. Er hatte keine Lust auf dieses Versteckspiel.

»Felix!«, rief er.

»Verdammt, Dante! Du tust mir weh! Lass mich los!«

»Du bist hier eingebrochen! Sag mir, was du hier willst oder ich zeige dich an.«

»Es ist doch egal, was ich hier mache, oder? Du hast noch viel mehr Dreck am Stecken als ich!«

Dante starrte den jungen Mann an, versuchte aus seinen Worten schlau zu werden und ließ ihn schließlich los. Felix wusste von seiner Pädophilie. Ganz bestimmt. Ob er es nun war, der Timmi da draußen hingelegt hatte, oder nicht – aber er kannte Dantes Geheimnis, und er setzte es jetzt gegen ihn ein.

Felix rieb sich über den Arm. »Du hast echt ein Problem«, sagte er noch einmal und verließ dann das Haus.

Dante stand eine ganze Weile stumm im Wohnzimmer. Das Feuer im Ofen knackte leise. Er hätte es gerne gelöscht, wie eine Lampe, die man ausknipste, und mit ihm alles an Licht und Wärme aus dem Haus verbannt.

Irgendwann löste er sich aus seiner Starre. Felix wusste irgendetwas. Von seiner Pädophilie oder auch von Timmi, Dante hatte keine Ahnung, aber Felix würde ihm gefährlich werden, da war er sich sicher.

Endlich holte er sich die beiden Decken und klemmte sie sich unter den Arm. Egal wer hier etwas wusste, egal wer Timmi hierher gebracht hatte – er musste ihn reinholen.

Dante setzte sich die Kapuze auf und zog sie fest. Eigentlich war das völlig unsinnig, da er sowieso schon klitschnass und dreckig war, doch er dachte gar nicht darüber nach. Stattdessen trat er durch die Hintertür wieder nach draußen, presste die Decken an sich und lief los.

Kapitel 37

Er robbte über den Boden, überzog seine gesamte Kleidung mit Schlamm, ehe er aufstand und auf der Wiese weiterrannte. Er war froh, dass Felix die Schafe am Tag zuvor weggetrieben hatte und die Weide leer war. In dem Moment verschwendete er keinen weiteren Gedanken an den Einbruch. Dante war allein darauf konzentriert, Timmi reinzuholen. Mittlerweile war der Boden so aufgeweicht, dass er Schwierigkeiten hatte, festen Halt zu finden. Immer wieder rutschte er weg, konnte nur mit Mühe auf den Beinen bleiben, doch er kämpfte sich beständig über die Weide. Als ihm der Wind die Kapuze vom Kopf riss, blinzelte er die Tropfen einfach aus den Augen, während er die Decken wie einen Schutz weiter an seinen Bauch drückte. Und endlich kam die Senke, in der der Bach floss und Timmi lag, in Sicht. Kurz wurde Dante langsamer, als wäre er sich nicht mehr sicher, ob er wirklich zu dem Jungen gehen wollte. Würde er ihn überhaupt noch einmal ansehen, sogar seinen schlaffen Körper tragen können? Ja! Das tat er nicht für sich, sondern für Timmi. Der Junge hatte doch nur noch ihn. Dante war es ihm mehr als schuldig. Und so beschleunigte er wieder, stemmte sich energischen gegen den Wind.

Am Rand angekommen blieb er stehen. *Was …?!* Das Unwetter war mittlerweile so stark, dass er kaum noch etwas erkannte, aber den Bach unter ihm konnte er sehen. Timmi hingegen nicht.

Dante starrte hinab und sah von einer Seite zur anderen. Das konnte er sich doch nicht eingebildet haben, oder? Er hatte Timmi doch dort liegen gesehen, hatte ihn sogar berührt. Oder doch nicht? Erleichterung breitete sich in Dante aus, er ließ die

Schultern sinken. Er musste halluziniert haben. Der Junge war nicht tot, sondern bei seiner Familie – wahrscheinlich saß er gerade mit einem heißen Becher Kakao vor dem Fernseher, während es auch bei ihnen stürmte. Dante brauchte die Decken gar nicht, konnte jetzt wieder zurück ins Haus gehen und sich ein Bad einlassen. Gott sei Dank … Dante wandte sich schon zum Gehen, als ihm das Herz erneut gefror. Einige Meter weiter rechts lag die Leiche, genauso wie vorhin. Er wusste, die Enttäuschung durfte ihn jetzt nicht lähmen, jedoch war die Hoffnung, dass er sich alles nur eingebildet hatte, so groß gewesen, dass er sich ganz benommen fühlte. Er biss sich auf die Unterlippe und stieg zum Bach hinab, musste jetzt stark sein. Wenn er seinen Tränen und dem Schmerz freien Lauf lassen würde, würde er es nicht schaffen. Er würde zusammenbrechen.

Dante breitete eine der mit Wasser vollgesogenen Decken neben Timmi aus. Ohne dem Jungen ins Gesicht zu sehen, drehte er ihn an Schulter und Hüftknochen – war er schon immer so dünn gewesen? – auf die Decke, dann legte er die zweite über seinem Körper. Dante stellte sich vor, wie der Stoff den Jungen wärmte, wobei er die Tatsache ignorierte, dass Timmi nie mehr warm werden würde und die Decken klatschnass waren. Er brauchte das jetzt, um Kraft für das zu finden, was er tun musste.

Anschließend wickelte er Timmi mit zitternden Händen ein wie ein Baby, das man puckte, damit es sich geborgen fühlte. Seine Nase lief mittlerweile so stark, dass er sie alle zwei Sekunden geräuschvoll hochzog. Als Dante den Jungen schließlich eingepackt hatte, schob er ihn sich über die Schulter und tastete ab, ob Timmi auch wirklich vollständig bedeckt war. *Alles wird gut, wenn ich ihn nur ins Trockene bringe …*

Er kletterte mit einer Hand auf Timmi, mit der anderen im Matsch, den Abhang hinauf, wobei letztere danach nicht nur voller Schlamm, sondern auch eiskalt war. Oben angekommen sauste ihm der Wind um die Ohren; doch dieses Mal war er in seinem Rücken, stieß Dante nach vorne und zerrte an ihm. Er hielt den Jungen wie ein Mann seinen Geliebten, den er bald für sehr lange Zeit nicht wiedersehen würde, wollte sicherstellen, dass sich die Decken nicht lösten und Timmi nicht von seiner Schulter fallen konnte. Obwohl er klein und dünn war und der Wind Dante zur Hilfe kam, brach ihm nach wenigen Metern der Schweiß aus. Er juckte unter seinen Armen und mischte sich auf Dantes Stirn mit dem Regen.

Da geriet er ins Schlittern, hatte Schwierigkeiten, mit Timmi auf der Schulter das Gleichgewicht zu halten. Eine Ecke der Decken löste sich und flatterte Dante ins Gesicht. Erschrocken wischte er den Zipfel beiseite, doch in dem Moment glitt er mit einem Schuh im Matsch aus und verlor den Halt. Er ruderte mit seinem freien Arm, die nasse Decke klatschte ihm erneut ins Gesicht und nahm ihm die Sicht. Nun verlor er vollständig das Gleichgewicht und fiel so unsanft auf den Rücken, dass ihm für einen Moment die Luft wegblieb. Timmi rutschte ihm von der Schulter in den Matsch.

Dante rührte sich nicht, blieb einfach liegen und starrte nach oben in den Regen, der unablässig auf ihn herabfiel. Noch nie hatte er sich so elend gefühlt. Seine Glieder schmerzten, von seinem Herz ganz zu schweigen, und er wusste nicht, wie er jemals wieder aufstehen sollte. Er hatte keine Kraft mehr, nichts hatte ihn auf einen solchen Moment vorbereitet, weder mental noch körperlich, und dennoch lag Timmi neben ihm, musste immer mehr frieren und würde bald so zittern wie Dante selbst.

Dante setzte sich auf, strich sich eine Haarsträhne, die ihm in die Stirn gerutscht war, zurück und hockte sich vor Timmi. Den Gedanken, dass er eigentlich gar keine Kraft mehr hatte, verdrängte er. Daran durfte er jetzt nicht denken. Er steckte die lose Deckenecke wieder fest und hob den Jungen erneut hoch. Es gelang ihm nur mit Mühe – hier blies der Wind deutlich stärker als in der Senke am Bach. Nachdem Dante schwankend wieder auf die Beine kam, musste er sich erst einmal neu orientieren. Er brauchte einen Moment, bis er das helle Rechteck seines Hauses ausmachte. Es waren nur noch hundertfünfzig Meter, eher weniger, dann hätte er es geschafft.

Dante machte den ersten Schritt in Richtung des sicheren Hauses und konnte von da an gar nicht mehr aufhören zu laufen.

Kapitel 38

Die Nacht zu zweit im Kinderbett war unbequem gewesen. Es war noch früh gewesen, als Romy einschlief, und so war sie bereits gegen drei Uhr morgens vor lauter Rückenschmerzen wieder wach geworden. Außerdem war es ohne Decke ganz schön kalt gewesen. Schlaftrunken war sie in ihr eigenes Bett gekrochen, hatte eine Weile gebraucht, um sich aufzuwärmen, und war dann in einen unruhigen Schlaf gefallen.

Nun stand sie im Café hinter der Theke und sah hinaus. Es war, als würde das Wetter ihre schlechte Laune widerspiegeln. Obwohl die Sonne bereits aufgegangen war, ließen die schweren Wolken keinen Sonnenstrahl durch. Es wehte ein kräftiger Wind, der die Bäume schwanken ließ und den Nieselregen jedem, der vor die Tür musste, ins Gesicht peitschte.

Romy nippte an ihrem zweiten Kaffee, als Dante durch die Tür kam. Er sah in etwa so schlecht aus, wie sie sich fühlte – blass, mit blutunterlaufenen Augen und demselben Hemd, das er schon am Tag zuvor getragen hatte. Er kam auf sie zu und bemühte sich um ein mattes Lächeln.

Romy hatte eigentlich sauer auf ihn sein wollen, war es auch immer noch – zumindest irgendwie –, aber sein Anblick brachte sie aus dem Konzept. Hatte er ein schlechtes Gewissen, weil er so grob mit Linus umgegangen war, und hatte deshalb nicht schlafen können?

»Hallo«, sagte er leise. »Wie gehts dir?«

Romy zuckte nur mit den Schultern. »Und dir? Du siehst nicht gut aus.«

174

»Anstrengende Nacht.« Er ließ seinen Blick über die Auslage schweifen, ohne dem Gebäck wirklich Aufmerksamkeit zu schenken. »Es tut mir leid, was gestern passiert ist.«

»Okay.«

»Ich hätte nicht ... Ich habe vollkommen überreagiert.«

»Ja, das hast du. Du hast Linus Angst gemacht.«

»Das wollte ich nicht, wirklich nicht.«

Sie nickte. Er meinte seine Entschuldigung ernst, sagte sie nicht so dahin, wie die meisten Menschen – das sah sie. Aber dennoch konnte sie ihm nicht verzeihen. Ein kleiner Teil in ihr war misstrauisch geworden.

»Linus hat etwas Seltsames gesagt, als wir draußen waren.« Sie räusperte sich. »Er meinte, da wäre etwas in deinem Kühlschrank gewesen.«

Dante hob fragend die Augenbrauen.

»Er hat von einem Jungengesicht gesprochen.«

»O Gott. Dachte er, ich hätte einen Kopf in meinem Kühlschrank?!«

»Das habe ich zuerst auch gedacht, aber er meinte keinen Kopf, sondern ein Gesicht. Was könnte damit gemeint sein? Du hast den Kühlschrank so schnell geschlossen, dass ich nicht hineinsehen konnte.«

»Puh ... Ich weiß es nicht«, sagte er langsam, als würde er über jedes Wort nachdenken. »Ich hab am Kühlschrank das Bild meines Neffen hängen. Vielleicht meinte Linus das?«

Ein Bild. Kein Kopf, sondern ein Foto. Es war zwar nicht im Kühlschrank, aber an der Tür. Das könnte erklären, was ihr Sohn gesehen hatte. Sie selbst hatte der Kühlschranktür keine Beachtung geschenkt und konnte im Nachhinein nicht sagen, ob ein Bild daran gehangen hatte.

»Ja, kann sein …« Aber warum sollte das Linus so verunsichern? Oder hatte ihn gar nicht das Gesehene aus der Bahn geworfen, sondern Dantes Reaktion? Ja, auch das konnte sein. Er war es nicht gewohnt, dass man so ruppig mit ihm umging – schon gar nicht ein Mann, den er kaum kannte.

»Na ja, egal. Was hättest du denn gern?«, fragte sie, als das Schweigen zwischen ihnen zu lange anhielt.

»Ein belegtes Brötchen und einen Kaffee, schwarz, bitte.« Er lächelte sie behutsam an, als würde er fragen, ob alles wieder gut sei.

Doch Romy konnte das Lächeln nur mit Mühe erwidern. »Ich bring es dir gleich. Setz dich schon mal.«

Dante nickte ihr zu, drehte sich um und setzte sich an den Fensterplatz, an dem er auch schon an den Tagen zuvor gesessen hatte. Währenddessen lief sein Kaffee durch und Romy legte das Brötchen auf einen Teller. Kurz darauf brachte sie beides an seinen Tisch. Er sah gedankenverloren hinaus auf die Straße, als sie die Bestellung vor ihm abstellte.

»Was hältst du eigentlich von Felix?«, fragte Dante unvermittelt.

Romy klemmte sich das Tablett unter den Arm. »Felix? Er ist ein ganz netter Bursche, wieso?«

»Er ist gestern Abend bei mir eingebrochen.«

»Was?! *Unser* Felix? Der Felix, der gestern Morgen auch hier war?«

Dante nickte.

»Bist du dir sicher?«

»Ich stand ihm direkt gegenüber.«

Romy runzelte die Stirn. »Das kann ich mir gar nicht vorstellen. Was wollte er denn?«

»Das hat er mir nicht gesagt.«

»Hm … komisch. Hat er was geklaut?« Felix hatte bestimmt keine Geldprobleme – soweit sie wusste, ging es ihm finanziell sogar recht gut.

»Nein. Nichts geklaut, nichts dagelassen. Er stand, als ich nach Hause kam, einfach in meinem Wohnzimmer, hat sich geweigert, mir zu sagen, weswegen er bei mir eingebrochen ist, und ist dann wieder gegangen.«

Romy schüttelte den Kopf. »Hm … tut mir leid. Ich kann dir nicht sagen, was das zu bedeuten haben könnte. Soll ich ihn mal drauf ansprechen?«

»Das wäre toll, wenn ich damit nicht zu viel von dir verlangen würde.«

»Ist schon okay. Ich frage ihn, wenn er das nächste Mal hier ist. Aber ich könnte mir vorstellen, dass ihn eventuell Maras Auftauchen hier im Dorf etwas aus der Bahn geworfen hat.«

»Mara? Warum das?«

»Sie ist seine Ex-Freundin.«

Er hob überrascht die Augenbrauen. »Ach? Die beiden passen gar nicht zusammen.«

Romy zuckte mit den Schultern. »Rein äußerlich nicht, aber … sie waren ziemlich lange ein Paar – irgendetwas wird sie wohl verbunden haben.«

»Warum hat es nicht gehalten?«

Sie trat von einem Fuß auf den anderen, unsicher, ob sie Dante die Geschichte erzählen sollte. »Es war wegen Tom …« Sie zögerte. Damals hatte sich das ganze Dorf darüber das Maul zerrissen, und wäre Romy an Maras Stelle gewesen, hätte sie nicht gewollt, dass der einzige Mensch, der noch nichts davon wusste, auch noch davon erfuhr. Zumal es Dante war, dem gegenüber sie immer noch Unwillen empfand. Nein, beschloss sie. Das ging ihn nichts an. »Egal. Ist schon lange her.«

»Tom? Hat Mara Felix für Tom verlassen?«

Romy winkte ab. »Vergiss es. Ich habe nichts gesagt.« Dann wandte sie sich von ihm ab und ging zurück zum Tresen, wohl wissend, dass sie bereits zu viel erzählt hatte.

Kapitel 39

Tom und Mara? Hatten Felix und Romy deswegen davon gesprochen, dass Tom sich von ihr fernhalten sollte? Hatte er ihr das Herz gebrochen, nachdem sie ihren Freund für ihn verlassen hatte? Wenn dem so war, musste das vor Toms Unfall gewesen sein, denn nun konnte man sich kaum noch mit ihm unterhalten. Dass eine Frau sich so in ihn verliebte, konnte Dante sich nur schwer vorstellen, aber vielleicht war er dafür zu engstirnig. Seine eigene Liebe war schließlich kein Beispiel für die übliche Partnerwahl, da sollte er auch anderen diese Freiheit einräumen.

Er griff nach seinem Kaffee und nippte daran. Die ganze Geschichte konnte eigentlich nichts mit ihm zu tun haben. Und überhaupt – warum sollte Felix deswegen in sein Haus einbrechen? Und Timmi? Darüber, wie er gestorben sein könnte, wollte Dante gar nicht erst nachdenken. Er hatte den Körper eingewickelt in den Keller unter die Treppe gelegt. Die ganze Nacht hatte er nachgedacht, was passiert sein konnte, war aber zu keinem Ergebnis gekommen. Daran hatte ihn vor allem die Tatsache gehindert, dass er vor der Vorstellung eines Gewaltverbrechens zurückschreckte. Alles, bei dem Timmi mehr gelitten haben könnte, als bei Tod unausweichlich, brachte Dante dazu, den Gedanken nicht zu Ende zu denken und zu verwerfen.

Wie sollte es nun weitergehen? Timmi lag in seinem Haus. Dante wusste nicht, wie schnell sich ein Leichnam zersetzte, aber es würde sicher nicht lange dauern, und der Verwesungsgeruch würde ins Erdgeschoss hochziehen. Er schüttelte den Kopf, um den Gedanken loszuwerden. Es war kaum möglich, über solche Dinge in Zusammenhang mit Timmi nachzudenken, ohne dass der Schmerz Dante zu zerreißen schien.

Um sich abzulenken, griff er die Tageszeitung, die auf der Bank am Fenster lag, tastete in der Brusttasche seines Hemds nach seiner Lesebrille, fand sie aber nicht. Kein Wunder. Er hatte in diesem Oberteil nicht nur geschlafen – wenn man dieses Herumwälzen im Bett überhaupt als Schlafen bezeichnen konnte –, sondern hatte damit auch eine Leiche transportiert. Irgendwo musste ihm die Brille abhandengekommen sein.

Er wollte die Zeitung gerade wieder beiseitelegen, als er ein bekanntes Gesicht erblickte. Er hielt das Blatt ein Stück von sich entfernt, damit seine Augen das Foto scharf stellten, das auf der ersten Seite prangte.

Dante wurde kalt. Das da war Timmi! Die Schlagzeile verriet ihm, dass er vermisst wurde und das ganze Bundesland auf der Suche nach ihm war. Dante hatte nicht darüber nachgedacht, dass der Junge nicht nur von ihm geliebt wurde – da waren ja auch seine Eltern, andere Verwandte, Freunde, die ihn vermissten. Nun, wo er schwarz auf weiß bestätigt sah, was er gestern Abend entdeckt hatte, wurde ihm kalt. Seine Hände zitterten, und ein Schauer lief über den Rücken. Der Artikel machte es noch realer. Wie betäubt sah Dante das Foto an und versuchte, daraus irgendeine Information zu ziehen, die ihm half.

Musste er nun bei der Polizei anrufen? Aber was sollte er ihnen sagen? Dass der Junge, der gesucht wurde, tot in seinem Keller lag und … ach, übrigens … er war pädophil und hatte sich in den Kleinen verliebt? Nein, das kam nicht infrage! Vielmehr sollte er sich wohl darum kümmern, herauszufinden, wie Timmi hierhergekommen war. Dante war der Einzige, der wusste, dass der Junge überhaupt hier war, weshalb niemand außer ihm diesen Fall aufklären konnte.

Er ließ die Zeitung sinken.

Und noch jemand kannte Timmis Aufenthaltsort: Derjenige, der ihm vor Tagen die Nachricht an die Tür gepinselt hatte. Derjenige, der ihn mit einem Fernglas beobachtet hatte. Derjenige, der ihn im Keller eingesperrt und die Reifen zerstochen hatte. Derjenige, der ihm Hunderte von Timmis Fotos in die Küche gehängt hatte. Derjenige, der die Leiche in das Flussbett gelegt hatte!

Dante sah wieder hinaus in den Regen. Es fiel ihm immer noch schwer, jemanden aus diesem Dorf zu verdächtigen. Da gab es nirgendwo ein Motiv oder eine Gelegenheit.

Gerade humpelte Tom am Café vorbei. Die Kapuze seiner Regenjacke baumelte an seinem Rücken, und der Regen lief über sein ernstes Gesicht. Er sah konzentriert auf die Straße vor ihm, als würde er fürs Laufen eine mathematische Formel brauchen, während er in der rechten Hand einen toten Hasen an seinen langen Ohren hielt. Dante blickte ihm nach. Tom schien davon auszugehen, es wäre das Normalste der Welt, mit einem toten Tier durch den strömenden Regen zu spazieren.

Als er nicht mehr zu sehen war, griff Dante wieder nach seinem Kaffee und nahm einen Schluck. Er sollte so schnell wie möglich eine Lösung für sein Leichen-Problem im Keller finden – bei aller Liebe für Timmi durfte er nicht vergessen, dass er ein toter Mensch war. Der Körper konnte nicht ewig dort liegen bleiben. Irgendwann würde jemand vorbeikommen und den Jungen finden. Dante kam zu dem Schluss, so schwer es ihm auch fallen würde und so falsch es sich anfühlte, er musste Timmi begraben – und lange konnte er es nicht aufschieben, denn die Verwesung würde nicht lange auf sich warten lassen.

Dante schmerzte die Vorstellung so sehr, dass er schnell den Blick senkte, damit Romy nicht sah, wie sein Gesicht sich verzog. Er rieb sich mit der Hand über die Brust, als würde das irgendetwas ändern.

»Alles okay?«, kam es da auch schon von Romy, die an seinem Tisch erschien. »Kann ich dir noch was bringen?«

Dante sah auf das noch nicht mal angebissene Brötchen vor sich. Wie sollte er nur je wieder etwas essen?

»Nein, danke. Ich … ich denke, ich werde das Brötchen mitnehmen.«

»Soll ich es dir einpacken?«

Er sah sie immer noch nicht an, sondern auf den Tisch vor ihm, zu groß war die Angst, dass sie den Schmerz in seinem Gesicht lesen konnte.

»Ja … bitte.«

»Kein Problem.« Sie beugte sich vor und griff nach dem Teller. Dabei warf sie ihm einen Blick zu und konnte den Schrecken, den ihr sein Anblick verpasste, nicht verbergen. Dennoch ging sie ohne etwas zu sagen zurück zur Auslage.

Dante blieb noch einen Moment lang sitzen und sah den Regentropfen beim Fallen zu, nutzte die Zeit, um sich zu sammeln. Es half, sich sachlich die nächsten Schritte vor Augen zu führen.

Zuerst brauchte er eine Schaufel – eine große, schwere –, dann würde er Timmis Grab ausheben – das würde bei dem durchgeweichten Boden hoffentlich nicht allzu schwierig werden –, danach würde er sich darum kümmern, denjenigen zu finden, der Timmi hergebracht und auf dem Gewissen hatte.

182

Kapitel 40

Der Mann starrte ihn schon wieder an. Ob er wusste, wer Dante war? Erkannte er ihn von damals, als er für seine Masterarbeit in seinem Laden Bücher bestellt hatte? Er schien jedes Mal, wenn Dante über den Marktplatz lief, am Schaufenster seiner Buchhandlung zu stehen und zu ihm rauszusehen, nein, regelrecht zu starren, als könnte er ihn damit dem Erdboden gleichmachen.

Dante wandte den Blick von ihm ab und ging auf den Tante-Emma-Laden zu. Über Blumen und Obst waren große Schirme gespannt, die den meisten Regen abhielten. Nur an den Rändern der Schirme wurde die Auslage ein wenig nass.

Dante nahm sich einen der Äpfel und hielt ihn einen Moment lang in der Hand. Er erinnerte sich daran, wie er damals vom Einkaufen zurückgekommen war und Timmi auf den Stufen vor seinem Haus gesessen hatte. Als er den Jungen gefragt hatte, was er da mache, war er zu ihm gekommen und hatte ihm erzählt, dass er seinen Schlüssel vergessen habe. »Habt ihr nicht einen Ersatzschlüssel irgendwo?« – »Nein, Mama sagt, damit würden wir die Einbrecher ins Haus einladen.« Timmi blinzelte gegen die Sonne an, die hinter Dante schien. »Wann kommen deine Eltern denn nach Hause?« – »Dauert nicht mehr lange. Eine halbe Stunde oder eine. Kommt drauf an. Papa hat eigentlich erst in einer Stunde Schluss, aber er versucht, früher Feierabend zu machen.« – »Und deine Mama?« Die Einkaufstasche war so schwer, dass sie Dante in die Finger schnitt, aber er setzte sie nicht ab, da er nicht lange bei Timmi stehen bleiben wollte. »Mama ist erst vor drei Stunden ins Krankenhaus gefahren. Die kann jetzt nicht kommen.«

Ein guter Nachbar hätte das Kind zu sich reingebeten, bis der Vater heimkam, aber er war kein guter Nachbar. Er war ein Nachbar, der Herzklopfen bekam, wenn Timmi mit ihm sprach. Ob der Junge von ihm erwartete, dass er ihn zu sich bat? »Ich muss noch ein bisschen arbeiten«, log Dante und griff in seine Einkaufstüte. »Möchtest du … einen Apfel?« Er verdrängte das in ihm aufsteigende Bild von Schneewittchens böser Stiefmutter und zog einen grünen Apfel aus seiner Tüte. Timmi zögerte. »Meine Eltern haben sich aber nicht bei dir beschwert, dass ich zu wenig Obst und Gemüse esse, oder?« Dante lachte. »Nein. Aber ich hab mir die auch nur gekauft, weil ich zu wenig Obst esse.« – »Dann ist es okay.« Timmi nahm ihm grinsend den Apfel ab, und Dantes Herz machte einen Hüpfer. Da er sich so gut es ging von Timmi fernhielt, bekam er nicht oft die Gelegenheit, ihn zum Lächeln zu bringen. »Na ja, ich muss dann los. Machs gut, Timmi. Und wenn du Hilfe brauchst – du weißt ja, wo du mich findest.« Mit diesen Worten ging er auf sein eigenes Haus zu. »Ich heiße aber nicht Timmi!«, rief der ihm nach. »Alle sollen mich jetzt Tim nennen.«

Dante drehte sich um. »Warum?« – »Ich gehe doch jetzt bald aufs Gymnasium.«

Dante hatte kurz gezögert und dann gesagt: »Okay. Machs gut, Tim.«

Er legte den Apfel zurück in die Kiste vor dem Tante-Emma-Laden.

»Hey, schöner Mann!«, rief jemand hinter ihm.

Er fühlte sich nicht angesprochen und ging auf die Tür des Ladens zu.

»He, Dante!«

Nun drehte er sich doch um und sah Mara, die aus Richtung der Buchhandlung kam. Sie trug eine schwarze Jacke und zog ihre Schultern hoch und den Kopf ein, während sie über den Markt auf ihn zulief. Unter den Schirmen angekommen, lockerte sie ihre Haltung und grinste ihn an.

»Hey«, sagte sie.

Er nickte ihr zu. »Hallo.«

»Was für ein Wetter, hm?«

Über ihnen prasselten die Regentropfen auf die Schirme. »Ich mag es eigentlich ganz gerne. Man fühlt sich irgendwie abgeschnitten von allem.«

»Und das ist gut?« Ihr Lächeln verblasste und verschwand schließlich ganz.

Dante ahnte, was sie in ihm sah, und bemühte sich um einen freundlichen Blick. »Ja, ich finde schon.«

»Warum reagierst du nicht, wenn ich dich schöner Mann rufe?«, fragte Mara.

Dante streifte seine Kapuze vom Kopf. »Hast du mich heute schon mal angesehen?«

Nun kehrte das Grinsen auf ihre Lippen zurück. »Nein, von so weit weg warst du nur als du zu erkennen, mehr nicht.«

Er zuckte mit den Schultern und sah auf das Schaufenster der Buchhandlung hinter ihr, wo die Gestalt, die zu ihnen herübersah, schemenhaft zu erahnen war.

»Kennst du diesen Mann?«, fragte er.

Mara drehte sich um. »Klar. Das ist mein Bruder Ludwin.«

»Ich glaube, er mag mich nicht.«

»Wieso? Was hast du gemacht?«

»Nichts. Wir haben nicht mal ein Wort miteinander gesprochen, aber er starrt mich schon zum zweiten Mal an, als hätte ich …«

… *eine Leiche im Keller.*

»Ach, mach dir nichts draus. Du warst mit seinem Schwarm aus, das kratzt wahrscheinlich an seinem Ego.«

Sie ging an Dante vorbei in den Laden. Er schüttelte den Kopf und folgte ihr. »Du musst mich verwechseln, ich war mit niemandem aus.«

»Doch, mit Romy, oder?«

Nachdem er sich einen Einkaufskorb vom Stapel neben der Tür geholt hatte, gingen sie nebeneinander die Regalreihen entlang.

»Nein, Romy … also …« Er zögerte. Wie sollte er das nennen? »Wir haben nur zusammen Kuchen gegessen.«

Niemand würde verstehen, dass er Romy so unattraktiv fand, wie für andere Menschen in seinem Alter eine neunzigjährige Frau.

Mara wackelte mit ihren Augenbrauen. »Klar. Kuchen gegessen …«

Dante seufzte und schüttelte den Kopf – für eine solche Unterhaltung hatte er jetzt keine Kraft. Er sah sich nach einer Schaufel um, ging dafür in die Ecke, wo er Pinsel und Farbe gekauft hatte.

Er hatte sich dazu entschieden, Timmi im Garten zu vergraben, er konnte nicht riskieren, es auf einer fremden Weide zu tun. Wer wusste schon, ob die Leiche nicht irgendwann bei landwirtschaftlichen Arbeiten ausgegraben werden würde. Doch hier in diesem Haus würde er hoffentlich lange wohnen und könnte so immer ein Auge darauf haben, was um das Grab herum geschah.

Mara stellte sich zu ihm. »Ich sag Ludwin, dass du kein Interesse an Romy hast, dann wird er dich bestimmt nicht mehr so böse anstarren.«

»Gut.«

Neben Farbeimern, Pinseln und Abdeckfolie standen leere Blumentöpfe und -erde.

»Wir haben in der Nähe auch ein Blumenfachgeschäft, wenn du dich um deinen Garten kümmern willst«, sagte Mara.

Er beugte sich vor, um die Schaufeln zu begutachten, doch die hier waren alle zu klein. Keine davon hatte einen langen Stiel und war größer als seine Hand.

»Wo ist das denn?«

»Etwa 'ne Stunde von hier.«

Dante schüttelte den Kopf.

»Aber du kannst auch hier bestellen, was du brauchst. Dauert dann halt ein, zwei Tage«, sagte Mara.

Er richtete sich auf und sah sie an.

Sie zuckte mit den Schultern. »Ich hab hier früher mal ausgeholfen.«

Dante lächelte leicht. »Danke.«

»Klar, gerne.«

»Sag mal …« Er räusperte sich. »Das mit dir und Felix …«

Sie hob die Augenbrauen und wartete ab, was er zu sagen hatte.

»Ich habe gehört, ihr seid mal ein Paar gewesen, aber dass das mit euch wegen Tom zerbrochen ist.«

»Ja, das stimmt. Woher auch immer du das weißt.«

»Hast du vergessen, dass das hier ein Dorf ist?«, fragte er sie und bemühte sich um ein Lächeln.

Sie zuckte mit den Schultern.

»Was ist Felix so für ein Mensch?«, fragte Dante.

»Oh, was für 'ne Frage. Geht es auch etwas genauer? Inwiefern?«

»Ist er ein guter Mensch?«

»Ein … keine Ahnung. Ich würde sagen, er …« Sie ließ ihren Blick über die Regale wandern. »Ja, doch, die meisten würden ihn wohl als guten Menschen bezeichnen.«

»Aber du nicht?«

»Sagen wir mal so: Ich *kenne* ihn.«

Dante sah sie auffordernd an. Sie hatte etwas über Felix zu erzählen, wollte aber nicht damit rausrücken, doch er musste wissen, was hinter der freundlichen Fassade des jungen Mannes steckte.

»Also gut«, sagte sie und seufzte. »Es lag nicht nur an Tom, dass ich Felix verlassen habe. Es war … ach, keine Ahnung. Er ist auf die schiefe Bahn geraten.«

»Um was ging es da?« Felix wirkte auf Dante eher wie ein Sunnyboy.

»Er hat ab und zu in der Stadt gearbeitet und dabei komische Leute kennen gelernt. Auf den ersten Blick ist er super freundlich, aber … er kann auch ganz schön schnell gereizt sein. Mir gegenüber ist er nie aggressiv geworden, hat aber oft gereizt reagiert.«

Dante runzelte die Stirn. Das konnte er sich zwar nur schwer vorstellen, er vertraute Mara jedoch genug, um ihr zu glauben.

»Nun ja, und dann ging es mit den Drogen los.«

»Drogen?!«

»Jap. Aber keine Ahnung, was genau – ich hatte genug mit mir selbst zu tun, um dem auf den Grund zu gehen.«

Dante nickte. »Und dann hast du dich in Tom verliebt.« Es war mehr eine Feststellung als eine Frage.

Maras Augen wurden groß, und sie lehnte sich von ihm weg, als würde er plötzlich unangenehm riechen. »Was? In Tom verliebt?! Wie kommst du denn darauf?«

»Na, du …« Dante zögerte. »Du hast Felix doch für Tom verlassen?«

»Mein Gott, nein! Ich habe Felix nicht *für*, sondern *wegen* Tom verlassen. Tom hat versucht, mich zu vergewaltigen.«

Kapitel 41

»Hast du Tom gesehen?« Jakob steckte den Kopf zur Tür des Cafés herein.

»Vor einer oder zwei Stunden ist er in diese Richtung gegangen.« Romy deutete nach rechts.

»Ach, dieser nichtsnutzige …«

»Ist alles in Ordnung?«, fragte sie, aber da hatte er die Tür auch schon wieder geschlossen und eilte davon.

Sie sah ihm nach. Plötzlich war es sehr still im Café. Sie lauschte ihrem Atem und dem leisen Ticken der Vintage-Uhr über ihr.

Tick, Tack. Pause.

Tick, Tack. Pause.

Romy griff nach dem Festnetztelefon und wählte die Nummer von Ludwins Buchhandlung. Er hatte erst vor kurzem sein Frühstück abgeholt, aber sie musste ihn jetzt doch noch mal sprechen.

Er ging nach dem dritten Klingeln ran.

»Ja, hallo?!«

»Hallo Ludwin, hier ist Romy«, sagte sie überflüssigerweise, da er ihre Nummer gespeichert hatte und daher wissen musste, dass sie dran war. Sie räusperte sich. »Hast du einen Moment?«

»Klar. Was gibt es?«

Sie lehnte sich mit dem Rücken gegen die Arbeitsplatte. »Sag mal … du hast doch gesagt, dass ich Dante nicht trauen soll. Warum?«

»Romy, ich …«

»Nein!«, unterbrach sie ihn. »Ich weiß, dass du nichts sagen willst, aber ich muss es wissen.«

Sie bekam Dantes Verhalten und Linus' Reaktion bei ihrem Besuch einfach nicht aus dem Kopf, und dazu das vermisste Kind aus seiner Heimatstadt … Ludwin wusste irgendetwas, und sie musste unbedingt erfahren, was es war.

»Okay, pass auf, ich kann dir nicht sagen, *was* es ist. Aber vielleicht solltest du mal einen Blick auf seine Tür werfen.«

»Auf seine … was?«

»Seine Haustür.«

»Was soll damit sein? Ich war gestern dort, und das ist bloß eine normale Eingangstür.«

»Dir ist nichts Besonderes daran aufgefallen?«

Romy seufzte auf. »Ludwin, sag mir doch einfach, was los ist.«

»Schau sie dir mal ganz genau an. Dann weißt du, was los ist.«

»Nein!«, rief sie, weil sie fürchtete, er würde auflegen. »Wenn du willst, dass ich dir glaube, musst du mir schon etwas mehr sagen.«

Er schwieg einen Moment, dann sagte er: »Tust du das nicht schon längst? Mir glauben? Sonst hättest du doch nicht angerufen, oder?«

Sie zögerte. Da war was dran.

»Eben. Du glaubst mir längst«, stellte Ludwin fest. »Er kommt dir mittlerweile komisch vor. Erzähl, was hat er getan?«

»Nichts. Das hatte nichts … nichts zu bedeuten.«

»Romy.«

Sie rieb sich mit Daumen und Zeigefinger über die Nasenwurzel. »Okay: Er hat sich gestern komisch verhalten, als Linus und ich bei ihm waren.«

»Inwiefern komisch?«

»Linus wollte seinen Kühlschrank öffnen, da hat Dante ihn angeschrien, beiseitegedrängt und den Kühlschrank schnell wieder geschlossen.«

»Du weißt, was das bedeutet, oder?«

»Nein, weiß ich nicht!« Langsam ging Ludwin ihr auf die Nerven.

»Ist doch ganz klar. Irgendetwas ist in seinem Kühlschrank, was ihr nicht sehen solltet.«

»Linus hat gesagt, er habe ein Gesicht von einem Jungen im Kühlschrank.«

»Ein Gesicht?«

»Ja. Keinen Kopf oder so, aber ein Gesicht.«

»Ein Gesicht ...«, sagte er nachdenklich. »Ein Gesicht.«

Plötzlich sprang die Erinnerung von dem vermissten Jungen aus Dantes Heimatstadt wieder in ihr Bewusstsein. Konnte das ein Zufall sein? Sie öffnete schon den Mund, um Ludwin davon zu erzählen, schloss ihn dann aber wieder. Es wäre vielleicht besser, wenn sie ihm erst mal nichts davon sagte.

»Du musst dir ansehen, was er im Kühlschrank hat«, beschwor Ludwin sie.

»Ich kann doch nicht einfach zu ihm laufen und ihn bitten, mir seinen Kühlschrank zu zeigen.«

»Nein, da hast du recht. Das geht nicht.« Er schwieg einen Moment. »Du solltest hochgehen, wenn er nicht da ist, und dir Zugang verschaffen.«

»Du meinst, ich soll einbrechen?!«

»Dir bleibt nichts anderes übrig, Romy. Er wird dir den Kühlschrank wohl kaum von sich aus zeigen.«

»Aha ... und warum machst *du* es nicht?«

»Ich weiß selbst, dass er ein Ki…« Er unterbrach sich. »Ich kann mich von ihm fernhalten – das reicht mir. Aber dir scheint das ja nicht zu reichen, also musst du mit eigenen Augen sehen, was er verbirgt.«

Romy biss sich auf die Unterlippe. »Was ist mit Mara?«

»Was soll mit Mara sein?«, fragte er mit gepresster Stimme.

»Er scheint ihr zu gefallen.«

»Das mag sein. Aber da habe ich ein Auge drauf.«

»Hast du sie auch gewarnt?«

»Nein.«

»Warum nicht?«

»Weil sie meine kleine Schwester ist«, sagte Ludwin. »Sie würde genau das Gegenteil von dem tun, was ich ihr sage.«

Romy nickte, obwohl er es nicht sehen konnte. »Okay, dann werde ich bei ihm einbrechen.«

»Er ist übrigens gerade im Laden einkaufen. Du könntest es direkt jetzt machen, wenn du schnell bist.«

»Nein, das geht nicht. Ich bin im Café, ich kann hier nicht einfach weg.«

»Ist deine Entscheidung. Aber bestimmt wird er gleich wieder hoch zum Haus gehen, und wer weiß, wann er es dann wieder verlässt.«

Romy hätte zu gerne gewusst, was Ludwin verschwieg. Kannte er Dante?

»Ich werde schon noch eine Möglichkeit finden, bei ihm … einzubrechen.«

»Du kannst Linus in der Zeit gerne bei mir in der Buchhandlung lassen.«

Romy schüttelte den Kopf. Was war es nur, das Ludwin derart handeln ließ?

»Ach«, fügte er hinzu. »Und du solltest vielleicht nicht nur in seinem Kühlschrank nach Antworten suchen, sondern im ganzen Haus.«

Kapitel 42

»Was?!« Dante hielt mitten in der Bewegung inne und starrte Mara ungläubig an.

»Ja. Tom hat versucht, mich zu vergewaltigen. Ich gebe seiner …«, sie wedelte mit der Hand in der Luft herum, »seiner geistigen Beeinträchtigung die Schuld. Er hat sich wohl irgendwie nicht mehr unter Kontrolle. Na ja … jedenfalls … keine Ahnung. Danach war es mir irgendwie nicht mehr möglich, eine vernünftige Beziehung zu führen.«

Er betrachtete die junge Frau, die so viel Selbstbewusstsein ausstrahlte und der offenste, kontaktfreudigste Mensch war, den er kannte, und ihr war etwas so Schreckliches zugestoßen? Dante konnte sich nicht vorstellen, wie das sein musste, in einer so hilflosen Situation wie der einer Vergewaltigung zu stecken, aber er hatte immer gedacht, eine Frau würde zerstört daraus hervorgehen.

»Wie weit …« Er räusperte sich, merkte, wie unangemessen die Frage wäre, und schüttelte den Kopf. »Nein, entschuldige. Ich bin überrascht und … es tut mir leid, was dir zugestoßen ist.«

Mara nickte. »Kein Grund, sich zu entschuldigen. Und du willst wissen, wie weit Tom gekommen ist? Na ja – nicht weit. Ich konnte ihn von mir runterstoßen und ihm in die entblößten Weichteile treten.« Ein kleines Lächeln zuckte um ihre Mundwinkel. »Er hatte den Überraschungseffekt auf seiner Seite – aber du hast ihn ja gesehen, er hat motorisch so seine Schwierigkeiten.«

»Du hast ihn aber doch angezeigt, oder? Warum ist er dann noch …«

Die versuchte Vergewaltigung konnte noch nicht lange her sein, und auch wenn es nicht zum Äußersten gekommen war, musste er ins Gefängnis oder zumindest in Sicherheitsverwahrung.

Mara sah auf ihre Hände hinab. Der schwarze Nagellack war von ihren kurzen Nägeln abgeblättert. »Nein. Ich hab ihn nicht angezeigt.«

»Warum nicht?!«

»Ach, weißt du … Er war ein wirklich netter Kerl, bevor er den Unfall hatte. Ich wette, er hätte mich in gesundem Zustand niemals zu vergewaltigen versucht. Es ist der Unfall, der so einen Menschen aus ihm gemacht hat.«

»Aber das ändert doch nichts daran, dass er dir Leid zufügen wollte.«

»Ich mochte ihn, als er gesund war, okay?«

Dante schüttelte den Kopf. »Nein, Mara. Das ist nicht okay«, sagte er mit sanfter Stimme. »Er hat eine Straftat begangen. Mag sein, dass er nicht voll zurechnungsfähig ist, aber dafür gibt es Psychiatrien.«

»Ich habe mich dazu entschieden, ihn nicht anzuzeigen und daran ändert sich nichts. Glaub mir, du bist nicht der Einzige, der mich davon überzeugen wollte.«

Dante dachte an das Gespräch zwischen Felix und Romy. Wahrscheinlich hatte auch Maras Bruder versucht, sie zu einer Anzeige zu überreden, also würde er, ein dahergelaufener Fremder, sie jetzt nicht plötzlich dazu bringen. Trotzdem blieb es ihm unbegreiflich.

»Wie geht dein Bruder mit der Sache um?«

»Er resigniert mittlerweile.« Mara setzte sich wieder in Bewegung, ging weiter den Gang entlang.

Dante warf noch einen letzten Blick auf die kleinen Schaufeln, entschied sich für die größte, die trotzdem nur wenig größer als seine Hand war, und folgte Mara.

»Ich könnte mir vorstellen, dass Felix wütend auf Tom ist, aber … er wirkt auf mich eigentlich nicht aggressiv«, sagte er.

Sie zuckte mit den Schultern. »Er ist auch nicht der aggressive Typ Mensch. Also niemand, der zuschlägt oder so.«

Nur jemand, der in Häuser einbricht, dachte Dante verbittert.

»Hat er Tom jemals gedroht?«

»Nein.«

»Aber *wollte* er es? Also, hat er davon gesprochen?«

Mara runzelte die Stirn. »Nein.«

Er schüttelte den Kopf. Warum nicht? An Felix' Stelle hätte er zumindest mit Gewalt gedroht – auch wenn er nicht gewalttätig war.

»Er sieht ihn jeden Tag«, sagte Dante nachdenklich. »Wie hält er das aus?«

»Du machst dir viel zu viele Gedanken über Felix. Warum interessiert er dich so?«

Dante zögerte einen Moment. Nein, er würde nicht die Polizei rufen, aber das hieß nicht, dass er den Einbruch geheim halten würde. Den Gefallen würde er Felix nicht tun.

»Er ist gestern Abend bei mir eingebrochen.«

»Was?« Sie drehte sich schockiert zu ihm.

»Ja. Ich war kurz den Müll rausbringen und als ich wieder reinkam, stand er in meinem Wohnzimmer.«

»Was wollte er da?«

»Nichts. Das ist ja das Merkwürdige. Er wollte angeblich *gar nichts* und ist, als ich ihn erwischt habe, auch wieder gegangen.«

Sie stellten sich an die Kasse, und Dante legte die wenigen Gegenstände auf dem Tresen ab, die er während ihres Gesprächs in seinen Einkaufskorb gelegt hatte. Dann bestellte er noch eine große Schaufel und bezahlte. Mara und er schwiegen, bis sie sich von der alten Kassiererin verabschiedet hatten und nach draußen traten. Der Regen hatte nachgelassen, aber der Wind wirbelte noch immer über den Marktplatz und ließ die Schirme vor dem Laden zittern.

»Und da bist du jetzt hier?«, fragte Mara.

Dante konnte ihrem Gedankengang nicht folgen. »Was meinst du?«

»Er ist eingebrochen, als du nicht da warst, konnte nicht tun, was auch immer er tun wollte, und ist gegangen. Jetzt bist du wieder nicht da und vielleicht …« Sie zog die Augenbrauen hoch, als würde das alles Weitere erklären.

Dante erstarrte. »Du meinst, er könnte gerade in diesem Moment wieder in meinem Haus sein, um zu tun, wobei ich ihn gestern unterbrochen habe?«

Mara hob die Schultern und sah ihn abwartend an. »Womöglich?«

Er brauchte nur eine Sekunde, um sich aus der Erstarrung zu lösen. Dann rannte er los.

Kapitel 43

Am liebsten hätte er die Tüte mit seinen Einkäufen einfach auf den Pflastersteinen zurückgelassen. Mara hatte recht – Felix konnte jetzt, genau in diesem Moment, in seinem Haus sein! Wenn er derjenige war, der ihm die Bilder in die Küche gehängt hatte, startete er womöglich in diesem Augenblick erneut eine solche Aktion, und wer wusste, was es diesmal wäre. Und selbst, wenn Felix nichts von seiner Pädophilie wusste, könnte er bei einem weiteren Einbruch Timmis Leiche finden, was mindestens genauso schlimm, wenn nicht gar schlimmer war.

Dante durfte auf keinen Fall zulassen, dass Felix bei ihm einbrach und sein Leben noch mehr durcheinanderbrachte.

Er eilte am einsamen Bed & Breakfast vorbei und konnte schon die Brücke erkennen. Dante war froh, dass er Timmi reingeholt hatte, bevor das Wasser übers Ufer trat und ihn mit sich hatte tragen können. Wie schrecklich es gewesen wäre, wenn der kleine Körper verlorengegangen wäre und sich niemand um ihn hätte kümmern können. Dante bog rechts ab und lief die leichte Steigung hoch. Der Boden war matschig, aber das machte nichts – er war ja bereits am vergangenen Abend durch den Dreck gelaufen, hatte halb im Wasser gestanden. Dante hatte sich nicht die Mühe gemacht, seine Schuhe zu säubern.

Bald konnte er sein Haus erkennen, das irgendwie schiefer wirkte, als hätte der Wind es am Dach in eine Richtung gezogen. Neben seinem Wagen mit den vier platten Reifen – er musste unbedingt jemanden anrufen, der ihm Ersatz brachte – war kein anderes Auto zu sehen. Er wurde langsamer, rannte nicht mehr, sein Gang war nur noch so eilig wie der eines Mannes, der zu spät zu einem wichtigen Date kam und fürchtete, einen schlechten ersten Eindruck zu machen. Er fuhr sich mit der Hand durch das braune Haar und spürte die Nässe darin. Es hatte wieder angefangen, stärker zu regnen – er hatte es gar nicht registriert.

Am Haus angekommen atmete er tief durch. Es war weder davor noch durch die Fenster jemand zu sehen. Langsam ging Dante auf die geschlossene Tür zu. Man konnte deutlich erkennen, dass die Farbe neu war, aber die rote Schrift blitzte zum Glück nicht mehr durch. Er holte den Schlüssel aus der Jackentasche, entscheid sich, ehe er ihn ins Schloss steckte, aber um. Statt durch die Haustür wollte er durch die Hintertür reingehen.

Er schob den klimpernden Schüsselbund zurück in seine Tasche und schlich nach rechts an der Hauswand entlang. Mit dem Bein streifte er einen Strauch, der leise raschelte – die Hose war an der Stelle sofort nass, doch Dante ignorierte es. An der Seite war kein Fenster und so bewegte er sich selbstsicher, bis er hinter dem Haus ankam. Dort befand sich zwar mehr Gestrüpp, aber nicht direkt an der Wand, und so konnte er sich nicht dahinter verstecken. Dante fühlte sich beinahe selbst wie ein Einbrecher, als er gebückt zur Hintertür schlich, unter ihrem Fenster stehen blieb und sich erst dann aufrichtete. Vorsichtig spähte er ins Haus. Es war düster, aber er konnte so viel erkennen, um sicher zu sein, dass niemand in Küche und Wohnzimmer war und auch keine neuen Fotos an den Wänden hingen. Erneut zog er zog den Schlüsselbund heraus und öffnete die Hintertür. Er schlüpfte ins Haus, schloss leise die Tür und verharrte erst einmal. Einen Moment lang lauschte er nur in die Stille. Sein Atem ging durch die eiligen Schritte nach

Hause schnell, und wenn Felix sich in der Nähe versteckte, könnte er ihn hören.

Dante durchquerte die Küche und blieb an der Tür zum Wohnzimmer stehen. Dort wartete ab und lauschte abermals, doch er hörte nur seinen eigenen Atem und spürte das Herz wild in seiner Brust schlagen. Das Adrenalin floss immer noch durch seinen Körper, nur langsam beruhigte er sich. Alles war gut, versuchte er sich einzureden. Er war hier, konnte sich um alles kümmern und würde nicht zulassen, dass man ihm erneut zu nah kam. Erst nachdem einige Sekunden verstrichen waren, streckte er seinen Kopf ins Wohnzimmer.

Nichts.

Er wollte schon auf die Treppe zum Schlafzimmer zulaufen, als er es sich anders überlegte. Zuerst musste er im Keller nachsehen und sichergehen, dass es Timmi gutging. Ohne die Treppe aus dem Blick zu lassen, schlich er zur Kellertür. Es war immer noch still. Sein Herz schlug ihm bis zum Hals, als er die Tür vorsichtig öffnete. Unten brannte kein Licht.

Dante zögerte, schaltete die Lampe dann aber doch an. Er hatte hier schon einmal einen Einbrecher erwischt, um genau zu sein, sogar zweimal, und wollte nicht mehr im Dunkeln umherhuschen.

Hin- und hergerissen, weil er Felix so die Möglichkeit geben würde, hinter ihm die Kellertür abzuschließen, stand er da und wagte sich nicht nach unten. Sollte er es riskieren und sich unter Umständen so leicht fangen lassen? Aber da unten lag Timmi. Sein kleiner Junge. Er musste sichergehen, dass alles in Ordnung war, auch wenn er sich damit in Gefahr brachte.

Und so machte Dante einen ersten Schritt auf die Treppe, dann noch einen und schließlich rannte er sogar hinunter. Es war ihm egal, ob Felix da war. Er hatte das dringende Bedürfnis, nach Timmi zu sehen, befürchtete, dass irgendetwas nicht mit ihm stimmte, dass er bewegt oder seine Decke weg sein könnte.

Unten angekommen lief Dante zu dem Bündel unter der Treppe. Sein Herz schlug wild in seiner Brust und Furcht kam in ihm auf, als er sich zu Timmi hinabbeugte. Einen Moment lang wagte er es nicht, die Decke beiseitezuziehen, zu große Angst hatte er vor dem, was sich darunter verbergen konnte. Er atmete tief ein und aus, streckte seine Hand aus und zog an dem feuchten Stoff.

Kapitel 44

Dante keuchte auf.

Timmi starrte ihn aus großen, anklagenden Augen an. Sein Mund war zum Schrei verzerrt, seine Lippen blau und in den Mundwinkeln klebte eine gelbliche Kruste, als würde der Junge an einer besonderen Art von Tollwut leiden.

Dante ließ die Decke los und wich zurück. Sie fiel neben Timmis Kopf, wodurch er ihn ungehindert ansehen konnte – ansehen *musste*. Er glaubte, seinen Schrei zu hören. Kein hilfesuchender, jämmerlicher, sondern ein wütender und schmerzverzerrter, als würde Timmi über die grauenvollen Schmerzen, die er erlitt, den Verstand verlieren. Dante stiegen Tränen in die Augen, in seinem Hals wuchs ein Kloß. Sein ganzer Körper kribbelte und juckte und ihn überkam der verzweifelte Wunsch, sich die Haut vom Fleisch zu schälen. Rauszukommen, nicht mehr derjenige zu sein, der er war, und bloß weg zu sein.

Ein klägliches Wimmern und erstickte Laute drangen an sein Ohr, und es dauerte einen Moment, bis er begriff, dass er selbst diese Geräusche verursachte. Dante schlug sich eine Hand vor den Mund, hatte Schwierigkeiten zu schlucken. Sein Atem ging wieder schneller, seine Kehle zog sich zusammen. Er wich noch weiter zurück, stieß mit dem Rücken gegen die kühle Wand des Kellervorraums und kauerte sich zusammen. Sein verschwommener Blick war immer noch auf die Gestalt unter der Treppe gerichtet. Das Herz schmerzte ihm, als hätte Timmi mit seinem aufgerissenen Mund etwas davon herausgebissen. In Dantes Brust fehlte nun ein entscheidender Teil. Er schaffte es schließlich, die Augen zu schließen, legte sich eine Hand an die Stelle, unter der sich sein Herz befand, zog die Beine an den

Oberkörper und wiegte sich vor und zurück. Die erstickten Laute unterdrückte er jetzt nicht mehr, aber sie waren trotzdem nur gedämpft zu hören, da er sie in den Hohlraum seines zusammengekrümmten Körpers ausstieß.

Er konnte Timmis schrecklichen Anblick nicht verdrängen. Dante fühlte sich in sich selbst fremd, als wäre er nur Gast in einer geschundenen und kaputten Hülle.

Er bemühte sich um einen ruhigen Atem, aber es dauerte eine ganze Weile, bis er wieder tiefer atmen konnte und richtig Luft bekam. Mit der Zeit verging auch das Kribbeln in seinem Körper und irgendwann fühlte er sich wieder Herr seiner Sinne, doch der Schmerz im Herzen ließ nicht nach.

Nicht der Schmerz, und auch nicht das lähmende Entsetzen, das ihn vergiftete, seit er in Timmis totes Gesicht geblickt hatte.

Vorsichtig öffnete Dante die Augen, blinzelte und hätte sie am liebsten sofort wieder zugekniffen. Mit aller Kraft und zusammengebissenen Zähnen zwang er sich, sie offen zu lassen. Er musste die Decke wieder über Timmi ziehen, seinen Anblick verbergen und dann aus diesem Keller verschwinden. Er wollte den Jungen nie wieder ansehen, ihn in schöner, in lebendiger Erinnerung behalten. Auf allen vieren kroch er zu Timmi, wobei er darauf achtete, ihn nicht anzusehen. Er hob einen Arm und ergriff den Zipfel Decke, um ihn wieder zurückzuziehen, wobei sein Blick versehentlich auf Timmis Gesicht traf. Dante hielt inne. Was war das? Timmis Augen waren geschlossen, ebenso sein Mund. Kein Entsetzen, kein Schmerz, keine Wut. Er sah nicht friedlich aus, dafür war zu deutlich, dass er nicht mehr lebte, aber er sah auch nicht so schrecklich aus, wie Dante es eben wahrgenommen hatte.

Skeptisch musterte er Timmis Gesicht und zog schließlich die Decke darüber. Es fiel ihm schwer, sich aufzurichten, war immer noch schwach und musste sich an der Wand abstützen, doch dann konnte er zur Treppe gehen, ohne sich noch einmal zu Timmi umzudrehen. Dante stieg die Stufen hinauf und schloss die Kellertür. Seine Augen fühlten sich wund an, als hätte er stundenlang geweint, und seine Glieder waren schwer. Ohne zu versuchen, leise zu sein, schleppte er sich die Treppe ins Schlafzimmer hinauf. Der Anblick von Timmi hatte ihn geschafft, und er glaubte nicht mehr, dass irgendjemand hier war. Er könnte wahrscheinlich wieder ewig schlafen und wollte nur noch ins Bett. Dante sah halbherzig nach, ob sich darunter jemand versteckte, schlurfte ins Bad und sah dort hinter die Tür. Nichts. Dann ging er zurück und ließ sich auf die weiche Matratze sinken.

Auch wenn seine Leiche keine Grimasse zog, war und blieb Timmi tot. Dante schüttelte fassungslos den Kopf, fuhr sich mit der Hand erst über die Augen und die laufende Nase und ließ sich dann zurück auf die Decke sinken. Er war in einem Albtraum gefangen. Schon jetzt hatte die Verwesung bei Timmi eingesetzt – die Haut hatte eine graue Farbe angenommen und schmiegte sich ungewohnt locker um seinen Kopf –, und Dante müsste noch ein bis zwei Tage warten, bis die große Schaufel da wäre. Es kam ihm ewig vor.

Er legte sich einen Arm über die Augen und wünschte sich weit weg. Weg von diesem Haus, dem Dorf, aber nicht zurück in seine Heimatstadt. Er wollte am liebsten ganz verschwinden und jemand werden, der nicht auf Kinder stand, sondern ganz normal war. Wie wenig Probleme Heterosexuelle haben mussten, die an Gleichaltrigen Gefallen fanden. So einfach erschien ihm ihr Leben im Vergleich zu seinem eigenen. Dante kannte solche Gedankengänge zu gut – in den letzten Jahren hatte er sie nur unter Kontrolle gebracht und daher schon lange nicht mehr an Suizid gedacht. Die Tage, an denen er das Bett nicht hatte verlassen können, waren dunkel gewesen. Wie ein schwarzer Fleck in seinem Leben existierten sie, losgelöst von den restlichen Erlebnissen.

Er hätte gegen das aufkommende Gefühl, weg sein zu wollen, ankämpfen müssen – Dante wusste das –, und doch brauchte er eine Weile, bis er die Kraft dazu fand. Wie einfach es wäre, in sich selbst zu verschwinden, ehe er *ganz* verschwand. Er nahm den Arm vom Gesicht und setzte sich auf. Nein, er durfte jetzt nicht in Depressionen versinken. Wenn er einmal in der Spirale nach unten glitt, würde es immer schwieriger werden, wieder hochzukommen. Er durfte nicht den ganzen Tag im Bett verbringen und seinen Gedanken freien Lauf lassen, denn das würde der Depression bloß die Türen öffnen und sie regelrecht hereinbitten.

Dante holte tief Luft, sammelte all seine Kraft und stand auf. Seine Situation würde sich nicht von allein verbessern. Obwohl er mit seinem Schäufelchen nicht weit kommen würde, sollte er zumindest schon mal anfangen, das Grab auszuheben.

Kapitel 45

Romy zog sich die Kapuze tiefer ins Gesicht. Zwar nieselte es nur noch leicht, aber sie mochte Nässe auf ihrer Haut nicht. Als Kind hatte sie eine Brille getragen, und die kleinsten Tropfen hatten sich sofort auf die Gläser gelegt und ihre Sicht gestört.

Sie stieg den Hügel zu Dantes Haus hinauf. Linus hatte sie bei Ludwin im Buchladen gelassen, der es ihr zwar angeboten, aber doch überrascht gewirkt hatte, dass sie sich am helllichten Tag Zugriff zu dem Haus verschaffen wollte. Sie hatte müde gelächelt und gesagt: »Ich will nicht einbrechen. Ich will mich umsehen. Wenn er da ist, ist das okay.«

Romy wollte nicht gegen das Gesetz verstoßen, wenn es sich vermeiden ließ, wobei sie sich aber eingestand, dass sie es tun würde, falls er nicht zu Hause wäre. Sie musste herausfinden, was mit Dante nicht stimmte, daran führte kein Weg vorbei.

Als das schiefe Haus in Sichtweite kam, fiel ihr vor dessen Mauer ein Wagen auf, der so weit im Graben stand, dass noch ein Traktor vorbeifahren konnte. Als sie näher kam, kam ihr das ungewöhnlich tief vor. Erst verzögert erkannte sie, dass die Reifen zerstochen waren. Verblüfft blieb Romy stehen. Wer machte denn so was?! Felix war bei Dante eingebrochen – war er auch dafür verantwortlich? Sie schüttelte den Kopf. Warum sollte er das tun?

Sie öffnete das Gartentor und ging durch den Vorgarten auf das Haus zu. Im Haus brannte kein Licht, aber obwohl sich die Sonne nicht hinter den Wolken hervortraute, war es nicht so dunkel, dass die ausgeschalteten Lampen im Inneren bedeuteten, dass niemand zu Hause war.

Vor der Haustür bleib Romy stehen. Laut Ludwin sollte sie ja einen Blick darauf werfen, aber für sie sah die Tür normal aus. Obwohl ... war die Farbe nicht anders als die des Türrahmens? Ja, dunkler und nicht so abgeblättert. Sie sah sogar frisch aus. Hatte Ludwin *das* gemeint? Nein, das konnte nicht sein. Was sollte an einer neu lackierten Tür besorgniserregend sein?

Romy berührte die neue Farbe mit zwei Fingern – sie war einfach über die alte abblätternde Farbe gemalt worden. Jemand, der öfter mit Holz arbeitete, hätte die Tür zuerst abgenommen, geschliffen und dann gestrichen. Dante hatte die Farbe bei ihrem Treffen im Laden wohl dafür gebraucht, aber auch das war nichts Verdächtiges – ungewöhnlich vielleicht, doch mehr auch nicht. Gedankenverloren rieb sie mit dem Daumennagel über die Farbe, von der sofort ein Stück, inklusive der alten darunter, abblätterte. Romy schüttelte den Kopf. Das war doch sinnlos. Sie wollte gerade die Farbe von ihrem Fingernagel schnipsen, als sie erkannte, dass es nicht nur braune Farbe war. Sie hob den Finger an ihre Augen.

Ja, da war auch rote Farbe dabei.

Sie betrachtete die Tür. Hatte Dante sie zuerst rot gestrichen, gemerkt, dass das nicht gut aussah, und sie dann mit Braun überdeckt?

Aber warum sollte Ludwin ihr dann raten, sich die Tür anzusehen? Sie seufzte und verfluchte ihn in Gedanken. Weshalb hatte er nicht einfach sagen können, worauf er hinauswollte?!

Romy war schon versucht, die Tür Tür sein zu lassen und zu vergessen, dass Ludwin sie darauf hingewiesen hatte, als sie eine Unregelmäßigkeit entdeckte. Und je länger sie auf die Tür starrte, desto deutlicher zeichnete sich ab, dass sie Schlieren hatte.

Auf den ersten Blick fiel das nicht auf, aber wenn man es erst mal wusste, konnte man nicht mehr übersehen, dass an manchen Stellen rote Farbe hindurchschimmerte – aber nicht an der ganzen Tür, was gegen ihre anfängliche These sprach. Sie verstand es nicht, und der Regen durchnässte sie immer mehr, während sie dastand und die Tür betrachtete. Romy beschloss, Ludwin noch einmal direkt danach zu fragen und nicht mehr lockerzulassen, bis er ihr sagte, was er wusste.

Sie drückte die Klingel neben der Haustür und wartete.

Nichts tat sich.

Sie klingelte erneut. Als sie mit Linus hier gewesen war, hatte sie die Klingel bis nach draußen gehört, nun blieb es aber – abgesehen von dem Trommeln der Regentropfen auf den Blättern der Sträucher und dem Hausdach – still. War sie kaputt? Es hätte Romy bei diesem maroden Haus nicht gewundert. Also klopfte sie mit ihren Fingerknöcheln an die Tür. Das Haus war so klein, dass Dante es hören musste, wenn er da war.

Doch es tat sich nichts.

In Romy stieg der Verdacht auf, dass er tatsächlich nicht zu Hause sein könnte, wo auch immer er stattdessen war. In ihrem Café und in Ludwins Buchhandlung war er jedenfalls nicht, und das Auto stand vor der Tür, er war also auch nicht in den nächsten Ort gefahren. Aber es sollte ja Leute geben, die bei diesem Wetter gerne unterwegs waren – anders als Romy, die selbst ein bisschen Regen vorm Spazierengehen abschreckte. Doch vielleicht gehörte Dante zum Schlag der Menschen, der sich trotzdem gern die Beine vertrat. Romy klingelte und klopfte noch einmal, trat an das Fenster rechts neben der Tür und beugte sich vor, um ins Wohnzimmer zu sehen. Es sah aus wie gestern. Nichts Ungewöhnliches zu erkennen, und auch kein Dante. Aber das wunderte sie nicht – er wäre sonst sicher längst an die Tür gekommen. Oder schlief er vielleicht oben? Hatte er nicht gestern gesagt, dass er ihre Verabredung verpasst hatte, weil er geschlafen hatte? Er hatte heute im Café nicht ausgeruht ausgesehen, vielleicht hatte er sich hingelegt.

Unschlüssig, was sie nun tun sollte, stand sie vor dem Haus.

Wäre Ludwin bei ihr gewesen, hätte er sie dazu überredet, einzubrechen. Aber es war nicht so, als hätte sie einen Dietrich bei sich oder als hätte sie sich getraut, das Fenster einzuschlagen, um ins Haus zu gelangen.

Romy schüttelte den Kopf. Was hatte sie sich da nur eingebrockt?!

In der Hoffnung, dass die Hintertür offen war, lief sie ums Haus. In dieser Gegend hatte man so viel Vertrauen zu seinen Nachbarn, dass viele diese unverschlossen ließen, und obwohl Dante bestimmt nicht zu denen gehörte, versuchte Romy ihr Glück.

Sie wollte gerade um die Ecke hinters Haus biegen, als sie ein dumpfes Geräusch vernahm und stehen blieb. Was war das?

Der Laut erklang in regelmäßigen Abständen, dazu hörte Romy schweres Atmen. Dante musste hinter dem Haus beschäftigt sein, deswegen hatte er auch ihr Klopfen nicht gehört. Mit einer Hand an der Wand abgestützt, beugte sich Romy vor, um zu sehen, was er da tat.

Er kniete auf einem Handtuch im Matsch.

Verwirrt zog sie die Augenbrauen zusammen. Arbeitete er im Garten? Es schien so – Dante grub mit einer kleinen Schaufel ein Loch. Aber warum ausgerechnet bei strömenden Regen …?

Kapitel 46

Von den obligatorischen zwei Metern war er noch weit entfernt – das würde er mit der kleinen Schaufel auch in zwei Tagen nicht schaffen, selbst wenn er sich die Hände blutig arbeitete. Doch zumindest hatte er schon mal Länge und Breite vorgegeben. Dass er ein Kind und nicht einen Erwachsenen beerdigen wollte, machte die Sache nur unwesentlich einfacher, da er Timmi ja unmöglich zum Abmessen raustragen konnte. Aber bevor er das Grab zu klein machte, hob er es lieber zu groß aus.

Er wischte sich mit dem Handrücken über die Stirn. Ob sie feucht von Schweiß oder vom Regen war, konnte er nicht sagen – wahrscheinlich beides. Ihm war bewusst, dass er seiner Gesundheit keinen Gefallen tat, schwitzend hier draußen im Nassen zu hocken, aber noch weniger wollte er sich mit der unerledigten Aufgabe im Hinterkopf im Bett herumwälzen.

Er legte die Schaufel neben das Handtuch, auf dem er kniete. Dann stand er auf und ging in die Küche, um sich Tee zu machen. Ihm war mittlerweile so kalt, dass er nicht aufhören konnte zu zittern. Dabei glaubte er nicht, dass die Temperatur so gesunken war, nein, es war die Nässe, das beklemmende Gefühl und die näherkommende Erkältung, die er sich durch diese Aktion einheimsen würde.

Dante befüllte den Wasserkocher und stellte ihn an. Während das Wasser heiß wurde, gab er einen Teebeutel in eine frische Tasse und blickte aus dem Fenster der Hintertür.

Wie konnte es sein, dass er Timmi *überhaupt* vergraben musste? Was war passiert? Hatte jemand aus dem Dorf etwas mit dem Tod des Jungen zu tun? Aber wer und warum? Oder war der Mörder nur durch Dante auf Timmi aufmerksam geworden?

Dante wusste schließlich nicht, wie lange Timmi schon tot war. Den Verwesungsgrad konnte er nicht deuten, doch da er den Kleinen noch letzte Woche vom Fenster aus gesehen hatte, konnte Timmi höchstens sechs Tage tot sein. Er sollte noch einmal ganz genau nachsehen, ob der Leichnam Verletzungen aufwies. Auf den ersten Blick hatte Dante zwar nichts gesehen, aber das hieß nicht, dass nicht doch etwas zu finden war. Durch die Nässe und den Dreck konnte er eine Wunde am Kopf durchaus übersehen haben. Vielleicht war Timmi ja erschlagen worden oder gefallen.

Der Wasserkocher schaltete sich klackend aus, Dante gab Wasser in die Tasse, griff nach ihr und pustete hinein. Der heiße Dampf stieg ihm ins Gesicht und breitete sich darauf als feuchte Wärme aus.

Wieder fragte er sich, wer Timmi hergebracht haben könnte. Ihm kam als erstes Felix in den Sinn, doch wozu war er dann hier eingebrochen? Außerdem konnte sich Dante nicht erklären, warum Felix Timmi Leid zufügen sollte – er kannte ihn ja nicht … das glaubte Dante zumindest. Aber Mara studierte in Trier … Ob Felix sie besucht und den Jungen dadurch kennengelernt hatte? Dante schüttelte den Kopf. Dieser Zufall wäre zu groß. Und Mara selbst? War die Wahrscheinlichkeit da höher?

Er stellte die Tasse geräuschvoll auf der Arbeitsplatte ab. Nein, Mara war es nicht, ihr vertraute er hier noch am meisten. Dante zog den Teebeutel heraus und legte ihn auf der Spüle ab. Dann nahm er die Tasse wieder auf und trat an die Hintertür, um durch das Fenster hinauszublicken. Es war wirklich scheußliches Wetter. Dante hätte gerne gewartet, bis der Regen nachgelassen und die Sonne wieder herausgekommen wäre, aber er hatte keine Ahnung, wann das der Fall sein würde. Es sah nicht so aus, als würde sie *jemals* wieder scheinen, und auch der nächste Sommer wirkte Lichtjahre entfernt.

Dante öffnete die Hintertür, trat nach draußen und stellte sich an das unfertige Grab. Wenn man so darauf hinabsah, könnte es auch durchaus ein großes Blumenbeet werden, so oberflächlich hatte er gegraben.

Zu seiner Rechten raschelte es. Erschrocken wandte er den Kopf in die Richtung. Doch da war nichts. Kein Vogel, der im Gebüsch sein Nest baute, keine Maus, die durch das auf dem Boden liegende Laub huschte.

Zu einem anderen Moment und an einem anderen Ort hätte er sich nichts dabei gedacht, doch Dante war vorsichtig geworden. Mit der Tasse in der Hand schlich er auf den Busch an der Hausecke zu.

Versteckte sich dort jemand?

Er ging die letzten Schritte, wartete und spähte dann mit einem Ruck um die Ecke.

Nichts.

Dante runzelte die Stirn. Hatten Wind und Regen das Gestrüpp zum Rascheln gebracht? Aber dafür war es eigentlich zu laut gewesen. In ihm stieg ein ungutes Gefühl auf, und er fühlte sich beobachtet. Langsam ging er zurück zur zugezogenen Hintertür. Sollte er sie lieber abschließen? Den Schlüssel hatte er in der Jackentasche. Dann könnte sich niemand ins Haus schleichen, während er draußen arbeitete.

Doch er hatte die Tür gar nicht hinter sich zugezogen. Er hatte sie weit offen stehen gelassen, als er noch mal rausgegangen war. War es der Wind gewesen? Oder wurde er langsam paranoid?

Dante schloss die Tür auf und öffnete sie. Unsicher stand er da und lauschte in die Stille, dann betrat er die Küche, stellte seine Tasse auf die Arbeitsplatte und schloss die Hintertür ab. Wenn er nun auch noch die Vordertür verriegelte, würde der Einbrecher nicht fliehen können. Vorsichtshalber bewaffnete er sich mit einem Küchenmesser.

Kapitel 47

Das Messer lag schwer in seiner Hand, als er zur Haustür ging und den Schlüssel zückte. Irgendwo hatte er mal gelesen, dass man nur nach einer Waffe greifen sollte, wenn man auch bereit war, sie zu benutzen. War er dazu bereit, jemanden mit einem Messer zu verletzen? *Ja klar, wenn er bei mir einbricht, natürlich*, so sein erster Gedanke, aber dann zog sich bei der Vorstellung, wie er jemandem das Messer in den Bauch rammte oder auch nur mit der Klinge eine fremde Hand streifte, etwas in ihm zusammen. Er verdrängte den Gedanken, schloss die Haustür ab, eilte zur Kellertür, wo er so leise wie möglich den Riegel vorschob. Wenn jemand dort unten war, saß der jetzt in der Falle, also konnte sich Dante erst mal oben umsehen. Das war das Positive an einem solch kleinen Haus: Eine Durchsuchung ging schnell. Hier gab es nicht viele Verstecke.

Dante stieg die Stufen hoch, in der Hand das Küchenmesser. Da er von unten kam, sah er direkt, dass sich unter dem ungemachten Bett nur Staubflusen versteckten. Oben angekommen sah er sich um.

»Hallo!?«, rief Dante. »Ich habe ein Messer! Wenn Sie sich jetzt nicht zeigen und ich Sie finde, werde ich es benutzen! Also kommen Sie raus!« Er kam sich blöd vor, in den leeren Raum zu rufen, da nicht auszuschließen war, dass er unter Verfolgungswahn litt, aber da musste er jetzt durch.

Dante schlich auf die offene Badezimmertür zu. Wenn der Einbrecher nicht im Erdgeschoss und nicht im Schlafzimmer war, blieb nur das Badezimmer. Vorsichtig lugte er hinein.

Was ...?!

Das konnte doch nicht sein – auch hier war niemand! Dante ließ das Messer sinken. Hatte er die Hintertür geschlossen, ohne es gemerkt zu haben? Vielleicht wurde er langsam paranoid … aber wer konnte ihm das verdenken? Nach allem, was ihm in den letzten Tagen zugestoßen war … War er doch vor kurzem erst im Keller eingesperrt worden … *Der Keller!*, sickerte es ihm wieder ins Gedächtnis. Er musste noch im Keller nachsehen. Wenn jemand da war, dann musste er gerade in diesem Moment im Keller gefangen sein.

Dante machte einen Schritt ins Bad, als ihm die Tür unvermittelt mit voller Wucht gegen den Kopf knallte. Er stolperte zurück, hielt sich mit der freien Hand am Türrahmen fest, um nicht zu stürzen, und kniff die Augen zu. Der Schmerz hämmerte in seinem Schädel. Als er schließlich blinzelte, nahm er eine Bewegung wahr, sah eine verschwommene Silhouette und stach halb blind in die Luft.

»Warte, warte!«, rief eine Frau, als er einen Schritt auf sie zumachte.

Da er mit Felix gerechnet hatte, verharrte er.

»Verdammte … Scheiße!«, knurrte Dante und blinzelte. Seine Sicht klärte sich langsam. »Was … Romy?!« Er starrte sie überrascht an. Es hätte ihn weniger gewundert, wenn Timmis Geist hier herumgespukt hätte, als dass Linus' Mutter bei ihm einbrach.

Sie stand mit erhobenen Händen und gerötetem Gesicht vor ihm. »Warte, Dante!«

»Verdammt, was tust du hier?!«, rief er aufgebracht, das Messer immer noch auf sie gerichtet. Seine Gedanken rasten. Ja, er hätte Linus nicht so angehen dürfen, aber sie musste darüber hinwegkommen! So etwas passierte und entschuldigte keinen Einbruch!

»Es tut mir leid«, sagte sie mit zittriger Stimme. »Bitte, leg das Messer weg.«

Doch Dante dachte gar nicht daran. Sein Schädel brummte, und sein Herz pochte viel zu schnell, er hatte schon wieder einen Einbrecher erwischt, und in seinem Keller lag eine Leiche.

»Sag mir, was du hier willst. Ich lass dich erst gehen, wenn du es mir gesagt hast.« Den Fehler, den er bei Felix gemacht hatte, würde er nicht noch einmal begehen.

»Ich wollte nicht …« Sie zögerte. Das Messer schien sie abzulenken.

Er nahm es ein Stück runter, hielt die Spitze aber weiter in ihre Richtung.

»Tut mir leid, Dante. Es war ein Fehler, herzukommen.«

»Warum hast du das getan?!«

»Die Sache mit dem Jungengesicht in deinem Kühlschrank hat mich einfach nicht losgelassen.«

»Das, was Linus gesehen hat?«, fragte er. Gott, sein Schädel tat schrecklich weh. Er legte eine Hand an die Schläfe, als würde das irgendetwas bringen, doch stattdessen stieg Übelkeit in ihm auf. Das Wort *Gehirnerschütterung* tauchte vor seinem inneren Auge auf.

»Ja. Und dann hab ich gesehen, dass ein Junge aus Trier vermisst wird.«

Timmi. Sie hat den Zeitungsartikel gelesen! Natürlich – schließlich lag die Zeitung bei ihr im Café aus.

»Und deshalb brichst du hier ein?«, fragte er. »Um *was* zu tun, Romy? Um dir den Kinderkopf in meinem Kühlschrank mal anzusehen?!«

»Ich … also … Ja.« Sie senkte den Blick.

»Und hast du das?«

»Nein. Du bist zu früh ins Haus zurückgekommen.«

Er schüttelte den Kopf. *Das gibts doch nicht* … Sie war offenbar noch nicht im Keller gewesen, sonst würde sie anders mit ihm umgehen. Er musste sie so schnell wie möglich loswerden.

»Okay, komm mit runter. Du kannst in den Kühlschrank sehen.« Was für ein Glück, dass er mittlerweile alle Fotos beseitigt hatte. »Und dann gehst du nach Hause, und ich will dich hier nie wieder sehen, hörst du?!«

Romy nickte eilig.

Er trat zur Seite und deutete mit dem Messer in Richtung Treppe. Sie zwängte sich an ihm vorbei, wobei sie so viel Raum wie möglich zwischen ihnen schuf. Unten angekommen, machte sie keine Anstalten zu flüchten – aber sie konnte ohnehin nur tun, was er wollte, und wirkte nicht so, als würde sie seine Geduld auf die Probe stellen wollen.

Sie gingen hintereinander durchs Wohnzimmer in die Küche, wo Romy vor dem Kühlschrank stehen blieb.

»Jetzt mach ihn schon auf. Da ist nichts drin.«

Sie streckte ihre zittrige Hand nach dem Griff aus, legte sie darauf und verharrte so. Dante hatte das Gefühl, sie würde all ihren Mut zusammennehmen müssen. Er wartete ungeduldig, und schließlich zog sie die Kühlschranktür auf.

Kapitel 48

»Es war ein riesiger Fehler«, sagte Romy.

»Warum denn das?«, fragte Ludwin.

Sie war gekommen, um Linus abzuholen und schnell nach Hause zu gehen. Am liebsten hätte sie den Einbruch bei Dante vergessen, einfach aus ihrem Gedächtnis gelöscht. Ja, sie hatte ihn und sein Geheimnis nicht aus dem Kopf bekommen, aber das kam ihr rückwirkend so unwichtig vor, dass sie sich fragte, wo ihr Verstand geblieben war.

Er hätte sie verletzen können, und sie hätte es ihm nicht mal übelnehmen können, weil sie ihn furchtbar erschreckt haben musste. An seiner Stelle hätte sie auch mit einem Messer nach dem Einbrecher gesucht, vor allem, wenn kurz davor schon einmal jemand eingebrochen war.

Sie erzählte Ludwin, was geschehen war und endete mit den Worten: »Es war überhaupt nichts Ungewöhnliches im Kühlschrank. Aufstrich, Milch, Eier, Wasser ... sonst nichts. Kein Kinderkopf, kein Gesicht, nichts.«

Das Einzige, was wirklich ungewöhnlich war, war die Tatsache, dass Dante im strömenden Regen im Garten gekniet war und ein Loch gegraben hatte. Das ergab einfach keinen Sinn, da konnte Romy überlegen, wie sie wollte – ihr fiel kein vernünftiger Grund ein, warum bei diesem Wetter jemand im Garten arbeiten sollte. Aber da es nicht der Grund war, weswegen sie zu Dante gelaufen war, schob sie den Gedanken beiseite. Der Kerl war seltsam, wirkte fast schon verrückt und sie konnte nicht alles nachvollziehen, was er tat, aber das hieß nicht, dass er etwas tat, das sie etwas anging oder eine Gefahr für sie darstellte.

»Aber …« Ludwin sah sie ungläubig an. »Das kann gar nicht sein.«

»So war es aber. Ich hätte das nicht machen dürfen! Mein Gott, ich hätte verletzt werden können! Er hätte mich anzeigen können. Ich glaube, das hat er nur nicht getan, weil ich ihm erklären konnte, dass ich wegen dem, was Linus gesagt hat, gekommen bin.«

»Hast du dir wenigstens mehr als nur den Kühlschrank angesehen?«, fragte Ludwin, ungeachtet ihrer Worte.

»Ich habe sein ganzes Haus gesehen, da ist nichts Ungewöhnliches.«

»Hast du in alle Schränke und auch unters Bett gesehen?«

Romy starrte ihn ungläubig an. Hörte er ihr denn gar nicht zu?

»Ludwin, er kam sofort zurück, hat mich bemerkt und gesucht. Ich hatte gerade noch genug Zeit, mich hinter der Tür im Badezimmer zu verstecken.«

»Also konntest du unmöglich irgendwelche Hinweise finden«, schloss er.

»Nein, konnte ich nicht.« Sie sah sich nach Linus um, wollte nur noch nach Hause. Ludwins fehlendes Verständnis ärgerte sie. Es war nicht fair, ihm die Schuld zu geben, aber er hatte sie dazu überredet, bei Dante nach etwas zu suchen, das sein merkwürdiges Verhalten und ihr ungutes Gefühl erklärte.

»Du kannst nicht sagen, dass da nichts Ungewöhnliches war, wenn du nicht seine Sachen durchsucht hast.«

»Weißt du was?«, fuhr Romy ihn an. »Warum durchsuchst *du* nicht seine verdammten Sachen? Warum brichst *du* nicht bei ihm ein? Ich gehe da jedenfalls nicht noch einmal hin. Es hätte sonst was passieren können! Was wäre mit Linus, wenn mir etwas geschehen wäre?«

Ludwin schwieg.

»Ich bin fertig mit Dante! Wenn du dich so für ihn interessierst, dann durchwühl du doch seine dreckige Wäsche. Linus!« Sie winkte ihren Sohn zu sich.

Er saß in einem niedrigen Sessel, eine Kinderzeitschrift in den Händen.

»Nur noch ein bisschen!«, rief er Romy zu.

»Nein, Schatz, jetzt sofort! Ich kaufe dir die Zeitschrift, dann kannst du zu Hause weiterlesen.« Sie hätte ihm auch eine veraltete Brockhaus-Enzyklopädie gekauft, um hier rauszukommen.

Doch Linus gab sich mit der Zeitschrift zufrieden, rutschte aus dem Sessel und kam zu Ludwin und Romy an den Verkaufstresen. Sie atmete auf und zückte ihr Portemonnaie, während sich auch schon das schlechte Gewissen meldete, weil sie Ludwin so angefahren hatte.

»Entschuldige, aber das ist nicht mein Ding, weißt du? Ich bin niemand, der gerne Risiken eingeht. Ich will einfach nur, dass Linus und ich glücklich sind.«

»Du kannst Dante aber nicht aus dem Weg gehen«, sagte Ludwin leise. »Er wohnt jetzt hier und scheint so schnell nicht wieder verschwinden zu wollen.«

Romy nickte. »Das ist okay. Ich muss ja nicht mit ihm befreundet sein.«

»Und was ist mit Linus?«

»Was soll mit ihm sein?«

»Linus könnte in Gefahr sein.«

»Wegen Dante? Unsinn. Die beiden haben doch gar keine Berührungspunkte. Hätte ich nicht den Kontakt zu ihm gesucht, hätte Linus Dante gar nicht erst kennen gelernt.«

221

»Da wäre ich mir nicht so sicher …«

Sie seufzte. »Willst du mir nicht endlich sagen, was du weißt?«

Er warf Linus einen Blick zu, der zwar neben ihnen stand, aber so in sein neues Heft vertieft war, dass er ihr Gespräch gar nicht mitzubekommen schien. Ludwin senkte trotzdem seine Stimme und beugte sich zu Romy vor, als er ihr sagte: »Ich habe dir gesagt, du sollst dir seine Tür genauer ansehen, weil da in roten, großen Buchstaben das Wort *Kinderschänder* stand.«

Kapitel 49

Die Wut über die Geschehnisse ließen ihn das Grab schnell und voller Konzentration ausheben. Es war mittlerweile einen halben Meter tief – nicht viel, aber ein guter Anfang, und wenn er in diesem Tempo weitermachte, konnte er bis zur Dunkelheit mindestens einen ganzen Meter daraus machen.

Die beiden Erdhaufen neben dem Loch wurden immer größer, und an den Händen sowie unter Dantes Fingernägeln sammelte sich Dreck. Er wischte sich mit dem Handrücken eine Haarsträhne aus der Stirn, wobei die Erde einen schmutzigen Schmierer auf seiner Haut hinterließ. Dante konnte immer noch nicht genau sagen, ob das Zusammentreffen mit Romy gut ausgegangen war – es fiel ihm schwer, klare Gedanken zu fassen. Hatte er sie von seiner reinen Weste überzeugen können? Immerhin hatte sie nichts Ungewöhnliches in seinem Kühlschrank gefunden. Andererseits war sie verängstigt gewesen, schließlich hatte er ein Messer in der Hand, und was diese Angst mit ihr machte, konnte Dante schwer einschätzen. War sie einer jener Menschen, die sich versteckten, oder einer von denen, die zum Angriff übergingen?

Das Handtuch, auf dem er anfangs gekniet hatte, war verrutscht und voller Erde – es war ihm mittlerweile völlig gleichgültig, ob er schmutzig wurde, und so setzte er sich darauf, um wieder zu Atem zu kommen.

Zum ersten Mal war seine Verzweiflung so groß, dass er überlegte, ob er nicht einfach abhauen sollte. Er hatte die Hilflosigkeit über die letzten Stunden und Tage hinweg verdrängt, sich eingeredet, er würde das schon schaffen und noch sei nicht alles verloren. Aber vier Tage in diesem Dorf hatten gereicht, um ihn völlig durcheinanderzubringen. Er war herge-kommen, um sich selbst und Timmi zu schützen, und nun war seine große Liebe tot und nicht in Trier, sondern hier, in seinem Keller. Wie lange würde es dauern, bis die Polizei nach ihm suchen würde? Als Nachbar war er zwar nicht in Timmis unmittelbarem Umkreis gewesen – hatte weder zu seinen Freunden noch zu seinen Lehrern gezählt –, aber den Er-mittlern würde sicher auffallen, dass Dante etwa zeitgleich mit Timmi verschwunden war. Sicher würden sie alle befragen, die auch nur ansatzweise etwas mit dem Jungen zu tun gehabt hatten.

Oder sollte er Timmi hier vergraben und dem Dorf erst dann den Rücken kehren? Er könnte sich eine Wohnung in der Nähe seiner Arbeitsstelle suchen, dann würde er nicht gleich seinen Job aufgeben müssen. Doch war er dazu im Stande, die Leiche an diesem verlassenen Ort, den schon so lange niemand mehr mit Leben gefüllt hatte, zurückzulassen? Hier hätte sich Timmi bestimmt nicht wohlgefühlt.

Dante rieb sich die Augen. Er musste endlich aufhören, über den Jungen nachzudenken, als wäre er noch am Leben. Er war tot! Es war ihm egal, wo er lag. Auch ein Friedhof war ein verlassener Ort und außerdem hatte Timmi zu ihm, Dante, keine innigere Beziehung gehabt, als zu sonst jemandem. Er würde keinerlei Trost darin finden, in seiner Nähe zu sein. Die Liebe, die Dante empfand, war einseitig gewesen!

Und wenn er nun weiterzog, würde die Person, die von seiner Pädophilie wusste und Timmi hierher gebracht hatte, dann aufgeben? Würde sie ihn in Ruhe lassen? Und konnte Dante selbst die Sache ruhen lassen? Konnte er mit dem Wissen leben, dass er demjenigen so nah gewesen und vor ihm geflohen war, statt ihn zu stellen? Es ging schließlich um seinen geliebten Timmi. Schuldete Dante es ihm nicht irgendwie, hierzubleiben?

Egal, wer es war, ob Felix oder Mara, Romy oder Jakob, Ludwin oder jemand ganz anderes – irgendein Motiv musste die Person doch haben. Seine Pädophilie an sich konnte es kaum sein. Hätte die Person das öffentlich machen wollen, hätten doch längst alle davon erfahren. Die Hinweise wären dann nicht in seinem Haus, sondern im Dorfkern ausgelegt worden, und wenn sie Dante die Polizei hätte auf den Hals hetzen wollen, stände die längst vor seiner Tür. Aber so gab ihm der Unbekannte die Möglichkeit, Timmis Leiche zu verstecken und zu fliehen.

Dante beugte sich wieder über das Grab und schaufelte weiter, wobei er das ungute Gefühl hatte, nichts tun zu können, um der unmittelbaren Katastrophe zu entkommen. Sie kam näher und näher und würde über ihm zusammenschlagen, ihn erledigen, ohne ihm eine Chance zu lassen, heil aus der Geschichte rauszukommen. Doch tatenlos ausharren wollte er auch nicht, wollte zumindest versuchen, die Katastrophe abzuwenden.

In Gedanken sammelte er alle Informationen, die er bisher zu den Einwohnern dieses Dorfes hatte:

Felix und Mara waren ein Paar gewesen, Tom war überfahren worden und seitdem körperlich und geistig behindert. Außerdem hatte er versucht, Mara zu vergewaltigen, wobei die ihn aber nicht angezeigt hatte und aktuell in Trier Jura studierte. Und sie war Ludwins Schwester, der in dem Buchladen arbeitete, in dem Dante vor Jahren seine Fachliteratur gekauft hatte. Dass Ludwin sich an ihn erinnerte, hielt er für unwahrscheinlich, aber irgendetwas hatte er gegen ihn, zumindest seinen Blicken nach zu urteilen. Möglicherweise war er eifersüchtig, weil Romy Interesse an ihm hatte. Oder er hatte vor Jahren etwas getan, was den Mann gegen ihn aufgebracht hatte. Die Nacht in der Dorfkneipe kam ihm in den Sinn. Wenn er sich dort so sehr danebenbenommen hatte, dass Ludwin sich an ihn erinnerte?

Noch weniger schien ihn nur noch Toms Vater, Jakob Teiger, leiden zu können. Mara hatte gesagt, er hasse alle Städter, seit Tom von einem überfahren worden war, doch das reichte Dante nicht als Erklärung. Dann war da noch Felix, der bei ihm eingebrochen war und früher Drogenprobleme gehabt hatte. Damals war er wohl schnell gereizt, aber nicht aggressiv. *Ich bin hier wirklich nicht gerade beliebt,* stellte Dante fest. Ludwin und Jakob Teiger hatten etwas gegen ihn, Romy seit kurzem auch. Was Felix über ihn dachte, konnte er schwer einschätzen, aber wohl konnte er ihm nicht gesonnen sein, sonst würde er kaum bei ihm einbrechen. Und was war mit Jonah? Seinen Vermieter hatte er seit der Schlüsselübergabe nicht mehr gesehen. Dante glaubte nicht, dass der irgendetwas ahnte – er schien eher ein Eigenbrötler zu sein.

Die einzige Person mit einer Verbindung nach Trier war Mara, oder zumindest war sie die Einzige, von der er es wusste. Aber selbst sie konnte Timmi eigentlich nicht kennen. Weder der Junge noch seine Eltern hatten etwas mit der Universität oder der juristischen Fakultät zu tun, da sie Mediziner waren. Und wenn sie dort Freunde hatten? Dante kannte sie nicht gut genug, um sich da sicher sein zu können.

Vor zwei Jahren war er während einer Fortbildung in der Nachbarstadt gewesen, aber damals hatte er keinen Schritt hierher getan. Aber seine Masterarbeit war so lange her, da musste er echt Mist gebaut haben oder in ein gewaltiges Fettnäpfchen getreten sein, wenn man ihm das heute noch nachtrug. *Also gut. Mal angenommen, das war passiert. In wessen?*

Während der nächsten Stunde dachte er darüber nach, wer ihn schon bevor er hergezogen war, kennengelernt haben könnte. Hatte er einen der Jüngeren – Mara oder Felix – in der Schule unterrichtet, ohne sich daran zu erinnern? Dann müssten sie aber zumindest eine Weile nicht hier gewohnt haben. Gut, das konnte ja sein. Aber Dante konnte sich an die meisten seiner Schüler erinnern, wenn er sie nicht gerade nur in einer Vertretungsstunde oder mal für ein Jahr unterrichtet hatte. In dem Fall hätte er aber doch niemanden so gegen sich aufbringen können.

Seine Hände schmerzten und die Gelenke fühlten sich von der immer gleichen vornübergebeugten Haltung steif an. Dante stand auf, betrachtete das Grab, das nun schon gut einen Meter tief war und wandte sich dann ab. Es regnete nicht, aber es blies ein kalter Wind und die Sonne hatte sich hinter den Wolken versteckt.

Erleichtert, dass er schon so viel geschafft und für heute Schluss machen konnte, sperrte er die Hintertür auf und betrat das Haus. Obwohl der Ofen nicht an war, erschien ihm die Luft drinnen wärmer als draußen. Umständlich streifte er die schweren Stiefel von den Füßen und ging in Strümpfen ins Wohnzimmer, wo er seine Jacke an die Garderobe hängte.

Dann entfachte er neues Feuer im Ofen und ging nach oben, um sich umzuziehen. Obwohl es bald dunkel werden würde, beschloss er, noch einmal das Haus zu verlassen, nachdem er sich aufgewärmt hätte. Der einzige Mensch, der gewillt war, ihm zu helfen, wäre wohl Mara. Er wusste allerdings weder, wo sie wohnte, noch ihre Telefonnummer, also würde er sich zu ihr durchfragen müssen. Dante hoffte, dass sie mehr über Jakob Teigers und Ludwins Hass ihm gegenüber sagen können würde. Außerdem kannte sie Felix am besten von allen. Alle Fragen und somit bestimmt auch die Antworten führten zu Mara.

Kapitel 50

Ihm war gar nicht in den Sinn gekommen, dass Romy nachmittags nicht arbeitete. Dabei hatte er sie erst vorgestern mit ihrem Sohn auf dem Marktplatz gesehen – er hätte sich denken können, dass sie nicht den ganzen Tag im Café war. Nun stand ein junger Asiate mit dicken Brillengläsern hinter dem Tresen und bediente mit einem strahlenden Lächeln die Kunden. Es war mehr los als vormittags. Zwei der Tische waren besetzt und vor der Auslage hatte sich eine kleine Schlange gebildet, was zum Großteil daran lag, dass der Mitarbeiter offensichtlich mit jedem einen kleinen Plausch hielt.

Dante sah sich um. Er war hergekommen, um nach Maras Unterkunft zu fragen, aber da er niemanden kannte, stellte er sich an und beschloss, sich einen Kaffee to go zu holen. Vielleicht konnte er dem jungen Mann an der Kasse die ein oder andere Informationen entlocken.

Als er an der Reihe war, strahlte der Asiate ihn so übertrieben glücklich an, als wäre er froh, dass ausgerechnet Dante vor ihm stand.

»Hallo«, sagte Dante und bemühte sich um ein Lächeln.

»Hallo. Ich kenne Sie noch gar nicht, aber … « Er ließ den Blick über ihn schweifen. »Sie müssen der Lehrer sein.«

»Oh, Neuigkeiten verbreiten sich hier ja offenbar schnell.«

»Das können Sie laut sagen. Ich bin Andi. Freut mich, Sie auch mal persönlich kennenzulernen.«

»Dante. Freut mich auch, Andi.«

»Und wie leben Sie sich ein?«, fragte Andi, ohne Anstalten zu machen, Dante nach seiner Bestellung zu fragen.

Hinter ihm warteten drei weitere Kunden, schienen aber nicht ungeduldig, als hätten sie damit gerechnet, dass es wegen Andis Geplauder länger dauerte.

»Bisher ganz gut«, sagte Dante und blendete aus, dass in den wenigen Tagen, in denen er hier wohnte, mindestens viermal bei ihm eingebrochen worden war, er eine Leiche im Keller hatte und ihn schon jetzt das halbe Dorf hasste. »Ich hatte eigentlich gehofft, Romy hier anzutreffen.«

»Da muss ich Sie enttäuschen – die arbeitet nur halbtags. Tut mir leid.«

»Macht nichts. Vielleicht können Sie mir auch weiterhelfen. Ich habe die Tage Mara kennengelernt und versprochen, ihr ein Buch zu leihen«, log Dante. »Aber ich habe ganz vergessen, sie nach ihrer Handynummer oder ihrer Unterkunft hier zu fragen.«

Wenn Andi die Lüge durchschaute, ließ er es sich nicht anmerken.

»Oh, Mara haben Sie ganz knapp verpasst. Die ist eben in die Richtung gelaufen.« Andi zeigte nach links.

»Was? Sie war hier?« Dante stand seit mindestens fünf Minuten in diesem Café. Wie hatte er sie übersehen können?

»Nein.« Andi glückste. »Ich habe sie draußen vorbeilaufen sehen.« Er schien nicht nur hier drinnen alles und jeden im Auge zu haben. »Wenn Sie sich beeilen, erwischen Sie sie bestimmt.«

Das ließ Dante sich nicht zweimal sagen. Er lief auf die Tür zu und hörte gerade noch, wie Andi »Sie haben ja gar nichts bestellt!« rief – aber da schloss sich die Tür hinter ihm auch schon. Dante sah nach links und rechts. Vielleicht war sie auf dem Weg zu ihrem Bruder in die Buchhandlung.

Er eilte los, halb auf dem schmalen Bürgersteig, halb auf der Straße. Ein Auto kam von hinten, rauschte an ihm vorbei, Dante sprang in letzter Sekunde beiseite.

Schließlich kam er an der Abzweigung zum Marktplatz an. Die Wahrscheinlichkeit war groß, dass sie hier entlanggegangen war. Er hätte Andi fragen sollen, wo Mara wohnte. Sie konnte durchaus in irgendeinem Haus verschwunden sein.

Doch da entdeckte er sie hundert Meter von ihm entfernt vor dem Bed & Breakfast, wie sie sich mit Tom unterhielt. Sollte sie den jungen Mann nicht hassen oder zumindest meiden? Doch ihre Körperhaltung war entspannt, sie hatte sich leicht zu ihm vorgebeugt, und er hielt wieder einmal ein totes Tier in den Händen. Dante konnte nicht erkennen, ob es ein Eichhörnchen oder ein Streifenhörnchen war, aber es war lang, schmal und flauschig.

Tom sagte irgendetwas, und Mara nickte, dann deutete sie auf den Eingang des Bed & Breakfast und Tom nickte. Sie gingen gemeinsam hinein und verschwanden somit aus Dantes Sichtfeld. Er blieb an der Straßenecke stehen und zögerte einen Moment. Die Szene kam ihm regelrecht absurd vor. Was tat sie da?

Er überquerte mit schnellen Schritten die Straße und lief auf das Bed & Breakfast zu. Was immer Mara da trieb, er musste mit ihr reden, und wenn er dafür in die Höhle des Löwen gehen musste.

Die Tür stand einen Spaltbreit offen. Dante schob sie auf und betrat den dämmrigen Eingangsbereich. Von Toms Eltern war glücklicherweise nichts zu sehen. Die hätten ihn wohl direkt wieder rausgeworfen. Aber auch Tom und Mara konnte er nirgends entdecken.

Er schlich an einem Garderobenständer vorbei, an dem ein gelber Regenmantel hing, der ihm das Gefühl eines Déjà-vus verlieh. Kurz schüttelte er den Kopf, um den Hauch der Erinnerung loszuwerden, ging weiter zur Treppe, legte eine Hand auf das Geländer und hörte eine Tür zuknallen. Jedoch kam es nicht von oben, sondern von unten, aus dem Keller.

Dante ging zu der kleinen Tür, die hinunterführte. Vor vier Tagen war Teiger da herausgekommen und hatte gesagt, dass er oder seine Frau immer dort unten zu finden seien. Dante sah sich um. Jakob Teiger würde ihn umbringen, wenn er ihn in seinen Privaträumen fand, und trotzdem öffnete Dante behutsam die Kellertür und schlich nach unten.

Kapitel 51

Die Treppe knarrte unter seinem Gewicht, aber Tom und Mara schienen ihn gar nicht zu bemerken. Er sah sie nicht, hörte jedoch dumpf ihre Stimmen. Dante bückte sich auf dem Weg nach unten und sah, dass der erste Raum als Diele diente. Sie war sogar recht wohnlich eingerichtet: Auf dem Boden lag ein großer altmodischer Teppich in dunklen Farben, neben einer der zwei abzweigenden Türen stand ein Beistelltisch, darauf eine Vase mit trockenen Blumen und von der Decke hing ein kitschiger kleiner Kronleuchter.

Wohnten die Teigers hier? Dante war davon ausgegangen, dass sich hier unten nur ein Aufenthaltsraum mit einem alten Fernseher und einer durchgesessenen Couch befand, mehr nicht, aber nun schien es, als wäre unter dem Bed & Breakfast eine Wohnung.

Dante zögerte. Er wusste, er hatte hier wirklich nichts zu suchen. Wie konnte er sich darüber aufregen, wenn bei ihm eingebrochen wurde, und gleichzeitig in die Privaträume der Teigers eindringen? Aber da waren die ganzen Fragen, die ihm im Kopf umherschwirrten, und Mara, die sich hier befand und die ein oder andere beantworten konnte. Und so schob Dante seine Skrupel beiseite und schlich auf die Tür ihm gegenüber zu, von wo Stimmen drangen und hielt sein Ohr an das dunkle Holz, um zu lauschen.

»Das ist nicht schön, Tom«, sagte Mara. »Du solltest das nicht mit dir machen lassen.«

»Nein, das ist schon okay. Papa sagt, Tom hat das verdient.« Er verschleppte die Worte teilweise, und die Betonung der Silben war falsch.

»Nein, das hast du nicht. Du bist genauso viel wert wie dein Vater oder ich. Auch du darfst ein schönes Leben haben.«

Dante schüttelte den Kopf. Was redete sie da?

»Nein, Tom ist schlecht.«

»Das bist du nicht. Hör mir doch zu, das haben wir doch schon einmal besprochen«, sagte sie eindringlich. »Du bist ein toller Mensch und …«

»*Du* bist ein toller Mensch!«, rief Tom.

Mara lachte leise. »Danke, aber du genauso. Wirklich.«

Dante drückte sein Ohr fester gegen das Holz, doch nun herrschte Stille. Was ging da vor sich? Er fasste sich ein Herz, klopfte und öffnete die Tür.

Mara und Tom saßen in einem Wohnzimmer. Zwei Schirmlampen tauchten den Raum in gelbliches Licht, vor dem Sofa stand ein breiter Glastisch, auf dem ein angefangenes Puzzle lag. Obwohl der Raum kein Fenster hatte, er lag schließlich im Keller, waren Vorhänge auf einer Seite angebracht.

Tom saß auf dem Boden, Mara auf dem Sofa. Sie waren beide über das Puzzle gebeugt und sahen auf, als Dante die Tür öffnete.

Die Szene wirkte so natürlich, als würden sie das den ganzen Tag tun, und gleichzeitig war sie völlig absurd. Tom hatte Mara versucht zu vergewaltigen und nun saßen sie beisammen und puzzelten!?

»Was machst du hier?«, fragte Dante sie.

»Das Gleiche könnte ich dich auch fragen.« Sie klang nicht unhöflich, wirkte eher belustigt.

»Ich war auf der Suche nach dir und hab gesehen, wie du mit ihm reingegangen bist.«

»Ach so.« Sie lächelte. Es schien ihr gar nicht unangenehm zu sein, dass er sie mit Tom erwischt hatte. »Na dann: Was willst du denn von mir?«

Dante sah zu Tom, dann wieder zu ihr. »Was machst du hier?«, fragte er noch einmal.

»Ich puzzle mit Tom.«

»Puzzeln mit Tom«, wiederholte der.

Dante schluckte. »Warum?« Er senkte seine Stimme. »Ich meine ... Er wollte dich vergewaltigen.«

Mara warf Tom einen Blick zu und stand dann auf. »Ich bin gleich wieder da, Tom.« Sie führte Dante zurück in die Diele und schloss die Tür hinter sich.

»Du bist hergekommen, um mich zu fragen, was ich bei Tom will?«, fragte sie mit gesenkter Stimme.

»Nein. Ich bin hergekommen, weil in diesem Dorf einiges abläuft, was ich nicht begreife, und ich glaube, du kannst es mir erklären.«

»Um was geht es denn?«

Er fuhr sich mit der Hand durch die Haare. Es fiel ihm schwer, zu ignorieren, wer sich auf der anderen Seite der Tür befand, aber es ging ihn strenggenommen nichts an, was zwischen Mara und Tom war.

»Fangen wir mit Jakob Teiger an«, sagte er. »Er hasst mich, und das ganz offensichtlich ohne mich zu kennen. Warum? Du kannst mir nicht erzählen, dass es nur daran liegt, dass ich ein Städter bin.«

Sie seufzte. »Das beschäftigt dich immer noch? Kannst du es nicht einfach vergessen?«

»Nein!«, zischte er. »Irgendjemand hier hat es auf mich abgesehen, und ich will wissen, wer es ist. Den offensichtlichsten

Hass hat Jakob Teiger auf mich.« Und dass er in seinen Keller eingedrungen war, machte es sicher nicht besser.

»Was meinst du damit, jemand hat es auf dich abgesehen?«, fragte Mara.

Dante schüttelte den Kopf. »Das erzähle ich dir ein andermal.« *Oder auch nicht,* fügte er in Gedanken hinzu.

Sie strich sich eine Haarsträhne hinters Ohr. »Also, pass auf: Dass er dich hasst, hat nichts mit dir zu tun.«

»Ach nein? Sondern?«

Sie warf einen Blick zur geschlossenen Wohnzimmertür. War er sehnsüchtig? Wollte sie lieber zu Tom zurück, als sich mit ihm zu unterhalten?

»Ich kann nicht darüber sprechen«, sagte sie.

»Warum nicht?«

»Es geht nicht.« Sie schüttelte den Kopf. »Kannst du mir nicht einfach glauben, dass du zwar nicht schuld bist, aber auch nichts daran ändern kannst?«

Am liebsten hätte er sie geschüttelt, stattdessen ballte er nur seine Hände zu Fäusten. »Verdammt, Mara! Hör auf, in Rätseln zu sprechen! Es ist wichtig, dass du mir die Wahrheit sagst.«

»Bitte geh einfach.«

»Dann erkläre mir wenigstens, warum du mit Tom sprichst, als hätte er nicht versucht, dich zu vergewaltigen! Als wärt ihr plötzlich … Freunde!« Er spie das letzte Wort regelrecht aus. Es war zu absurd. Dante spürte, wie ihm die körperliche Anspannung allmählich zu Kopf stieg. Es machte ihn wahnsinnig, dass Mara vor ihm stand, Licht ins Dunkel bringen konnte, es aber nicht tat. Es hätte doch so einfach sein können.

»Warum ist dir das so wichtig, verdammt?!«, fragte sie nun selbst aufgebracht. »Das geht dich doch gar nichts an!«

»Nein, tut es auch nicht, aber es ist scheiße, nicht zu wissen, was hier vor sich geht. Es ist wie die beschissene Sicht eines halb Blinden ohne Sehhilfe.«

Sie stutzte und musste sich dann ein Grinsen verkneifen. »Hui, Dante, solche Schimpfwörter aus deinem Mund …«

»Das ist nicht witzig!«, zischte er.

Sie seufzte. »Ist ja gut. Ich sage dir ja, was hier los ist. Aber sei nicht enttäuscht – ich sag ja, es hat nicht wirklich was mit dir zu tun.« Sie wiegte den Kopf hin und her. »Na ja, eigentlich schon. Pass auf …«

Kapitel 52

»Verdammt!« Romy hob den Finger an die Lippen und saugte an dem Schnitt. Sie war beim Apfelschneiden mit den Gedanken nur kurz woanders gewesen. Ohne den Finger aus dem Mund zu nehmen, ging sie zum Küchenschrank, holte sich ein Pflaster mit Pferdemotiv und klebte es sich auf die Wunde. Hoffentlich war es nicht zu tief, sonst würde sie in zehn Minuten ein neues brauchen. Anschließend kontrollierte sie, ob Blut auf den Apfel getropft war, entdeckte nichts, wusch ihn trotzdem und schnitt ihn dann weiter auf.

Eigentlich hatte sie am Social-Media-Auftritt ihres Kunden arbeiten wollen, hatte sich aber nicht darauf konzentrieren können. Ihre Gedanken wollten einfach nicht da bleiben, wo sie hingehörten, und mit jeder unproduktiven Minute war ihre Frustration gestiegen.

Sie nahm den Teller mit den Apfelspalten und ging zu Linus' Zimmer. Durch die Tür hörte sie die Fragezeichen und lächelte. Es gab nichts, was ihn so begeisterte wie die drei Detektive.

Romy öffnete die Tür und spähte ins Zimmer, doch Linus war nicht da. Irritiert stellte sie den Teller auf seinen Schreibtisch und ging wieder hinaus.

»Linus?«

Er machte normalerweise immer Geräusche. Entweder sang er irgendwelche Melodien vor sich hin oder trampelte so laut durch die Wohnung, dass die Nachbarn unter ihnen denken mussten, hier würde ein 200-Kilo-Sumoringer wohnen.

Sie klopfte an der Badtür. »Linus?«

Wieder nichts. Romy ging hinein – auch im Badezimmer war er nicht.

Obwohl sie wusste, dass er nicht dort sein würde, sah sie in ihrem Schlafzimmer nach, dann noch mal im Wohnzimmer, aber Linus war weg. Langsam breitete sich Angst in ihr aus. Er war noch nie zum Spielen rausgegangen, ohne ihr vorher Bescheid zu geben. Doch etwas anderes konnte nicht passiert sein, oder? Eben war er noch hier gewesen und hatte sein Hörspiel angehört, jetzt war er verschwunden.

Sie schnappte sich ihre Schlüssel, lief nach draußen – die kopfsteingepflasterte Seitenstraße wurde so selten von Autos befahren, dass die Kinder oft vor dem Haus Ball spielten, mit Kreide malten oder Skateboard fuhren. Doch die Straße war verlassen. Romy fuhr sich mit beiden Händen durch die Haare. *Scheiße, Linus, wo bist du?*

Sie wollte gerade loslaufen – vielleicht hatte sie ihn ja um wenige Sekunden verpasst –, aber dann entschied sie sich doch um. Ohne Handy und Jacke, außerdem allein, würde sie nicht lange suchen können. Also lief sie wieder die Stufen hinauf in ihre Wohnung, wo sie direkt auf ihr Handy zusteuerte, das auf ihrem Küchentisch lag. Ohne zu zögern, wählte sie Ludwins Nummer,

er ging nach dem ersten Klingeln ran.

»Ja?«

»Hallo, hier ist Romy. Hast du zufällig Linus gesehen?«

»Nein. Warum?«

»Ich wollte ihm gerade etwas zu Essen bringen, aber er ist nicht mehr in seinem Zimmer.«

»Er hat nicht gesagt, wohin er geht?«

»Er hat nicht gesagt, dass er *überhaupt* irgendwo hingeht.« Romy konnte die Panik in ihrer Stimme nicht verbergen. Ihr kam das Bild des verschwundenen Jungen aus Trier in den Sinn.

»Ganz ruhig«, sagte Ludwin. »Ihm ist schon nichts zugestoßen.«

»Wie kannst du das so sicher sagen?!«

»Na, er war doch bei dir in der Wohnung, Romy. Was soll da Schlimmes passiert sein?«

Sie legte eine Hand auf ihr wild pochendes Herz, spürte es an ihrer Handfläche schlagen. Dann setzte sie sich auf einen Küchenstuhl, sprang aber direkt wieder auf.

»Also ist er nicht bei dir?«

»Nein, aber vielleicht kommt er ja noch – dann sag ich dir Bescheid. Wie lange ist er denn schon weg?«

»Ich weiß es nicht. Vielleicht zehn Minuten? Keine Ahnung. Ich habe gearbeitet, und er hat sein Hörspiel gehört. Ich gehe ja nicht alle zehn Minuten in sein Zimmer, um nachzusehen, ob er noch da ist.« *Vielleicht hätte ich das tun sollen,* schoss es ihr in den Kopf. *Vielleicht macht man das als gute Mutter.* Sie hätte nicht arbeiten, sondern sich um ihren Jungen kümmern sollen. Was war sie nur für eine Rabenmutter? Und jetzt war er weg. »Ich war eben unten auf der Straße, dachte, er würde da vielleicht mit einem Freund spielen, aber da ist er nicht.«

»Hast du schon in der Bäckerei angerufen?«, fragte er.

»Nein, noch nicht.«

»Mach das. Vielleicht ist er dorthin gegangen. Oder er ist in die Kirche gegangen. Das macht er doch ganz gerne.«

»In die Kirche? Warum sollte er denn jetzt in die Kirche gehen, ohne mir etwas zu sagen.«

»Ich weiß es nicht, Romy«, sagte Ludwin eindringlich. »Aber wir können nur alle Möglichkeiten durchgehen.«

»Okay.« Sie atmete durch. »Also das Café, die Kirche … vielleicht ist er aber auch Spielen gegangen, dann wäre er nicht in der Stadt, sondern draußen auf einer der Weiden. Vielleicht ist er zu den Pferden gegangen.«

»Hat er das schon mal gemacht?«

»Nein, aber du hast doch gesagt, wir können nur alle Möglichkeiten durchgehen!«, rief sie hysterisch.

»Ja, ist gut, Romy. Ich sehe jetzt einmal in der Kirche nach. Ich sage Johannes, er soll ihn aufhalten, wenn er in die Buchhandlung kommt. Du siehst im Café nach. Vergiss dein Handy nicht.«

»Okay.« Sie griff ihre Tasche, die über einer Stuhllehne hing und wühlte darin. »Scheiße!«, zischte sie.

»Was ist?«, fragte Ludwin alarmiert.

»Ich finde mein Handy nicht.« Sie kramte Portemonnaie, Terminplaner, einen kleinen Spiegel und einen Lippenpflegestift aus der Tasche, aber ihr Handy war nicht darin. »Vielleicht hat er es mitgenommen! Du musst ihn anrufen. Ach, quatsch, das kann ich ja selbst …«

»Romy! Du *telefonierst* gerade mit deinem Handy.«

Sie hielt inne. Er hatte recht.

»Also, ich lege jetzt auf und sehe in der Kirche nach … aber … Romy?«

»Hm?«

»Du solltest vielleicht einen Ort nicht außer Acht lassen.«

»Welchen?«

»Ich habe dir doch von der Kinderschänder-Nachricht an Dantes Haustür erzählt. Du solltest auf jeden Fall auch bei ihm nach Linus suchen.«

Kapitel 53

Dante beugte sich interessiert vor, um Maras Worten zu lauschen. Würde er jetzt endlich erfahren, wer hinter der Schmiererei steckte, wer bei ihm eingebrochen und seine Autoreifen zerstochen, die Fotos in der Küche angebracht und – noch wichtiger – wer Timmi getötet und hierher gebracht hatte?

»Du weißt, dass Tom vor zwei Jahren von einem Auto angefahren wurde?«

Er nickte.

»Okay.« Sie holte Luft. »Ich saß in dem Auto.«

Dante starrte sie ungläubig an und kniff die Augen zusammen. »Was?! Du hast erzählt, es sei ein Städter gewesen.«

»Ob du es glaubst oder nicht ...« Sie deutete auf ihre schwarze Kleidung. »Meine rebellische Phase habe ich hinter mir. Damals bin ich viel in der Stadt gewesen, habe Leute von dort kennengelernt und mit ihnen die Clubs unsicher gemacht. Dabei bin ich an einen Kerl geraten, den ich toll fand.« Sie räusperte sich unbehaglich. »Ich war zwar mit Felix zusammen, aber dieser andere Kerl war wild und aufregend und passte viel besser zu mir. Jedenfalls dachte ich das damals. Eines nachts – er war betrunken – wollte er mich unbedingt selbst nach Hause fahren. Er hatte nicht mal ein Auto – das hat er unterwegs aufgebrochen und geklaut. Ich fand das total cool.« Sie verdrehte die Augen. »Er ist viel zu schnell über die Brücke ins Dorf gefahren und plötzlich hat es gerumpelt, er hat die Kontrolle über das Auto verloren und ist fast gegen ein Haus gefahren. Er hielt an, und ich bin ausgestiegen, um nachzusehen, was er da überfahren hat ... und habe Tom daliegen sehen. Er war blutüberströmt ...« Sie schüttelte den Kopf. »Es war schrecklich. Ich habe meinem Freund gesagt, er solle wegfahren, bevor ihn noch jemand sieht, dann hab ich den Notarzt gerufen und bin bei Tom geblieben. Ich bin dann auch mit im Krankenwagen ins Krankenhaus gefahren. Ich hatte so ein schlechtes Gewissen.«

»Deswegen hast du ihn bei der versuchten Vergewaltigung nicht angezeigt. Wegen deines schlechten Gewissens.«

Sie nickte. »Er ist ja nur wegen mir ... *so*. Hätte mich der Typ nicht betrunken und mit der irrsinnigen Geschwindigkeit hierher gebracht, würde Tom heute ein normales Leben führen.«

»Okay ... das versteh ich«, sagte Dante leise.

»Jakob hasst Tom, weil er seine Wünsche und Hoffnungen nicht mehr erfüllen kann und stattdessen für immer seine Eltern brauchen wird, um zurecht zu kommen. Ich bin auch für diesen Hass zuständig.«

»Das bist du nicht!«

Sie winkte ab, signalisierte, er solle sich gar nicht erst die Mühe machen, sie vom Gegenteil zu überzeugen.

»Und was hat das alles jetzt mit mir zu tun?«

Sie strich sich eine Haarsträhne hinters Ohr. »Der alte Lars war damals mit seinem Hund unterwegs, hat meinen Freund am Dorfausgang noch gesehen und sich einen Teil des Nummernschilds gemerkt.«

»Und das ähnelte meinem Nu...« Dante stockte. In diesem Moment zuckte eine Erinnerung durch sein Gedächtnis. Zwei Jahre zuvor war er in der Nähe des Dorfes auf einer Fortbildung gewesen. Dabei hatte er einen Kollegen aus dem Ort kennenlernte, der ihm von einem seiner Schüler erzählte, den er durchs Abitur bringen wollte. Der Junge war bereits straffällig geworden, und Dantes Kollege hoffte, er würde das mit einer guten Ausbildung hinter sich lassen können. Einen Tag später war Dantes Auto auf dem Parkplatz des Weiterbildungszentrums aufgebrochen und beschädigt worden. Dante hatte gedacht, es sei der besagte Schüler gewesen, der sich den Wagen zu einer Spritztour ausgeliehen hätte, hatte seinem Kollegen davon erzählt, damit er dem Jungen ins Gewissen redete, und das Auto zur Reparatur gebracht. »Es war mein Auto ...«, sagte er langsam.

Mara nickte. »Jakob hat es mir kurz nach deiner Ankunft erzählt. Er denkt, du wärst das gewesen. Er macht dich dafür verantwortlich.«

»Aber ... warum hat er mich nicht einfach angezeigt?«

Sie zuckte mit den Schultern. »Keine Ahnung. Weil es keine Beweise gibt, nach zwei Jahren schon gar nicht mehr. Der alte Lars, also der Einzige, der das Auto offiziell gesehen hat, ist mittlerweile gestorben.«

Dante nickte langsam. Vor diesem Hintergrund konnte er es Teiger nicht mal verdenken. Doch konnte er daraus auch schließen, dass Toms Vater nicht wusste, dass er pädophil war, und hatte er daher auch nichts mit Timmis Tod zu tun?

Mara musterte ihn interessiert. Wusste sie noch mehr?

»Und was ist mit Felix? Weißt du, warum er bei mir eingebrochen ist? Sei ehrlich.«

Sie seufzte und wich seinem Blick aus. »Ich habe da so meine Theorie, aber ich habe keine Ahnung, ob das stimmt.«

»Dann lass hören.«

»Du weißt ja, dass er ein Drogenproblem hatte?«

Dante nickte.

»Auch daran bin ich wohl nicht ganz unschuldig. Er hat mitbekommen, dass ich mit diesem anderen Kerl rumhing.

Felix war damals der nette Junge von nebenan, den du kennengelernt hast, aber er wollte mit dem anderen Typen mithalten und hat sich in die falschen Kreise begeben.« Sie seufzte. »Irgendwann hat er irgendwie eine Grenze überschritten – es hatte nichts mehr mit mir zu tun. Er hatte kaum Zeit für mich und sich in Drogengeschichten verstrickt. Jonahs Haus stand lange leer, bevor du kamst, und Felix war sowieso ständig wegen der Schafe da oben. Ich hatte das Gefühl, dass er dort auch seine … Drogengeschichten abgewickelt hat.«

Dante hob die Augenbrauen. »Warte, was genau hat er denn da gemacht? Ich dachte, er hat die Drogen nur konsumiert!?«

»Ich bin mir nicht sicher«, sagte Mara schnell. »Kann auch sein, dass ich mich irre, aber ich hatte das Gefühl, dass er … mit Drogen handelt, sie panscht, was auch immer.«

»In Jonahs Haus?«

Sie nickte. »Er hat mittlerweile damit aufgehört, aber na ja … vielleicht hat er noch irgendwelche Dinge im Haus, die ihn verraten könnten.«

»Verstehe.« Dante atmete tief durch.

Langsam setzte sich das Bild Teil für Teil zusammen, aber die großen, alles entscheidenden Fragen blieben: Wer wusste von seiner Pädophilie und wer hatte Timmi auf dem Gewissen?

Kapitel 54

Der Wind war wieder aufgefrischt und hatte Nieselregen mitgebracht. Dante wanderte den Feldweg zu seinem Haus zurück und war so in Gedanken vertieft, dass er gar nicht merkte, wie seine Kleidung durchweichte.

Er war mittlerweile davon überzeugt, Teiger von seiner Liste der Verdächtigen streichen zu können. Seine Wut ließ sich erklären, und er hatte eigentlich keine Grenzen überschritten. Felix hingegen wollte er nicht so schnell vom Haken lassen. Mochte sein, dass er hier irgendwelche Dinge gelagert hatte, die auf Drogenhandel hindeuten konnten – es konnte aber auch bedeuten, dass er derjenige war, der Dante im Keller eingeschlossen und seine Reifen zerstochen hatte. Anders als die meisten Dorfbewohner hatte Felix sich aus dem kleinen Kreis der Dorfgemeinschaft hinausgewagt und hatte Kontakte in der Stadt geknüpft. Konnte es sein, dass er dabei jemandem begegnet war, der etwas mit ihm – Dante – oder Timmi zu tun hatte? Timmis Eltern waren Ärzte – arbeitete einer der Beiden nicht sogar auf der Intensivstation? Dante war sich nicht sicher –, damit konnten sie einem Drogensüchtigen näher sein, als er angenommen hatte.

Als Dante sein Haus erreichte, war er so erschöpft, dass er eigentlich nichts lieber getan hätte, als sich sofort unter seiner Bettdecke zu verkriechen. Doch er wollte vor dem Abendessen noch etwas graben. Er kramte in seiner Jackentasche nach dem Schlüssel.

Würde es ihm bessergehen, wenn er Timmi erst mal begraben hätte? Wäre der Albtraum vorbei, wenn der größte Beweis für sein Geheimnis versteckt war? Konnte dann endlich alles seinen vorgesehenen Gang gehen? Würde er hier in Ruhe leben, unter der Woche seinem neuen Job nachgehen und am Wochenende lange Spaziergänge unternehmen und vor dem Ofen lesen können?

Der Gedanke an Timmi schmerzte in seiner Brust. Dante rieb sich über die Stelle, wo sein Herz war, und schloss die Haustür auf. Nein, es würde nicht alles gut werden. Timmi war tot, und das würde er nicht vergessen, nur weil der Junge unter der Erde lag.

Er trat ins Haus, zögerte kurz, dann schloss er die Tür ab. Sicher war sicher. Er schlurfte in die Küche, um sich einen Tee zu machen, bevor es wieder an die Arbeit ging, doch in der Tür blieb er unvermittelt stehen und erstarrte. Die Hintertür stand offen, und eine Böe drückte sie langsam noch weiter auf.

Nicht schon wieder!

Das Geräusch einer sich schließenden Tür ließ ihn herumfahren … und da erblickte er den Einbrecher. Einen Moment konnte Dante nicht fassen, wer sich diesmal Zugang zu seinem Haus verschafft hatte. *Was stimmt nicht mit den Leuten in diesem verdammten Dorf?!* Waren sie denn alle verrückt geworden? War *er* für Dantes Leid verantwortlich? Hatte *er* die ganze Zeit gewusst, wer Dante war?

Nein, sei nicht albern – er kann unmöglich von der Pädophilie und Timmi wissen … Zumindest nicht bis jetzt, denn er kam gerade aus dem Keller.

»Was machst du hier?«, fragte Dante leise.

Doch der Eindringling schien ihn gar nicht wahrzunehmen, sah nur apathisch zur Tür, so weggetreten war er. Sein Gesicht war blass, die Hände zitterten leicht.

»Hey …« Dante ging auf ihn zu. Für ihn stand außer Frage, dass er Timmi gesehen hatte, sonst würde er nicht so fertig aussehen.

Langsam drehte Linus den Kopf in seine Richtung.

»Der Junge … Ich glaube, ihm gehts nicht gut«, flüsterte er.

Dante schloss die Augen. Romy hatte zwar nicht begriffen, was Linus mit dem ominösen Gesicht im Kühlschrank gemeint hatte – aber sie würde definitiv verstehen, was gemeint war, wenn Linus ihr sagte, dass ein Junge in Dantes Keller lag, der sich nicht mehr bewegte, nämlich: dass eine Leiche in seinem Keller lag!

»Warum bist du hergekommen? Warum bist du hier eingebrochen?«

»Ich bin von den drei Fragezeichen«, sagte Linus leise. »Ich löse jeden Fall.«

Dante schüttelte den Kopf. »Aber warum …« Er brach ab.

Romys Sohn musste das Bild im Kühlschrank als Rätsel aufgefasst haben und durch die nicht abgeschlossene Hintertür hereingekommen sein. Bloß gab es bei den drei Fragezeichen keine Mörder – die Täter waren zwar Bösewichte, aber es ging nie um Leben und Tod. Für die Detektive ging es immer gut aus, sie mussten nie einen geliebten Menschen betrauern.

Dante stand unschlüssig da und starrte Linus an. Der Junge hatte Timmi gefunden und würde das Geheimnis ans Licht bringen, wenn er ihn nicht aufhielt.

Kapitel 55

Romy hatte Linus überall gesucht, war im Café gewesen, durch die Straßen gelaufen und dann zu Ludwin in die Kirche gestoßen. Sie hatte in der Schule angerufen, obwohl sie geahnt hatte, dass das sinnlos war. Zwar hatte sie es vermeiden wollen, bei Dante zu suchen, aber dann ließ es sich nicht länger hinauszögern, und so hatte sie sich auf den Weg zu ihm gemacht.

Er konnte Linus unmöglich entführt haben. Genauso wenig konnte er ein Kinderschänder sein, wie Ludwin es behauptete. Pädophile waren alt, hässlich und pervers und vergingen sich in schmuddeligen Schuppen an Kindern, die sie mit Süßigkeiten oder Welpen in ihre Transporter gelockt hatten. Romy musste unwillkürlich an den unheimlichen Nachbarn mit der altmodischen Brille aus *In meinem Himmel* denken – zwischen dem und Dante lagen Welten. Dante war nett, gebildet und hübsch – auf den ersten Blick ein Traummann.

Romy sah über die Wiesen, die auf dem Weg zu Dantes Haus lagen, und schüttelte den Kopf. Nein, er hatte da kein unterirdisches Versteck gebaut, wo er Linus versteckt hielt! Das war doch absurd. So etwas gab es nur im Film.

Trotzdem beschleunigte sie ihre Schritte, mit einem mulmigeren Gefühl in der Magengegend. Romy war lange nicht mehr in einer Messe gewesen, und doch betete sie nun stumm zu einem Gott, der über ihr im Himmel oder in ihrem Herzen war, ganz egal, Hauptsache da, um ihr Kind zu beschützen. Die letzten Meter rannte sie schließlich, stieß das Gartentor auf und eilte zur Haustür. Drinnen brannte Licht. Sie drückte auf die Klingel, hörte nichts und klopfte. Das letzte Mal hatte er im Garten gegraben und war mit einem Messer auf sie losgegangen, nun würde vielleicht sie es sein, die Gewalt anwenden wollte – wenn es nötig war, mit bloßen Händen.

Als sich nichts tat, schlug sie energischer gegen die Tür.

»Dante! Mach auf! Ich suche Linus!«

Warum öffnete er ihr denn nicht? War er im Garten? *Grub er wieder … ein Grab?,* kam es ihr in den Sinn. Sie schüttelte den Kopf und schlug mit ihrer Faust erneut gegen das Holz.

Kinderschänder. Sie hatte die rote Farbe unter der braunen schon beim letzten Mal bemerkt – jetzt wusste sie, was sie zu bedeuten hatte. Romy klammerte sich verzweifelt an die Möglichkeit, dass Dante nicht das war, wofür man ihn hielt.

Ludwin hatte ihr nicht sagen können, wer das Wort an der Tür hinterlassen hatte, hatte nur von der Wiese aus beobachtet, wie Dante die Nachricht übermalt hatte.

»Mach auf!«, rief sie erneut und ließ immer wieder ihre Faust auf die Tür knallen.

Sie würde nicht weggehen – nicht, solange er ihr nicht die Tür geöffnet hatte. Dante war da, versteckte sich vielleicht vor ihr, aber die Ahnung, dass Linus hier war, stieg mit jedem Schlag gegen das Türblatt.

»Dante!«, schrie sie. »Wo ist Linus?!«

Sie wollte sich schon von der Tür abwenden und auf der Rückseite des Hauses nachsehen, als sich hinter dem Wohnzimmerfenster etwas tat. Romy ließ ihre Hand sinken, ihr Atem ging schwer, ihr Herz schlug wild in ihrer Brust. Und dann öffnete Dante endlich die Tür. Er sah schrecklich aus. Etwas in seinem Blick hatte sich verändert. War es … lag Schuld in seinem Blick?

»Wo ist Linus?«, flüsterte sie.

»Er ist nicht hier«, sagte er schlicht.

Sie hatte das Gefühl, ihr Herz würde zerreißen.

Nein, nein, bitte lass das nicht wahr sein. Lass mich nicht zu spät sein.

»Was hast du mit ihm gemacht?!«, rief sie verzweifelt.

Die innere Gewissheit, *dass* er irgendetwas mit Linus gemacht hatte, war so stark, dass es sie beinahe von den Füßen riss.

»Er ist nicht hier, Romy«, sagte Dante noch einmal, doch sein Blick sagte etwas anderes.

»Lass mich rein.« Tränen stiegen ihr in die Augen. »Bitte. Lass mich zu ihm. Ich will ihn ... ich will ihn sehen.«

Sie machte einen Schritt auf ihn zu, und Dante versperrte ihr mit seinem Körper den Weg. Doch Romy sah in ihm keine Gefahr, dachte nicht eine Sekunde lang, dass er ihr wehtun könnte – alles was zählte, war, zu Linus zu kommen, ihn in die Arme zu schließen und vor allem Bösen zu beschützen.

»Romy. Er ist. Nicht. Hier«, sagte Dante beharrlich und drückte sie mit seinem Körper weg. Die Hände hatte er links und rechts am Türrahmen abgestützt, um sie am Reinkommen zu hindern.

»Nein! Ich weiß, dass er hier ist!« Nun liefen ihr die Tränen über die Wangen. »Bitte, Dante, bitte. Ich will ... ich will doch nur zu ihm. Bitte lass mich zu meinem Jungen ... bitte!« Mit einem Mal war sie sich sicher, dass Linus nicht mehr lebte. Dante hatte ihn umgebracht, das konnte sie in seinen Augen und im leblosen Ton seiner Worte erkennen. Er gab sich noch nicht mal Mühe, es zu verbergen.

»Romy ...« Er legte seine Hände an ihre Oberarme und hielt sie fest. »Ich weiß nicht, wo Linus ist, aber hier ist er nicht.«

Sie starrte ihn an, die Tränen verhinderten eine klare Sicht in seine Augen, aber er hielt sie fest, und so konnte sie sie nicht wegwischen. Romy wartete auf die Wut, auf Angst oder Hass.

Das alles hätte sie doch empfinden müssen, nun, wo sie einem Pädophilen, dem Mörder ihres Sohnes gegenüberstand. Aber sie empfand nur Verzweiflung.

»Bitte«, flüsterte sie. »Bitte, lass mich zu meinem Sohn. Ich kann nicht ohne ihn … gehen.«

Sie zitterte unter seinen Händen. Er hielt sie von sich weg und sah starr auf sie herab.

»Wie gesagt – es tut mir leid, dass du nicht weißt, wo Linus ist. Aber hier ist er nicht.«

Wie konnte er das immer noch sagen? Sie *wusste,* dass er hier war, *spürte* es so deutlich wie seine unnachgiebigen Hände an ihren Oberarmen.

Zwischen ihnen breitete sich Stille aus, bloß das Heulen des Windes und die wieder fallenden Tropfen des Regens waren zu hören. Und noch etwas. Romy hielt den Atem an. Ein Klopfen! Es schien weit weg zu sein, doch da hier weit und breit nur dieses eine Haus stand, musste es von dort drinnen kommen. Es war ein Schlagen, schwach, aber regelmäßig. Romy starrte Dante an und erkannte, wie das Geräusch langsam auch in sein Bewusstsein drang.

Kapitel 56

Scheiße …

Es war nur ein schwacher Versuch gewesen, Romy von hier wegzubewegen. Aus irgendeinem Grund schien sie zu wissen, dass Linus hier war, und doch hatte Dante die verzweifelte Hoffnung gehabt, dass er sie nicht auch noch mit in diese Katastrophe reinziehen müssen würde.

Doch mit den Lauten, die Linus im Keller machte, trat mit einem Mal Zuversicht in Romys Gesicht. Eben sicher, dass er tot war, nun sicher, dass er lebte.

Noch bevor er ihr die Tür vor der Nase zuwerfen konnte, rempelte sie ihn überraschend kraftvoll einfach weg. Er stolperte zurück, und Romy zwängte sich an ihm vorbei und rannte direkt auf die Kellertür zu. Dante sprintete ihr nach und streckte seine Hand nach ihrem lockigen Haar aus, bekam es aber nicht zu fassen.

»Linus!«, schrie sie, während sie den Riegel der Tür zurückschob und sie aufzog.

Dante packte sie am Arm, doch sie kämpfte wie eine Löwin, riss sich von ihm los und stieß ihn zurück. Im nächsten Moment war sie ihm auch schon entwischt und rannte in den Keller hinab. Er stürzte hinter ihr her, wäre beinahe gefallen, konnte sich gerade noch am Geländer festhalten. Linus trat noch immer mit seinen Füßen gegen die unterste Treppenstufe, hörte erst auf, als er seine Mutter sah. Dante hatte ihn an Hand- und Fußgelenken gefesselt und seinen Mund mit Klebeband verschlossen. So eingewickelt hatte er den Jungen unter die Kellertreppe gesetzt, wo bis vor kurzem noch Timmis Leiche gelegen hatte.

»Linus!«, rief Romy erleichtert und lief auf ihn zu.

Doch nun war Dante schneller. Bevor Romy bei ihrem Sohn ankommen konnte, erwischte er ihren Arm und zerrte sie so heftig zurück, dass sie stürzte. Im nächsten Moment war sie auf allen vieren, um zu Linus zu krabbeln, der gegen das Klebeband schrie.

»Romy, nicht!«, rief Dante.

Er wollte ihr nicht wehtun, aber wenn sie sich so gegen ihn wehrte, blieb ihm gar nichts anderes übrig. Das alles lief völlig aus dem Ruder. Er konnte nur noch reagieren – unüberlegt und in Panik. Dante bekam ihre Jacke zu greifen und riss Romy daran zurück, doch sie trat nach ihm, drehte sich auf den Rücken und schlug um sich. Mit den Füßen traf sie seine Seite, gleichzeitig kratzte sie ihm quer durchs Gesicht. Aus den Wunden trat sofort Blut. Er musste sie stoppen und schlug ihr mit der flachen Hand ins Gesicht. Ihr Kopf flog zu Seite, Blut spritzte auf den Boden, dann war es still.

Er hatte sie doch gar nicht verletzten, nur endlich zur Ruhe bringen wollen. Sie war durchgedreht und hatte ihm gar keine Möglichkeit gelassen, nachzudenken. Jetzt lag sie da. *Aber sie atmet noch, nicht so schlimm,* versuchte er sich zu beruhigen. Linus schrie und zappelte hilflos wie ein Fisch auf dem Trockenen.

»Ganz ruhig«, sagte Dante, was der Junge durch sein eigenes gedämpftes Geschrei kaum verstehen konnte. »Sie lebt, ihr wird es bald wieder gutgehen.«

Doch Linus hörte ihm gar nicht zu, und eigentlich sprach er sowieso mehr zu sich selbst als zu ihm. Das alles lief falsch. Total falsch.

Er fesselte Romy mit Kabelbindern Hände und Füße, wie er es bei ihrem Sohn getan hatte, und zog sie zu ihm rüber.

Vielleicht hörte er auf zu schreien, wenn seine Mutter bei ihm war. Linus durfte nicht hyperventilieren, sonst würde er keine Luft bekommen und ersticken.

Doch er beruhigte sich auch dann nicht, als Romy direkt neben ihm lag. Im Gegenteil. Er wurde regelrecht hysterisch.

Dante stand über den beiden, sein Atem ging schwer, seine Beine fühlten sich an wie aus Gummi und seine Hände zitterten. Entweder aufgrund der plötzlichen körperlichen Anstrengung oder weil er mit den Nerven am Ende war.

»Linus«, sagte er so ruhig wie möglich. »Beruhige dich. Du musst tief durch deine Nase ein- und wieder ausatmen, hörst du?«

Doch der Junge schrie weiter, seine roten Augen, in denen Tränen schwammen, auf seine Mutter gerichtet. Das war gar nicht gut. Wenn er weinte, würde seine Nase verstopfen und dann …

Dante wandte sich ab und lief die Treppe hoch. Er konnte jetzt nicht bei den beiden bleiben, musste eine Lösung finden, aber im Keller konnte er nicht vernünftig nachdenken. Er hatte ein gewaltiges Problem, und das galt es jetzt zu lösen.

Kapitel 57

Er rannte an der Garderobe mit den beiden Regenjacken vorbei, nach oben in den ersten Stock, um so viel Raum wie möglich zwischen sich und den Keller zu bringen. Er hatte Mist gebaut. Aufgeregt lief er vor dem Bett auf und ab und warf das Handy, das er Romy abgenommen hatte, auf die Matratze. Wenn er doch nur im Kühlschrank nachgesehen hätte, ob auch dort Fotos hingen. Wenn er doch nur Timmi schneller begraben oder – noch besser – gar nicht erst ins Haus gebracht hätte. Wenn er irgendetwas davon anders gemacht hätte, wäre er jetzt nicht in dieser Situation. Doch er konnte sich über die Vergangenheit ärgern, soviel er wollte, er konnte sie nicht rückgängig machen. Dante fuhr sich mit beiden Händen durch das Haar, blieb stehen und atmete tief, wenn auch zittrig, ein und aus.

Und wenn er jetzt einfach verschwand? Sein Wagen funktionierte nicht – entweder holte er sich ein Taxi und ließ sich zum nächsten Bahnhof bringen oder er stahl Romys Auto. Sie musste eins haben; niemand konnte so weit ab vom Schuss ohne Wagen zurechtkommen, schon gar nicht mit Kind. Okay. Er würde von hier verschwinden, irgendwo untertauchen und … Dante schüttelte den Kopf. Er brauchte eine neue Identität und hatte keine Ahnung, wie man an gefälschte Papiere kam, weil er ein verdammter Lehrer war, und das war in der Realität anders als bei *Breaking Bad*.

Er holte seine Tasche hervor. Es war erst fünf Tage her, dass er sie vor seiner ersten Flucht in aller Eile gepackt hatte. Obwohl in der Zwischenzeit so viel passiert war, meinte er ein Déjà-vu zu haben. Dante zog eine Schublade der Kommode auf und warf die wenigen Klamotten, die darin lagen, in seine Tasche. Vielleicht sollte er, bevor er sich endgültig absetzte, noch mal in sein altes Haus fahren, um frische Kleidung und alles, was er sonst brauchte, mitzunehmen. Wenn er jetzt floh, war er auf der Flucht vor der Polizei und würde so bald nicht mehr die Gelegenheit haben, nach Hause fahren.

Dante zog die zweite Schublade auf und hielt inne. Die Plastiktüte, die darin lag, war ihm neu, die hatte er da nicht reingelegt. Vorsichtig öffnete er sie und sah hinein. War das Jonahs Kleidung?

Er legte die Tüte auf die Kommode und zog behutsam das erste Kleidungsstück heraus. Es war ein langärmeliges Sweat-shirt. Dante runzelte die Stirn. Es war nicht das Oberteil eines Erwachsenen, sondern das eines Kindes, genauso wie die rest-lichen Teile. Jeans, Unterhemd und Socken.

Dante schüttelte die Kleidung aus und suchte in den Jacken- und Hosentaschen, aber er konnte nicht finden, was fehlte. Die Unterhose.

Er hielt inne und hob den Blick. In seinem Kopf arbeitete es.

An seiner Tür hatte eine Unterhose gehangen – direkt unter dem Wort *Kinderschänder*. Dante hatte gedacht, es wäre irgend-eine neue Jungenunterhose ohne Bedeutung, dass derjenigen, der die Nachricht hinterlassen hatte, das Wäschestück extra für diesen Anlass gekauft hatte. Er legte die Kleidung auf die Kommode und rannte nach unten. Wo hatte er die Unterhose noch gleich hingelegt? Dante konnte sich nicht daran erinnern. Wie konnte er das vergessen? Wenn er sie nicht vernünftig versteckt hatte, könnte sie mittlerweile von irgendwem ge-funden worden sein!

Er versuchte die Situation zu rekonstruieren. Damals hatte er Farbe und Pinsel gesucht. Dante ging in die Küche, wo es wegen der offenen Hintertür eisig kalt war. Er zog den Esstisch beiseite und öffnete die niedrige Kammer. Und tatsächlich: Er musste die Unterhose dort vergessen haben. Sie lag auf dem Boden hinter dem Eimer mit der braunen Farbe. Er zog sie hervor, richtete sich auf und sah sie sich genauer an.

Dante konnte schwer sagen, ob sie gebraucht oder neu war. Es gab keine Gebrauchsspuren, aber es hing auch kein Preisschild daran. Doch dann entdeckte er das eingenähte Namensschild direkt neben dem Schild für die Größe. Es wunderte ihn nicht, dass in die Unterhose ein Schildchen mit seinem Namen genäht worden war, als wären es Gummistiefel, die er im Kindergarten oder in der Schule mit denen von anderen Kindern verwechseln konnte – Timmis Eltern waren solche Menschen.

Langsam ließ er das Kleidungsstück sinken. Also hatte Timmis Unterhose an seiner Tür gehangen. Und die Kleidung im Schlafzimmer? Waren das Timmis Klamotten? Dante hatte ihn nackt gefunden. Sein Herz zog sich schmerzhaft zusammen.

Er musste hier weg. Sofort.

Die Unterhose noch immer in der Hand, rannte er wieder zur Treppe, stockte aber auf der untersten Treppenstufe und drehte sich langsam zur Haustür um, an der zwei Regenmäntel hingen. Doch es waren nicht beide seine. Rechts der Braune, den er sich neu gekauft und die letzten Tage getragen hatte, und daneben ein gelber Friesennerz. *So einer, wie die Gestalt auf dem Feld anhatte!* Dante hatte das Gefühl, keine Luft mehr zu bekommen und schleppte sich trotzdem nach oben. Dort wühlte er in der Plastiktüte und entdeckte in jedem Kleidungsstück ein

258

eingenähtes Namensschild. Es waren Timmis Klamotten. Jedes einzelne Teil. Hastig stopfte er die Kinderkleidung zurück in die Plastiktüte und diese in seine Tasche – er brachte es nicht übers Herz, sie hier zu lassen. Nicht wie Timmis Leiche, die er in die hinterste Ecke des zweiten Kellerraums gelegt hatte, damit Linus nicht neben ihr liegen musste.

Er stopfte die dreckige Kleidung aus dem Badezimmer zusammen mit seinen Kosmetikartikeln in die Tasche, schulterte sie und lief wieder nach unten. Dort zog er sich Schuhe und Jacke an. Jetzt musste er nur noch überlegen, ob er sich ein Taxi rufen oder Romys Auto stehlen sollte.

Er hielt inne.

Bis ein Taxifahrer in diesem Kaff ankam, würde es ewig dauern. Die nächste Zentrale musste mindestens eine halbe Stunde entfernt sein. Das dauerte zu lange – er sollte jetzt sofort von hier verschwinden.

Dante drehte sich zur offenen Kellertür um. Von unten war nichts zu hören. Hoffentlich hatte sich Linus beruhigt und hoffentlich war Romy noch bewusstlos. Er wollte in Ruhe nach ihren Autoschlüsseln suchen können.

Langsam ging Dante auf die Treppe zu.

Andererseits konnte es ein ungutes Zeichen sein, dass es unten so still war. Hatte er sich nicht eben noch Gedanken gemacht, ob Linus genug Luft bekam? Was war, wenn er weinend durch die Nase nicht mehr hatte atmen können? Was, wenn ihm schlecht geworden und er an seinem Erbrochenem erstickt war?

Dante stellte die Tasche neben der Kellertür ab und machte einen Schritt auf die erste Stufe.

Bitte, dachte er, *bitte lass es Linus gutgehen.*

Kapitel 58

Sagte man nicht, man solle sich im Flugzeug die Sauerstoff-maske immer zuerst selbst aufsetzen, bevor man seinen Kindern half? Romy fiel es schwer, diese Entscheidung in ihrer jetzigen Situation zu fällen.

Als sie zu sich gekommen war, hatte Linus gewimmert und hektisch geatmet. Sein panischer Blick hatte auf ihr gelegen. Als Erstes hatte sie ihm das Klebeband vom Mund entfernt, das Dante bei ihr weggelassen hatte. Außerdem hatte er ihrem Sohn die Hände hinter dem Körper gefesselt, Romys aber vorne. Wahrscheinlich hatte er bei ihr panischer gehandelt, sonst wäre ihm dieser Fehler nicht passiert.

»Atme tief durch«, hatte sie Linus zugeflüstert.

Das hatte er getan und war dabei ruhiger geworden. Während-dessen war sie zu den Metallregalen mit den Konserven gerobbt und rieb die Handfesseln an einer der Kanten. Obwohl Romy wenig Hoffnung hatte, dass die Kabelbinder so nachgeben würden, war es ihre einzige Möglichkeit, sich zu befreien.

Linus hatte nicht mit in den Raum gewollt – sie wusste nicht, warum – und hatte sich in die hinterste Ecke unter der Treppe gezwängt, als wäre es dort sicherer als bei ihr und als würde hinter ihr ein Monster lauern, das nur auf ihn wartete. Aber sie waren doch allein im Keller … oder? Oben hörten sie Dante herumlaufen und leise vor sich hin fluchen.

Und dann wurde es plötzlich still über ihren Köpfen. Romy hielt in der Bewegung inne und sah die Treppe hoch. Es tat sich nichts und so rieb sie die Kabelbinder gleich darauf nur noch schneller an der scharfen Kante des Regals. Es war tatsächlich ein Riss entstanden, aber es würde sicher noch ewig dauern, bis sie die Fessel durch hätte. Panisch sah sie zu Linus. Auch er hatte bemerkt, dass sich über ihnen etwas verändert hatte. Ohne in ihrer Bemühung nachzulassen, richtete Romy ihren Blick hoch auf die Kellertür. Er würde doch nicht wiederkommen, oder? Das Reiben des Kabelbinders über die Regalkante erschien ihr plötzlich schrecklich laut.

Dann öffnete sich die Tür, und sie erblickte Dantes Beine. Langsam setzte er einen Fuß nach dem anderen auf die Stufen, und Romy wimmerte leise. Sie konnte ihren Blick nicht von ihm abwenden, riss und zerrte an den Handfesseln. Wenn sie schon nicht weglaufen können würde, wollte sie sich zumindest mit den Händen wehren. Dann ein Ruck, und ihre Hände waren frei. Sie seufzte auf. Dante war schon die halbe Treppe heruntergekommen, sah aber nicht zu ihr. Sie musste schnell zu Linus gelangen, der gerade in größerer Gefahr schwebte als sie. Hektisch robbte sie auf ihren Sohn zu, der Dante jetzt auch bemerkt hatte und mit aufgerissenen Augen zu ihm hochsah.

»Hey!«, rief sie.

Dante wirbelte zu ihr herum, sah auf ihre Hände, sein Gesicht versteinerte und er ging in Abwehrhaltung.

»Warte!«, sagte sie und zog sich an der Wand hoch, bis sie auf wackeligen Beinen stand. »Bitte, Dante. Denk nach. Du tust dir keinen Gefallen, wenn du uns umbringst.«

Dante starrte sie an, sagte aber nichts.

»Wie ich sehe, hast du Linus nicht angerührt.« Sie deutete auf den vollkommen bekleideten Körper und hoffte, dass sie damit richtiglag. »Also kannst du uns auch einfach freilassen und gehen.«

Dante sah von Romy zu Linus und wieder zurück. »Er hat es dir noch nicht gesagt«, murmelte er.

Sie schüttelte verständnislos den Kopf. »Was?«

Sie hatte gedacht, für Worte wäre nach ihrer Befreiung immer noch Zeit, doch nun würde es vielleicht kein Danach mehr geben.

Dante überlegte und seufzte dann resigniert. »Früher oder später wird er es dir sagen. In meinem Keller ... da ... da liegt eine Leiche.« Er deutete auf den Raum hinter Romy.

»Was?«, hauchte sie, und ging in Gedanken all die Menschen durch, die ihr wichtig waren. »Wer?«

»Ein Junge aus meiner Heimatstadt«, sagte Dante. Beim letzten Wort brach seine Stimme.

Kinderschänder!

»Aber ich habe ihm nichts getan!«, warf Dante ein. »Das versucht mir jemand anzuhängen!«

»Wer?«

»Ich weiß es nicht.« Er hob verzweifelt die Hände. »Das versuche ich die ganze Zeit herauszufinden. Jemand hier weiß, dass ich ...«

... ein Kinderschänder bin, vollendete Romy seinen Satz in Gedanken und sagte: »Pädophil bin.«

Romys Blick huschte zu ihrem Sohn, aus dessen Gesicht alle Farbe gewichen war.

»Ich habe auch Linus nichts getan! Ehrlich!« Dante machte einen Schritt auf Romy zu.

Doch sie glaubte ihm nicht. Er tat, als wäre er unschuldig, dabei hatte er sie und Linus in diese Situation gebracht.

»Jemand hat es auf mich abgesehen. Dieser Jemand hat auch das Foto von Timmi in den Kühlschrank gehängt, wo Linus es gesehen hat.«

Timmi ... Wie unschuldig, wie jung der Name klang.

»Linus wollte herausfinden, weshalb das Foto eines Jungen im Kühlschrank hängt. Wie die drei Fragezeichen«, fuhr Dante fort. »Er ist in den Keller gelaufen, wo Timmi liegen sollte, bis ich das Grab ausgegraben habe.«

Romy wurde kalt. Das also war die Vertiefung im Garten gewesen. Er hatte kein Beet ausgehoben, sondern tatsächlich ein Grab.

»Lass uns gehen«, flüsterte sie ohne große Hoffnung.

»Das kann ich nicht«, sagte er verzweifelt. »Ich werde festgenommen und dann … dann wird man mich für einen Mord verurteilen, den ich nicht mal begangen habe!«

Sah sie das richtig? Ihm traten Tränen in die Augen.

»Das heißt, du willst uns umbringen?«, fragte sie mit schriller Stimme. »Du willst einen Mord, den du nicht begangen hast, vertuschen, indem du zum Doppelmörder wirst?«

»Nein, ich will …« Dante fuhr sich mit der Hand durch die Haare. »Ich will euch nicht wehtun.«

Aber so lief es ab, oder? So lief es doch immer ab.

Er machte einen Schritt auf sie zu. Romy wollte zurückweichen, vergaß jedoch, dass ihre Füße gefesselt waren, und stürzte. Er würde sie töten. Da konnte er ihr erzählen, was er wollte. Er hatte Timmi umgebracht, und nun würde er auch ihrer beider Leben auslöschen. Romy kroch von ihm weg, in den Lagerraum. Wenn er sie umbringen wollte, dann würde sie sich wehren und alles daran setzen, sich und vor allem Linus zu retten.

»Romy, was …« Er folgte ihr, hatte keine Schwierigkeiten damit, so langsam kroch sie.

An dem Regal, an dem sie ihre Hände befreit hatte, stoppte sie schließlich und zog sich hoch. Es schwankte leicht, aber bevor es auf sie kippen konnte, stand Romy schon und stützte sich nur noch daran ab.

»Damit wirst du nicht durchkommen!« Sie griff nach einer Konserve. Wenn sie nur fest genug warf, konnte sie ihn verletzen oder gar außer Gefecht setzen.

»Romy, hör mir zu.« Er streckte seine Hände aus, doch da warf sie auch schon die erste Dose und sie traf ihn an der Schulter. Er biss die Zähne aufeinander und hielt sich die Stelle.

Es verschaffte ihr Genugtuung, dass sie ihm Schmerzen verursacht hatte.

Romy griff nach der nächsten Konserve und holte aus, doch der Deckel war nicht fest. Sie sah überrascht auf ihre Hand, als sich etwas Nasses und Kaltes darauf ausbreitete und zog verwirrt ihre Augenbrauen zusammen. Rote Farbe hatte sich über ihrem Handgelenk ergossen und tropfte zähflüssig auf den Boden.

Dante schnappte nach Luft und erlangte damit ihre Aufmerksamkeit. Er hatte die Augen aufgerissen und starrte auf die Farbdose, als hätte sie eine Klapperschlange in der Hand.

Kapitel 59

Rote Farbe!

Dante starrte auf den Farbtopf und konnte nicht fassen, was er sah. Neben Romy im Regal hatte nicht nur die Farbdose gestanden, da lag auch ein Pinsel. Jonah hatte hier nicht nur braune, sondern aus unerfindlichen Gründen auch rote Farbe aufbewahrt. Die Dose konnte nicht lange offen sein, sonst wäre die Farbe längst eingetrocknet gewesen, statt Romy nun über den Arm zu laufen. Aber wenn die Dose erst kürzlich geöffnet worden war ... Dante wich zurück und hörte plötzlich jemanden schreien. Es war ein hohes, schrilles Kreischen, Angst schwang darin mit. Er fuhr herum, um nach Linus zu sehen, aber der starrte ihn nur stumm an, und auch Romy hatte die Lippen nicht zum Schrei verzogen. Da erst bemerkte er, dass der Laut nicht von hier, sondern aus seiner Erinnerung kam.

Es war das Schreien eines Kindes. Es war Timmis Schreien.

Dante hatte ihn geschüttelt, ihm zugerufen, er solle nicht so laut sein. Aber Timmi hatte sich nicht beruhigt. Was hatte ihm solche Angst gemacht?

Die Dose traf ihn an der Brust, und rote Farbe spritzte auf seine Kleidung. Romy griff schon nach der Nächsten.

»Warte! Bitte!«, rief er und hob eine Hand.

Irgendetwas an seinem Anblick oder in seiner Stimme ließ sie innehalten.

»Ich glaube ...« Dante war versucht, die Augen zu schließen, ließ es aber dann doch, um Romy im Blick behalten zu können.

Er war vor fünf Tagen bei Timmi zu Hause gewesen. Seine Eltern waren wieder einmal aus, obwohl Dante ihnen gesagt hatte, er könne nicht auf Timmi aufpassen. Er hatte sich schon dazu entschieden, die Stelle an der anderen Schule anzunehmen und in seiner alten gekündigt, war dabei, die Umzugskartons zu packen, als sein Telefon klingelte. Timmi war dran, erzählte voller Furcht, dass ihm ein Blumentopf aus dem Arbeitszimmer seiner Eltern auf den Kopf gefallen sei.

Dante zögerte natürlich keinen Augenblick, fluchte aber innerlich, weil er sich gedanklich bereits von seiner Liebe verabschiedet hatte. Er eilte nach nebenan, kam mit dem bei ihm hinterlegten Ersatzschlüssel, den er bekommen hatte, nachdem Timmi mehrmals vor verschlossener Tür gestanden hatte, ins Haus und lief in den ersten Stock, wo Timmi auf dem Boden saß. Seine Haare waren voller Blut und es tropfte auf sein T-Shirt. Neben ihm lagen ein kleiner Blumentopf und Erde.

»Hey«, sagte Dante und ging auf den Jungen zu. »Alles okay?«

Timmis Unterlippe zitterte, obwohl er versuchte, stark zu sein.

Dante legte ihm eine Hand auf die Schulter und drückte leicht zu. »Komm, ich bringe dich ins Krankenhaus.«

Doch Timmi schüttelte den Kopf. »Bitte nicht! Mama und Papa werden mich umbringen, wenn sie erfahren, dass ich in ihrem Büro war.«

»Aber du könntest eine Gehirnerschütterung haben.«

Der Junge blinzelte die Tränen weg. »Es tut nur weh.«

»Lass mal sehen.« Dante schob seine blutigen Haare beiseite, um sich die Verletzung genauer anzusehen.

Timmi zitterte leicht, wodurch das Gefühl, den Jungen beschützen zu müssen, in Dante beinahe überwältigend wurde. Die Wunde blutete nicht mehr, so viel konnte er erkennen.

»Okay, ich bringe dich nicht ins Krankenhaus, aber wenn du deinen Eltern davon nichts sagen willst, musst du mir Bescheid sagen, wenn es dir schlechter geht, ja?«

Timmi nickte.

»Ist dir schwindelig? Kannst du dich daran erinnern, wie der Topf runtergefallen ist?«

»Ja, ich kann mich erinnern, aber ich hab Kopfschmerzen.«

»Na, dann komm. Wir waschen dir erst mal das Blut aus den Haaren.« Dante stand auf. »Und danach machen wir hier sauber. Deine Eltern müssen nichts erfahren, okay?«

Timmi zog die Nase hoch und stand auf. »Ja. Danke.«

Sie gingen ins Badezimmer, wo Dante Timmi die Haare über der Badewanne auswusch. Danach tupfte er sie vorsichtig mit einem Handtuch trocken und lächelte Timmi aufmunternd an.

»Gehts?«

Er nickte.

Dante nahm das Handtuch von Timmis Kopf und sah es sich an. Kein Blut. Das war gut, dann war die Wunde zumindest nicht mehr offen.

»Du hast mich ganz schön erschreckt«, gab Dante zu, als sich seine Anspannung langsam löste.

»Ich hab mich auch doll erschreckt.« Timmi lachte leise. Dann wurde er ernst. »Ich werd dich vermissen, wenn du weg bist.«

Dantes Herz pochte wie wild in seiner Brust, schien gleich herausspringen zu wollen. Da stand er vor ihm, der kleine Junge, der ihm die Welt bedeutete. Nur noch wenige Wochen, dann würde er ihn nie wiedersehen. Dass Timmi ihn vermissen würde, bedeutete ihm viel. Der Junge war rundum perfekt. Seine Tränen waren versiegt, die rosigen Wangen getrocknet, das braune Haar, durch das Wasser dunkler, stand ihm vom

Kopf ab. Seine Lippen weich und samtig, die Mundwinkel leicht nach unten geschwungen. Timmi lachte oft und ausgelassen, doch nun erlebte Dante mit ihm einen seltenen Moment der Ruhe und Ernsthaftigkeit. All die Gefühle, die er die letzten Wochen und Monate zurückgehalten hatten, wurden entfesselt. Die körperliche Anziehung wurde so stark, dass er sich langsam vorbeugte, als würde Timmi ihn an einem Faden zu sich ziehen. Und dann hatte er den bis dahin größten Fehler seines Lebens begangen. Er hatte die wenigen Zentimeter zwischen ihren Gesichtern überbrückt und den Jungen geküsst.

Kapitel 60

Etwas Hartes traf Dante an der Stirn. Ihm wurde unmittelbar schwarz vor Augen, und er taumelte zurück, hielt sich aber auf den Beinen. »Scheiße …«, murmelte er benommen und fasste sich an die Stirn.

Die nächste Konserve traf ihn an der Schulter und die darauf flog mit voller Wucht in seinen Bauch. Als sich seine Sicht langsam klärte, sah er, dass Romy weiter mit verkniffener Miene eine Dose nach der anderen nach ihm warf, aber auch immer wieder danebenwarf.

Er eilte zu Linus, und sofort stellte sie das Werfen ein und ließ ihre Hand sinken.

»Wag es nicht, ihn anzufassen!«, schrie sie aus voller Kehle.

Dante hatte nicht vor, Linus etwas zu tun. Er war doch nur noch einmal runtergekommen, um Romy ihre Autoschlüssel abzunehmen. Danach wollte er sofort losfahren und wenn er weit genug weg war, plante er, jemanden anzurufen, damit er die beiden befreite. Stattdessen hockte er nun neben einem verängstigten Jungen unter der Treppe, während dessen Mutter wutentbrannt und gar nicht so hilflos, wie er sie zurückgelassen hatte, einige Meter von ihnen entfernt stand. Dante versuchte, ruhiger zu atmen, seine Gedanken zu ordnen und einen Plan zu schmieden, aber es fiel ihm nicht leicht. Der Flashback lastete schwer auf ihm. Es war, als könnte er Timmis Lippen noch immer an seinen spüren, so eindrücklich war er gewesen.

»Warte, Romy! Ich will nur deine Autoschlüssel. Mehr will ich nicht! Ich nehme die Autoschlüssel mit und dann haue ich ab. Bitte!«

Sie starrte ihn verständnislos an. »Welche Autoschlüssel?!«

»Na, *deine* … Autoschlüssel«, sagte er und begriff langsam.

»Sehe ich aus, als hätte ich Geld für ein Auto?«, fragte sie so ernsthaft, als würde seine Antwort sie interessieren. »Ich habe kein Auto. Im Notfall kann ich mir Ludwins leihen, aber ich habe kein eigenes.«

Dante seufzte. Natürlich. Schlimmer ging immer.

Er rieb sich die Augen. »Okay, lass mich einen Moment nachdenken.«

Solange er bei Linus war, würde sie ihm nicht gefährlich, und er hatte Zeit, sich etwas zu überlegen. Irgendwie musste er aus dieser Situation rauskommen, ohne dass jemand verletzt wurde. Nun ja, zumindest nicht noch stärker, als er selbst verletzt war. Sein Kopf schmerzte, die Dose hatte eine Platzwunde an seiner Stirn hinterlassen, aus der Blut rann. Was für eine Ironie des Schicksals, eine Kopfverletzung. Und in diesem Moment kam auch der Rest der Erinnerung.

Dante hatte wieder Timmis entsetztes Aufkeuchen im Ohr.

»Was tust du da?«, hatte er Dante angeschrien, ihn von sich gestoßen und ihn dabei so angeekelt angestarrt, dass in Dante etwas zerbrochen war.

»Du darfst mich nicht küssen!«, hatte Timmi gesagt. »Du bist … alt! Erwachsen!«

Dante schüttelte den Kopf. »Gott, Timmi, das tut mir leid.« Doch der Schmerz über die Zurückweisung war präsenter als die Erkenntnis, dass er einen großen, ja, einen riesigen Schritt über eine allgegenwärtige Grenze gemacht hatte. Timmis angeekelter, entsetzter Ausdruck passte nicht zu der Handlung, die Dante aus Liebe getan hatte. Seine große Liebe sah ihn an, als hätte er versucht, einen riesigen Popel an ihm abzuwischen. »Das ist ja bescheuert!«, rief Timmi. »Das ist doch …!« Er schüttelte den Kopf und suchte nach passenden Worten, fand sie aber offensichtlich nicht. »Warum hast du das gemacht?!« – »Es tut mir leid, Timmi. Bitte, vergiss das ganz schnell wieder, ja? Ich wollte nicht … das war ein Fehler.«

O Gott, und was für einer … Sein Herz fühlte sich an, als hätte Timmi etwas herausgerissen. Es war doch so: Wenn man sich gar nicht erst um jemanden bemühte, dann gab man dieser Person auch nicht die Möglichkeit, dass sie einen zurückweisen konnte. Dante hatte bis dahin noch nie eine Zurückweisung erlebt, kannte Liebeskummer nur als etwas Passives, aber das zwischen Timmi und ihm war soeben aktiv geworden.

»Ich werde Mama und Papa erzählen, was du gemacht hast!« Dante hielt in seinen Entschuldigungen inne und starrte Timmi entsetzt an. »Was? Nein, tu das bitte nicht!« – »Doch!« – »Nein, hör mal. Ich bin sowieso bald weg, ja? Dann musst du mich nie wiedersehen.« – »Du hast mich geküsst!«, rief Timmi und verzog das Gesicht. Dante legte seine Hände auf Timmis Schultern. »Beruhige dich. Das wird nicht noch einmal vorkommen, ja?« – »Fass mich nicht an!« Timmi wand sich aus Dantes Griff, beruhigte sich aber nicht, sondern steigerte sich immer weiter in seinen Ekel hinein, bis Panik daraus wurde. »Du hast mich geküsst! Du hast mich geküsst! Du bist ein böser Mann! Mama hat gesagt, ich soll ihr sagen, wenn mich jemand Böses anfasst, und das werde ich auch! « Er schrie so laut, dass Dante befürchtete, bald würde es die ganze Nachbarschaft gehört haben.

»Timmi! Sei still jetzt! Ich bin nicht böse! Ich bin …« Er hatte sagen wollen, dass er sein Freund, sein Nachbar sei, aber machte das die Tat besser? »Es wird nicht wieder vorkommen, hörst du? Es tut mir leid. Bitte, sag …« Doch Timmi war so laut, dass Dante schließlich abbrach. Mit jedem Du-hast-mich-Geküsst rammte der Junge ihm ein Messer in die Brust, immer und immer wieder, bis Dante nicht mehr klar denken konnte. »Sei still. Bitte, Timmi«. Doch Dantes Worte waren nicht mal halb so laut wie die von dem Jungen, der mittlerweile vollkommen außer sich war. Und dann hielt Dante es nicht mehr aus, wollte Timmi doch nur zum Schweigen bringen. Er legte ihm eine Hand auf den Mund, wodurch das halbe Kindergesicht verdeckt wurde, und drückte zu. Endlich wurde es leiser in Dantes Kopf, obwohl der Junge gegen seine Hand anschrie.

Dante überlegte, was er tun sollte. Er musste eine Lösung finden, aber der Schmerz in seiner Brust lenkte ihn ab. Wie gerne hätte er sich einfach verkrochen und sich seiner Verzweiflung hingegeben, doch nun musste er sie zurückhalten – so musste es sich anfühlen, wenn man herausquellende Gedärme in den Bauch zurückschob. Was konnte er nur tun, damit Timmi ihn nicht verriet? Überreden? Bestechen? Wenn alles nichts half, konnte er immer noch leugnen, ihn ge-küsst zu haben? Aber würden ihm Timmis Eltern das glauben? Bestimmt. Sie gehörten zu den Menschen, die einem Erwachsenen mehr Glauben schenkten, bloß, weil er älter war.

Und plötzlich hatte Dante bemerkt, wie still es auch außerhalb seines Kopfes geworden war. Timmi hatte nicht mehr gegen seine Hand angeschrien. Verwundert hatte er den Jungen angesehen. Der hatte schlaff in seinen Armen gehangen, die Augen geschlossen.

In Dante zog sich etwas zusammen – jetzt wie vor wenigen Tagen.

Timmi war still gewesen … still geblieben.

So unendlich still.

Kapitel 61

»Mein Gott … ich habe ihn umgebracht«, flüsterte Dante.

Er hatte auf den ersten Blick keine Verletzung an Timmis Kopf gefunden, weil er diese bereits gesäubert hatte, bevor alles schiefging. Timmi war unter seiner Hand erstickt. Dante hob seine Pranken und blickte entsetzt auf sie hinab.

»Dante?«, fragte Romy leise.

»Ich dachte die ganze Zeit, jemand anderes hätte Timmi hierher gebracht … Aber das bin *ich* gewesen«, flüsterte er. »Niemand wusste von meiner Pädophilie.«

»Wen hast du umgebracht?« Romy betrachtete ihn wie einen Skorpion, der jeden Moment den giftigen Stachel ausfahren und sie stechen konnte.

»Timmi. Meinen Tim.« Er sah zu ihr auf, und Romy nickte leicht, als sie begriff. »Ich habe ihn auf einer der Weiden neben dem Bach gefunden und dann hochgebracht. Hätte ich gewusst, dass *ich* ihn dort hingelegt habe …« Ein weiterer Erinnerungsfetzen schob sich vor sein inneres Auge. An seinem zweiten Tag hier hatte er Timmi aus dem Kofferraum gehievt und weggebracht. Er schüttelte sich.

»Es tut mir wahnsinnig leid, Romy. Es tut mir … leid.«

Sie musterte ihn skeptisch.

»Ich hätte Linus diesen Anblick so gern erspart, und dir hätte ich gern … die Angst um ihn erspart. Ich wollte euch nicht wehtun. Ich wollte … das alles nicht.« Er schüttelte benommen den Kopf.

»Wer ist dieser Timmi?«, fragte sie. »Und warum hast du ihn umgebracht? Er war doch nur ein Kind.«

»Ich habe den Jungen geliebt«, sagte Dante und nahm kaum wahr, wie Romy bei seinen Worten zusammenzuckte. »Ich liebe ihn immer noch. Aber er ist ein Kind und ich habe mich sonst von ihm ferngehalten. Wir waren Nachbarn, und er hat mich zu sich gerufen, als er in Not war. Ich hab ihm geholfen, bin dann irgendwie schwach geworden und in Panik geraten.« Dante konnte Romy nicht ansehen, hielt den Blick auf seine Hände gesenkt; die Hände, die so Schreckliches vollbracht hatten. »Ich wollte ihn nicht umbringen, aber ich … es war ein Unfall. Dabei war es doch meine Aufgabe, ihn zu beschützen.«

»Hey …«, sagte Romy und machte mit den gefesselten Füßen einen winzigen Schritt auf ihn zu. »Ich glaube dir. Du bist kein schlechter Mensch.«

Dante wagte nicht, aufzusehen, wollte nicht in ihrem Gesicht ablesen können, ob sie das wirklich ernst meinte oder es nur sagte, weil sie in dieser schwierigen Situation war.

»Was hältst du davon, wenn ich jetzt jemanden rufe, der uns hier heraussholt und dir hilft?«, fragte sie.

»Mir hilft?«

»Mit deinen Gefühlen umzugehen«, sagte sie sanft. »Dir geht es nicht gut, Dante.«

Nein, das tat es wirklich nicht. Vor allem, wenn man bedachte, dass er alles, was er in diesem Zusammenhang getan hatte, einfach vergessen hatte. Mittlerweile konnte er sich zumindest bruchstückhaft daran erinnern, wie er voller Wut auf sich selbst die Kinderschänder-Botschaft an seine Haustür gepinselt hatte, wie er sich hatte bestrafen wollen und die Bilder auf dem kleinen Drucker im Wohnzimmer ausgedruckt und in seiner Küche aufgehängt hatte. Selbst den Einbrecher, der ihn vermeintlich im Keller eingesperrt hatte, hatte er sich bloß eingebildet. Er hatte sich selbst gejagt.

Dante schüttelte den Kopf.

Die Tür des Kellers war gar nicht abgeschlossen gewesen, dafür hatte er sie zu leicht aufbekommen. Sie hatte nur etwas geklemmt. Die Reifen hatte er selbst zerstochen, und sogar die Gestalt auf der Wiese musste eine Botschaft seines Unterbewusstseins gewesen sein, um ihn zu Timmi zu führen.

Er vergrub das Gesicht in den Händen.

»Hey …«, flüsterte Romy jetzt sehr nah.

Dante hatte nicht bemerkt, dass sie auf ihn zugekommen war, und blickte auf. Sie beugte sich zu ihm vor, eine Hand ausgestreckt, als würde sie sie auf seine Schulter legen wollen.

»Ich befreie jetzt erst mal Linus, ja?«

Dante hatte Romys Sohn ganz vergessen. Er nickte. Was brachte es noch, zu lügen, sich zu verstecken und wegzulaufen, wenn er doch jede Strafe verdient hatte, die sie ihm aufbrummen würden.

»Hast du hier irgendwo eine Schere?«, fragte Romy.

»Oben in der Küche.«

»Okay. Ich werde Linus nicht hier bei dir allein lassen, hörst du? Ich nehme ihn jetzt mit nach oben, um ihn von den Fesseln zu befreien.«

Ohne auf eine Reaktion von ihm zu warten, trippelte sie zu ihrem Sohn, merkte dann aber wohl, dass sie es mit gefesselten Fußgelenken niemals die Treppe hochschaffen würde. Aus dem Augenwinkel nahm er wahr, wie sie sich langsam zurück in den Vorratsraum bewegte, von wo nach einigen Sekunden sägende Geräusche kamen. Schließlich kam sie von den Kabelbindern befreit zurück, nahm Linus auf den Arm hoch und trug ihn die Treppe hoch.

Dante blieb zurück und dachte an das, was passiert war. Die Erinnerung daran war die größte Strafe, die man sich für ihn ausdenken konnte. Wie er Timmi hatte umziehen wollen, als er begriff, dass er tot war. Aus irgendeinem Grund war es ihm wichtig gewesen, den Jungen von den teils blutigen Klamotten zu befreien, und langsam war immer mehr Panik in ihm hochgestiegen. Er hatte ein Kind umgebracht und war ein Mörder, ein skrupelloser, pädophiler Mörder. Dante hatte die schmutzige Kleidung in eine, und die frische Kleidung, die er aus Timmis Kleiderschrank genommen hatte, in eine andere Mülltüte gepackt. Jetzt erinnerte er sich wieder, dass er die blutige Kleidung nicht weit von dem Platz, an den er Timmis Leiche gelegt hatte, einfach in den Bach geworfen hatte, als würde das fließende Gewässer alle Probleme mit sich nehmen. Nachdem er die Klamotten zusammengesucht hatte, war er mit dem nackten Jungen in den Armen auf die Straße gelaufen – er hatte in dem Moment im wahrsten Sinne des Wortes mehr Glück als Verstand, denn die Straße lag verlassen vor ihm. Dann hatte er Timmi und die Tüten mit der Kleidung in seinen Kofferraum gesperrt und war in sein eigenes Haus zurückgelaufen, um eine Tasche zu packen. Daran hatte er sich zwar die ganze Zeit erinnern können, hatte sich die Panik aber damit erklärt, dass er wegen seiner grenzenlosen Liebe zu Timmi wegmusste. Er hatte seine Reisetasche und einige Unterlagen zum Arbeiten eingepackt und war dann losgefahren. Hals über Kopf geflüchtet. Mit der Leiche seiner großen Liebe im Kofferraum.

Kapitel 62

Keuchend schleppte sie Linus ins Erdgeschoss, wo sie ihn absetzte, und wischte sich mit dem Handrücken über die schweißnasse Stirn.

»Es wird alles gut, mein Schatz«, sagte Romy.

»Ich habe Angst, Mama.«

»Ich weiß, aber das ist okay. Hast du schon vergessen? Peter ist auch ein Schisser, aber es geht immer alles gut aus.«

Er nickte, ohne dass die Mutlosigkeit von seinem Gesicht wich. Sie richtete sich auf, schloss die Kellertür und schob den Riegel vor.

»Ich lasse dich kurz hier, ja? Dann hole ich eine Schere und mache uns frei. Warte hier.«

»Geh nicht weg.« Sein Blick huschte ängstlich in Richtung Keller.

»Guck mal. Ich habe den Riegel vorgemacht. Dante kann nicht zu dir kommen.«

»Aber er ist stark«, flüsterte Linus.

Romy beugte sich vor und sah ihm tief in die Augen. »Ich bin direkt da vorne, ja? Du kannst mich hören, und ich kann dich hören. Wenn du merkst, dass er direkt auf der anderen Seite der Tür ist, dann rufst du mich, und ich bin sofort wieder da. Noch bevor er die Tür aufbrechen kann.«

Er sah sie aus großen flehenden Augen an, sagte aber nichts.

»Bitte, Schatz. Du musst mir vertrauen. Ich würde dich nicht hier lassen, wenn es nicht absolut sicher wäre.«

Sie sahen sich einen Moment lang schweigend an. Er versuchte, sie mit seinen Blicken zum Bleiben zu bewegen und sie, ihn zu überzeugen, dass alles gut werden würde. Schließlich strich sie über seinen Hinterkopf, drückte ihm einen Kuss auf die Stirn und lief dann durch das Wohnzimmer, auf die Küche zu. Linus hinter ihr wimmerte.

Sie versuchte das Geräusch auszublenden, um sich darauf zu konzentrieren, möglichst schnell eine Schere zu finden, aber es ging ihr direkt ins Herz. Die erste Schublade klemmte, ließ sich aber öffnen, und Romy entdeckte zwischen einem Schneebesen, Dosenöffner, Kochlöffeln und einem Nudelholz eine Schere. Erleichtert atmete sie auf. In dem Moment klopfte es heftig auf Holz, und Romy zuckte zusammen.

»Mama!«, rief Linus aus dem Wohnzimmer. »Mama, Hilfe!«

Sie rannte mit der Schere in der Hand zu ihrem Sohn zurück, bemerkte aber schon auf dem Weg, dass das Pochen nicht von der Kellertür kam, sondern aus der anderen Richtung. Von der Haustür.

»Alles gut, mein Schatz. Das ist nicht Dante«, sagte Romy.

Sie hockte sich zu ihrem Sohn und schnitt zuerst seine Handfesseln und dann seine Fußfesseln auf. Er klammerte sich sofort an ihren Hals, wie er es früher als Kleinkind getan hatte, wenn er vor einer Person Angst gehabt hatte, die ihm zu nah gekommen war.

»Mach die verdammte Tür auf!«, schrie jemand, während er auf die Haustür einschlug.

Romy richtete sich verblüfft auf, weil sie die Stimme erkannte.

»Das ist Ludwin, oder?«, fragte Linus.

»Ja, das ist er.« Sie ging zur Haustür und öffnete.

Der Buchhändler platzte herein, sobald die Tür einen Spaltbreit offen stand und hätte sie beide beinah umgerannt. Sein Gesicht war rot, die Haare nass vom Regen und der Blick wild.

Es dauerte einen Moment, bis er sie erkannte, dann atmete er auf.

»Du hast dich nicht gemeldet«, sagte er, wobei sich seine Brust schwer hob und senkte.

»Ich habe ... es war ...« Romy wusste nicht, wie sie ihm möglichst schnell die Situation erklären sollte.

»Wo ist Dante?«, fragte Ludwin und sah sich wutschnaubend um.

»Im Keller. Ich habe ihn eingesperrt«, sagte Romy leise. »Bitte beruhige dich. Es ist alles okay. Wir werden jetzt die Polizei rufen. Hast du dein Handy da? Dante hat mir meins abgenommen, und ich weiß nicht, wo es ist.«

»Ja, ich habe es dabei.« Fahrig nahm Ludwin das Handy aus seiner Hosentasche und reichte es Romy, dann ging er an ihr vorbei auf den Keller zu.

»Warte!«, rief sie. Ihr war nicht wohl dabei, die beiden Männer aufeinander loszulassen.

Ludwin drehte sich zu ihr um.

»Was hast du vor?«

»Ich will diesen Kinderschänder ...« Er verstummte bei einem Blick auf Linus. »Er hat Linus entführt.«

»Nein, hat er nicht. Es ist viel komplizierter.«

Romy empfand alles andere als Mitleid mit Dante, die Angst, die er ihrem Sohn gemacht hatte, würde sie ihm nicht verzeihen, ganz zu schweigen von dem Mord an dem kleinen Jungen, den er eben gestanden hatte, aber sie hasste Gewalt, die über Notwehr hinausging. Sie wollte nicht, dass Ludwin Selbstjustiz verübte, schon gar nicht, wenn er nicht wusste, was vorgefallen war.

»Ich glaube, ich sehe ganz genau, was hier vor sich ging«, sagte er jedoch und warf einen vielsagenden Blick auf die durchgeschnittenen Kabelbinder vor der Kellertür.

Dann schob er den Riegel zurück und lief nach unten.

Kapitel 63

Das Poltern war laut, kam von direkt über ihm und klang nicht wie Romy oder Linus. War das schon die Polizei? Hatte Romy ihr Handy gefunden, die Polizei gerufen und die war so schnell, dass sie schon da sein konnte?

Doch da stürmte Ludwin die Treppe herunter und zerschlug Dantes Hoffnung. Da er unter der Treppe saß, bemerkte er ihn erst nicht, sondern sah sich im Keller um. Dante hielt sich an der Wand fest, während er sich hochstemmte. Dennoch machte er dabei ein Geräusch und Ludwin wirbelte herum, sah ihn wütend an.

»Du!«, sagte er und zeigte mit dem Finger auf Dante.

»He …« Dante hob beschwichtigend die Hände und machte zwei Schritte auf Ludwin zu. »Ganz ruhig. Ich tu nichts, ich ergebe mich. Romy hat sicherlich schon die Polizei gerufen.«

»Es ist mir vollkommen egal, ob du dich ergibst! Du hast Linus entführt, um Gott weiß was mit ihm zu tun, du Kinderschänder!«

»Ich habe Linus nichts getan«, wehrte sich Dante. Obwohl Ludwin unbewaffnet und er selbst es war, der bereits gemordet hatte, ging von dem Buchhändler eine fast schon greifbare Gefahr aus. Mit geblähten Nasenflügeln und zu Fäusten geballten Händen baute er sich vor Dante auf.

»Ich habe doch die Fesseln gesehen, also lüg mich nicht an!« Ludwin machte einen Schritt auf ihn zu.

»Aber ich habe ihn nicht missbraucht oder ähnliches. Das hatte ich nie vor!« Dante zögerte kurz. »Du hast mich mit dem Fernglas beobachtet, oder? Du hast gesehen, was an meiner Tür stand.«

»Allerdings!«, sagte Ludwin und straffte die Schultern. »Ich wusste direkt, dass mit dir etwas nicht stimmt. Ich *wusste* es!«, spie er hervor.

Eine Bewegung an der Treppe ließ Dantes Blick hochschnellen. Romy kam vorsichtig herunter, von Linus war nichts zu sehen. Er konnte nur hoffen, dass sie die Polizei gerufen hatte.

»Ich werde ins Gefängnis gehen«, sagte Dante und hoffte, Ludwin damit zu beruhigen. »Ich habe ... Schreckliches getan und werde mich nicht mit einer niedrigen Strafe zufriedengeben.«

Ludwin machte einen Schritt auf ihn zu. »Wen hast du geschändet, hm? Wer hat dir die Nachricht an die Tür geschrieben?«

»Ich habe niemanden geschändet«, sagte Dante. Er hasste dieses Wort ... Kinderschänder ... vielleicht hatte er es deshalb an seine Tür geschrieben. Es setzte die Kinder herab, machte nicht nur die Täter zu etwas Schrecklichem, sondern degradierte Opfer zu geschundenen, aussätzigen, bemitleidenswerten, verseuchten Dingern.

»Und ich selbst ... habe die Nachricht an die Tür geschrieben.«

Romy stellte sich neben Ludwin und streckte eine Hand nach ihm aus. Doch der wich vor ihr zurück, ohne Dante aus den Augen zu lassen. »Was?«

»Ich habe ...« Dann brach er ab und schüttelte nur den Kopf. Er hatte keine Lust, sein Handeln vor diesem fremden Mann zu erklären, und wollte nur, dass die Polizei kam, ihn festnahm und ins Gefängnis steckte. Dante war nicht dumm – er wusste, was man mit Pädophilen im Gefängnis tat. Sie galten selbst in der

Häftlingsgemeinschaft als der größte Abschaum und wurden auch so behandelt.

»Du bist ein widerliches Stück Scheiße!«, sagte Ludwin und ging auf ihn zu.

Irgendetwas schien ihn an Dante zu stören, und der fragte sich langsam, ob es hier wirklich um seine Pädophilie ging.

»Bitte, Ludwin, Romy hat bereits die Polizei gerufen. Ich werde sowieso gleich weggebracht. Ich möchte doch nur ...«

»Was du möchtest, ist mir scheißegal!«, unterbrach Ludwin ihn. »Du bist Müll, ein Niemand! Du bist nicht mal so viel wert wie der Dreck unter meinen Fingernägeln.« Er stolzierte auf Dante zu, der zurückwich, bis er mit dem Rücken gegen die Wand stieß.

Er konnte Ludwins Worten nur zustimmen, konnte nicht fassen, was er Timmi angetan hatte, dem einzigen Menschen, den er liebte und den er hatte beschützen wollen. Doch er hatte den Jungen verletzt, als er ihn geküsst hatte, und dann hatte er ihn getötet. Dante rieb sich mit der Hand über die Brust, wo sein Herz schmerzte.

»Ludwin, bitte. Lass ihn. Er wird bestraft, aber bitte lass ihn in Ruhe«, sagte Romy, wobei sie Dante schrecklich weit weg erschien.

Als hätte Ludwin nur darauf gewartet, dass sie Dante verteidigte, sauste seine Faust vor und traf ihn mitten im Gesicht. Sein Kopf schlug zurück und knallte gegen die Wand.

Ludwin keuchte auf und hielt sich die Hand, mit der er Dante geschlagen hatte.

»Ludwin!«, rief Romy und lief zu ihm. »Verdammt, was machst du d...«

Er schubste sie beiseite. Wahrscheinlich hätte es nicht so heftig sein sollen, aber sie stolperte zurück, benommen und überrascht über seine Kraft. Dann ging er langsam auf Dante zu, und als wäre eine Schranke aufgegangen, spiegelte sich Wut in seinen Augen. Aber worüber? Weil er Romys und Maras Aufmerksamkeit auf sich gezogen hatte? Dass er, ein Pädophiler und – in Ludwins Worten – Kinderschänder, der begehrte Junggeselle war, während er selbst nur hingehalten und nicht für bare Münze genommen wurde?

Der nächste Schlag traf Dante im Bauch. Er klappte zusammen, die Luft entwich mit einem Seufzen seinen Lungen und er brauchte einen Moment, um neuen Atem zu holen. Kaum war der Sauerstoff in seinen Lungen angelangt, da schlug Ludwin ihm mit der Faust aufs rechte Auge. Dante konnte sich nicht mehr auf den Beinen halten und ließ sich mit dem Rücken an der Wand zu Boden sinken. Er hatte sich noch nie geprügelt, selbst als Kind hatte er nie den Sinn einer Prügelei verstanden, und so hob er auch jetzt nicht die Fäuste, um sich zu verteidigen. Er war zu sehr damit beschäftigt, wieder zu Atem zu kommen, während Ludwins Fuß seinen Oberschenkel traf. Wahrscheinlich nicht das eigentliche Ziel, und so krümmte sich Dante zusammen, um dem Schlimmsten zu entgehen. Er legte seine Arme schützend über den Kopf und zog seine Knie hoch zur Brust.

»Nicht, Ludwin!«, rief Romy.

Dante kniff die Augen zu und hörte Gerangel, Schritte, Flüche, dann traf ein Fuß sein Schienbein.

»Lass das!«, schrie Romy.

Jeden Moment rechnete Dante damit, dass ihn ein weiterer Schlag oder Tritt treffen würde, aber das blieb aus.

Stattdessen fragte Ludwin: »Du verteidigst ihn? Den Kinderschänder?!«

»Ich habe die Polizei gerufen, er wird festgenommen. Das bringt doch jetzt ni…« Sie verstummte plötzlich, und Dante lugte zwischen seinen Armen hindurch, um zu sehen, was zwischen den beiden vor sich ging.

Sie standen einige Meter von ihm entfernt, Ludwins Hand lag in Romys Nacken, die lockigen Haare um die Faust gewickelt, und sah sie mit irrem Gesichtsausdruck an. Dabei atmete er so schwer, dass der Luftstrom die Haare um ihr Gesicht zum Zittern brachte.

»Ich werde den Kerl umbringen, Romy, und du kannst nichts daran ändern, also halt dich da raus! Ich will dich nicht verletzen.« Die Art wie er es sagte, diese angespannte und gleichzeitig zurückgehaltene Wut in seiner Stimme, Ludwins ganze Ausstrahlung, ließ in Dante die Gewissheit aufkommen, dass er sterben würde, wenn er nichts dagegen unternahm.

Vielleicht war es sinnlos und reiner Instinkt, aber die Aussicht auf den Tod ließ ihn sich aufrappeln und in Richtung Treppe laufen. Sein ganzer Körper schmerzte, und er kam nicht schnell voran, aber er schleppte sich verbissen die Stufen hoch. Unter sich hörte er, wie Ludwin und Romy miteinander kämpften.

»Lauf!«, kreischte sie. »Ich habe die Polizei gerufen! LAUF!«

Das ließ Dante sich nicht zweimal sagen. Die Polizei würde eine Weile brauchen, aber sie würde kommen und ihn vor Ludwin beschützen, sowie ihm seiner gerechten Strafe zuführen. Er kam gerade im Erdgeschoss an, als er laute Schritte auf der Holztreppe hörte. Hätte er mehr Zeit gehabt, nur ein paar Sekunden, dann hätte er die Kellertür von außen verrammelt, aber stattdessen rannte er blindlings weiter.

Kapitel 64

Linus kauerte im Ohrensessel und beobachtete mit großen Augen, wie Dante in die Küche humpelte. Kaum hatte er die Hintertür aufgerissen, flog auch schon die Kellertür gegen die Wand und Linus schrie auf. Doch Ludwin hatte weder Interesse an dem Jungen noch an Romy – alles, was er wollte, war Dante in die Finger zu bekommen.

Draußen stürmte es, der mit der Dämmerung gekommene Nieselregen erschwerte die Sicht. Eher nebenbei stellte Dante fest, dass er an dem für Timmi angedachten Grab entlanglief. Dann ließ er das Gebüsch und die Mülltonnen hinter sich und kam zu dem Gartentor. Hektisch warf er einen Blick zurück. Ludwin war weiter entfernt, als er gedacht hatte, doch das mochte daran liegen, dass er wohl ein großes Messer gesucht und gefunden hatte – zumindest hielt er eins in der Hand.

Dante verließ das Grundstück durch das Gartentor und bückte sich unter der Stromlitze der nächsten Weide hindurch, kroch durch den Matsch und rappelte sich so schnell es ging wieder auf, um weiterzulaufen. Er kannte Ludwin nicht wirklich, aber er musste definitiv einen Knacks weghaben, wenn er sich so triggern ließ. Dante warf einen Blick über die Schulter, um zu sehen, wie weit Ludwin von ihm entfernt war, und musste mit Schrecken feststellen, dass er aufholte. Wenn Dante nicht schneller wurde, würde Ludwin ihn möglicherweise einholen, bevor die Polizei zu ihnen fand. Auf den Weiden gab es keine Möglichkeit sich zu verstecken. Weit und breit gab es nur eine Handvoll Bäume, die vereinzelt auf den Weiden standen und wenn Dante sich dahinter versuchte zu verstecken, würde Ludwin ihn sofort sehen, aber im Dorf sah das alles anders aus. Also machte Dante einen Schwenk nach rechts, um den Abhang hinabzulaufen, in Richtung Dorf. Wenn er Glück hatte, konnte er dorthin gelangen, und Ludwins Skrupel würden ihn daran hindern, Dante vor den Augen seiner Nachbarn und Kunden zu verletzen. Es galt bloß, schnell genug zu laufen.

Als er am nächsten Weidezaun ankam, warf er sich auf den Bauch und robbte darunter hindurch. Sein Atem ging schwer, und seine Brust schmerzte vor Anstrengung. Trotzdem rappelte er sich hastig auf und rannte weiter, die Weide entlang, auf der er selbst schon einmal jemanden gejagt hatte.

Da es bergab ging, überschlug sich Dante schließlich beinahe, so schnell lief er die unebene Wiese hinab. Von den Kühen, die damals hier waren, war nun nichts zu sehen – er war froh darüber.

Bald erreichte er den zweiten Zaun und kroch auch darunter hindurch. Ludwin kam näher, schlitterte die letzten Meter zu ihm herab, das Gesicht zu einer Fratze verzerrt, fand aber keinen Halt und landete im Elektrozaun. Dante wich auf allen vieren zurück, rappelte sich auf und stolperte zwei Schritte nach hinten. Dann blieb er einen Moment lang stehen, um zu sehen, wie es Ludwin ging. Nicht, um ihm zu helfen, falls er verletzt war, es war lediglich ein Instinkt, den er sofort abschüttelte, als er ihn bemerkte, sich umdrehte und weiterlief.

Und endlich gelangte er an den Feldweg, der von hinten ins Dorf führte. Da der Boden hier ebener war, war auch Dantes Tritt fester und sicherer. Immer noch mit wild pochendem Herzen nach Atem ringend, eilte er die letzten Meter unter den Bäumen hindurch, bevor links und rechts von ihm die Häuser erschienen.

Dantes Schritte klatschten laut auf das Kopfsteinpflaster – er wurde nur minimal langsamer, um sich umzudrehen. Doch da er nun nicht mehr die unendliche Weite der Felder, sondern Häuser und Bäume hinter sich hatte, konnte er Ludwin nirgends entdecken. Erschöpft legte er sich eine Hand auf die Brust, als würde das seinen Herzschlag beruhigen, und stolperte weiter die Straße entlang. Wäre er in Trier gewesen, wäre ihm längst jemand begegnet, den er um Hilfe hätte bitten können, aber hier waren die Fensterläden zugeklappt und niemand mehr draußen unterwegs.

Dante schüttelte immer wieder den Kopf; er konnte nicht fassen, in was für eine Situation er da geraten war. Trotz Nieselregen war er mittlerweile von oben bis unten durchnässt, außerdem klebte der Matsch der Weiden an ihm. Wieder sah er hinter sich, doch Ludwin war immer noch nicht zu sehen. Sollte er einfach irgendwo klingeln und um Hilfe bitten? Würde man ihm glauben, wenn er sagte, Ludwin verfolge ihn? Dante konnte sich nicht vorstellen, gerade einen besonders glaubwürdigen Eindruck zu machen, zumal man den Buchhändler hier, im Gegensatz zu ihm, kannte.

Als er den Schein des Lichtes aus dem Fenster des Cafés auf die Straße fallen sah, beschleunigte er seine Schritte wieder. Wenn er Glück hatte, war Andi noch da, und der hatte auf Dante einen vertrauenswürdigen Eindruck gemacht. Er würde ihn nach ihrem kurzen Gespräch auch bestimmt wiedererkennen. Dante ließ die letzten Meter hinter sich, wobei seine Hand von seinem pochenden Herzen zu seiner Seite huschte – Seitenstechen –, und blieb dann vor der Tür des Cafés stehen. Er brauchte gar nicht zu klopfen, Dante sah direkt, dass niemand mehr da war. Wahrscheinlich hatte Andi nur vergessen, das Licht auszuschalten.

Seufzend wandte er sich von dem Café ab, als sein Blick auf eine Gestalt fiel, die sich gemächlich auf ihn zu bewegte. Sie kam ihm entgegen, war aber wegen der Dunkelheit des frühen Abends nicht zu erkennen.

»Hey!«, rief Dante und stolperte auf sie zu.

Vielleicht war es der einzige Mensch im ganzen Dorf, der sich gerade draußen aufhielt, und diese Chance auf Hilfe wollte Dante auf keinen Fall verstreichen lassen. Die Gestalt ging weiter auf ihn zu und bog nur fünfzig Meter von ihm entfernt in eine Seitengasse ab.

Über die engstirnigen Dorfbewohner fluchend joggte Dante los, um die Person einzuholen. Gut, es war dunkel, und er machte sicherlich nicht den besten Eindruck, wie er außer Atem und zusammengeschlagen die Straße entlanghumpelte, aber er brauchte Hilfe und da würde er nicht …

Er bog um die Ecke und lief direkt in die Gestalt hinein. Es war Ludwin, der offenbar eine Abkürzung genommen hatte und von der anderen Seite des Dorfes her auf ihn zugelaufen sein musste. Er packte Dante mit einer Hand am Kragen, um ihn gegen die Hauswand zu pressen, und drückte ihm mit der anderen das Messer an die Kehle.

Kapitel 65

Romy stand am Fenster und sah hinaus; wartete nervös darauf, dass endlich die Polizei kam. Dante und Ludwin waren schon vor einer Weile in der Dunkelheit verschwunden und da sie die Polizei von Ludwins Handy aus angerufen und als Adresse dieses Haus angegeben hatte, würde das Einsatzteam zuerst hierher kommen und Dante nicht sofort helfen können.

Sie wandte sich vom Fenster neben der Haustür ab und ging zu Linus, der noch immer mit angezogenen Beinen im Ohrensessel saß. Er war still, stand wahrscheinlich unter Schock. Sanft strich sie ihm über die braunen Locken und sagte leise: »Es wird alles gut. Alles wird gut.« Sie wusste nicht, was genau gut werden sollte und ob sie es ihrem Sohn überhaupt versprechen konnte, aber zumindest war er in Sicherheit, und das war im Moment alles, was sie wollte.

»Wo sind Dante und Ludwin jetzt?«, fragte er leise.

»Ich weiß es nicht«, murmelte sie. »Ich glaube, sie sind Richtung Dorf gelaufen.«

»Ludwin sah ganz schön wütend aus.«

»Ja, das war er, mein Schatz. Er möchte Dante wehtun.«

»Wegen dem toten Jungen?«

Das war am naheliegendsten, aber Romy wusste nicht, ob wirklich das der Grund war.

»Kommt die Polizei gleich?«, fragte Linus, als sie nicht antwortete.

»Ja, ich habe sie eben angerufen, sie müsste jeden Moment hier ankommen.«

»Aber nicht bei Dante und Ludwin. Die sind doch gar nicht mehr da.«

»Ich muss ihnen dann sagen, wo die beiden sind.«

»Können wir nicht lieber gleich zu ihnen?«

»Zu wem? Dante und Ludwin?«

»Ja, die tun sich noch weh.«

Sie lächelte traurig und strich immer wieder über seinen Kopf. »Wir können da nichts machen, mein Schatz. Dafür sind wir nicht stark genug.«

Plötzlich kam wieder Leben in Linus.

»Aber jeder muss jedem helfen!« Er schob sich vor und rutschte vom Sessel, um an ihr vorbei auf die Haustür zuzulaufen. »Wir müssen ihnen helfen, Mama!«

Romy sah ihm verblüfft nach. Sie würde den Teufel tun, ihren Sohn zwischen Ludwin und Dante zu bringen, eher würde sie ihn wieder mit Kabelbinder fesseln und in den Keller stecken.

Er öffnete unbeirrt die Haustür, aber statt nach draußen zu laufen, wich er zurück. Sie machte drei Schritte hinter ihm her, um nach draußen zu sehen – vor der kleinen Mauer standen zwei Streifenwagen auf der Straße, dunkel gekleidete Gestalten waren auf dem Weg zum Haus und hielten nun mitten in ihren Bewegungen inne. Sie hoben die Waffen, die eben noch auf den Boden gerichtet waren, und zeigten damit auf Linus und Romy, die sofort ihre Hände hob.

»Halt, stopp! Wir sind unbewaffnet! Ich habe sie angerufen. Ludwin Eichenbach bedroht den Mann, wegen dem ich Sie angerufen habe. Ich glaube, er will ihn töten, sie sind Richtung Dorf gelaufen.«

Anders als erwartet, fuhren nicht alle Richtung Dorf, sondern nur zwei von ihnen. Die anderen beiden kamen auf sie zu, mit gesenkten Waffen, aber langsam, als fürchteten sie, Linus oder Romy könnten ein Messer hervorziehen und auf sie losgehen.

»Kommen Sie«, sagte der erste Mann. Er war groß, hatte braune Haare und einen Dreitagebart. Doch trotz seiner Statur wirkte er jung, beinahe lieblich. »Setzen Sie sich und erzählen Sie mir, was passiert ist.«

Die Polizisten betraten das Haus, schlossen die Haustür hinter sich und Romy drückte Linus, der mit großen Augen zu den beiden Männern hochsah, zurück in den Sessel. Kurz setzte sie sich auf die schmale Armlehne, stand aber sofort wieder auf, konnte jetzt einfach nicht sitzen bleiben.

»Im Keller liegt die Leiche des vermissten Jungen aus Trier«, versuchte sie so ruhig wie möglich zu sagen. »Sein Mörder ist Dante Seidel, der pädophil ist und gerade von Ludwin bedroht wird.«

»Wie sehen die beiden Männer aus?«, fragte der große Mann.

»Dante trägt eine braune Chinohose und hat hellbraune, etwas längere Haare«, sagte Romy und war froh, etwas tun zu können, selbst wenn es nur die Beschreibung der beiden Männer war. »Ludwin ist sehr groß und hager, hat kurze braune Haare und trägt eine Jeans. An die Oberteile der beiden erinnere ich mich gerade nicht …«

Während der eine Polizist beiseitetrat, um die Informationen per Funk an seine Kollegen weiterzugeben, fragte der andere. »Sind Sie oder Ihr Sohn verletzt?«

Romy sah zu Linus hinab und strich ihm sanft mit der Hand durchs Haar. »Nein, uns geht es gut. Dante hat uns nicht wehgetan.«

Kapitel 66

Das Messer kam ihm schrecklich bekannt vor. Ihm war bewusst, wie nachlässig es war, gerade jetzt darauf zu achten, aber es fiel ihm sofort auf. Es war das Messer, mit dem seine Reifen aufgeschlitzt worden waren. Mit dem *er* die Reifen aufgeschlitzt hatte. Die Zacken waren unverkennbar, und er wunderte sich, dass er in den letzten Tagen kein einziges Mal mit dem Messer Gemüse geschnitten hatte. Wäre es ihm sonst schon vorher aufgefallen? Wie viele Hinweise hatte er übersehen? Er war so blind für seine eigene Schuld gewesen.

Ludwin hielt ihn fest umklammert. Sein nach Kaffee riechender Atem schlug ihm ins Gesicht, und Dante hätte sich am liebsten weggedreht.

»Du mieses Schwein!«, zischte Ludwin. »Ich schwöre bei Gott, dass ich dich jetzt fertigmache!«

»Ludwin …!«, keuchte er. »Romy hat die Polizei gerufen, sie werden mich festnehmen und ins Gefängnis stecken. Du brauchst nicht …«

Ludwin drückte ihn noch fester gegen die Wand. »Halt die Schnauze! Eine verdammte Gefängnisstrafe reicht nicht mal ansatzweise! Euch perversen Schweinen gehört der Schwanz abgeschnitten! Ihr gehört kastriert!«

Dante sog scharf die Luft ein. Das konnte doch nicht Ludwins Ernst sein. Wenn online vom Missbrauch eines Kindes berichtet wurde, wünschte dem Pädophilen immer irgendjemand in den Kommentaren, ihm sollten die Genitalien abgeschnitten werden. Dante hatte nie gedacht, dass auch nur einer dieser Kommentarschreiber dazu in der Lage wäre, es selbst zu tun.

»Ludwin«, sagte er mit zittriger Stimme. »Bitte lass mich los. Ich weiß, du denkst, das wäre die ultimative Strafe für mich, aber dem ist nicht so. Es würde mir eher guttun, wenn ich … dieses Verlangen nicht mehr hätte.«

Ludwin ließ ihn kurz los, nur um ihn gleich darauf umso fester an der Kehle zu packen.

»Warte!«, krächzte Dante. »Die größere Bestrafung wäre für mich das Gefängnis. Ich weiß, das klingt nicht so, aber hast du noch nie gehört, was sie dort mit Kinderschändern machen?«

Ludwin betrachtete ihn abschätzig. »Das würde aber nicht reichen.«

»Die werden dir die Arbeit abnehmen – dafür brauchst du nicht selbst ins Gefängnis zu gehen. Die Kerle, die da drin auf mich warten, werden genau dasselbe mit mir tun wollen wie du.« Das Schlimme war, dass er wirklich glaubte, dass ihm ein solches Schicksal ereilen würde. Er würde nicht so einfach davonkommen, selbst wenn Ludwin ihn jetzt nicht verletzte. »Bitte …«, flehte Dante trotzdem. »Bitte lass mich los. Du hast noch nichts getan, lass es so bleiben.«

»Ihr nehmt euch einfach, was euch nicht zusteht!«, zischte Ludwin. »Ihr nehmt einfach *alles!* Diese Kinder können nichts dafür, dass ihr so widerliche Schweine seid. Sie sind unschuldig, und ihr nehmt sie euch einfach! Ihr seid abartig und widerwärtig! Ihr seid …«

»Ich weiß«, murmelte Dante. »Ich weiß es doch.«

»Du weißt gar nichts!«, schrie Ludwin. »Du gehörst kastriert und noch so viel mehr. Dir sollte genau das angetan werden, was du den Kindern antust« Er drückte seine Hand noch fester zu, vielleicht, ohne dass er es selbst merkte, aber Dante bekam immer weniger Luft.

Er versuchte, tief durchzuatmen, doch der Sauerstoff erreichte nicht seine Lungen. Die Luft gelangte nur noch bis zu seiner Kehle und war dann weg. Ihm wurde schwindelig. »Bitte … lass mich … gehen … Polizei wird … jeden Mo…«

Ludwins Knie traf ihn völlig unvorbereitet zwischen den Beinen. Dante fiel nach vorne, aber der Buchhändler umklammerte noch immer seinen Hals, hielt ihn daran fest. Nach Luft schnappend klammerte sich Dante an Ludwins Handgelenk. Der Schwindel wurde immer stärker, sein Kopf dröhnte, und am meisten schmerzten seine Genitalien.

»Nicht …«, krächzte er.

Wenn Ludwin so weitermachte, würde er ihn erdrosseln, bevor er dazu kam, ihn zu kastrieren. Wahrscheinlich wäre das sogar noch ein angenehmer Tod. Ludwins Hand glitt von Dantes Hals an seine Schulter, als wäre er ein guter Freund, den er stützen wollte, doch kaum hatte Dante einen Atemzug genommen, rammte ihm Ludwin seine Faust in den Unterbauch. Dantes Hände fuhren an die Stelle, die den Schlag abbekommen hatte, wollten weiter nach unten, zwischen seine Beine, um sich zu schützen, ehe Ludwin erneut zuschlagen konnte. Doch da hielt Dante inne. Was war das? … Seine Hände waren nass, aber nicht vom Nieselregen, der immer noch auf sie herabfiel. Verwundert senkte Dante den Blick auf seine Hände, an denen dunkle Nässe hing. War das … Blut?

Der Schwindel setzte wieder ein, und da sah er, dass Ludwin nicht mit der Faust zugeschlagen hatte – die Faust umklammerte das Messer, holte bereits erneut aus. Wie in Zeitlupe fuhren Dantes Hände wieder nach unten, um sie schützend vor seinen Schritt zu halten … als ob er damit etwas ausrichten könnte.

»Waffe fallen lassen!«, schrie plötzlich ein Mann am anderen Ende der Gasse und blendete sie mit einer Taschenlampe.

Ludwin wich von Dante zurück, das Messer noch immer in der Hand. Einen Moment lang sah es so aus, als würde er seine Optionen durchgehen, doch dann ließ er die Waffe los, die klirrend auf das Kopfsteinpflaster fiel.

Kapitel 67

Dante hielt die Augen geschlossen. Ihm war kalt, mehrere Menschen sprachen durcheinander, aber er verstand sie nicht. Außerdem bewegten sie ihn. Hände auf seinem Körper, hinter seinen Lidern zuckte Licht. Wärme schloss sich um ihn, das Stimmengewirr wurde lauter, keine Berührungen mehr, nur noch ein leichter Luftzug, als würde er rennen, aber Dante rannte nicht, Dante lag still da. Dann verlor er wieder das Bewusstsein.

Als er das nächste Mal erwachte, öffnete er schwerfällig seine trockenen Augen, die sich anfühlten, als hätte er lange nicht mehr geblinzelt. Sein Körper schmerzte überall, von seinem Kopf über seine Brust, seinen Bauch bis zu seinen Beinen. Er blinzelte in das helle Licht, das ihn umgab.

Die Wände des Zimmers waren weiß und wurden vom Neonlicht zusätzlich so kalt angestrahlt, dass kein Zweifel daran bestand, dass er im Krankenhaus war. Dante lag in einem Bett, die Kissen stapelten sich in seinem Nacken, wodurch sein Kinn unbequem auf die Brust gedrückt wurde. Aber er hatte nicht die Kraft, sich anders hinzulegen.

Er sah auf die dünne Decke, die über ihm ausgebreitet war, und ein Zittern ging durch seinen Körper. Hatten die hier die Klimaanlage angestellt? Es war doch Ende September und regnete, wie konnte man da die Klimaanlage anstellen?! Dante lag in einem Einzelzimmer, in dem sich nicht viel befand: sein Bett, gegenüber ein kleiner Tisch mit zwei Stühlen und darüber ein Fernseher, ausgeschaltet. Links von ihm war ein großes Fenster, die Jalousien heruntergelassen. Doch da fahles Licht hereinfiel, musste Tag sein.

Dante drängte die Gedanken an das, was geschehen war, zurück, wollte jetzt nicht an Timmis toten Körper denken, nicht daran, wie er Linus gefesselt hatte und von Ludwin verprügelt worden war. Er schloss die Augen und schüttelte den Kopf, doch das brachte nur weitere Schmerzen mit sich, und so öffnete er die Augen wieder. Sein Mund war trocken. Vielleicht konnte er eine Krankenschwester bitten, ihm Wasser zu bringen?

Er beugte sich vor und drückte den Knopf neben seinem Bett, den er für den Rufknopf hielt. Ob wohl ein Polizist vor seiner Tür stand und auf ihn aufpasste? Romy, und wenn nicht sie, dann Ludwin, hatten der Polizei sicherlich alles erzählt. Dante schloss die Augen und schluckte.

Nach einigen Sekunden kam eine Krankenschwester herein. Sie war etwas älter als er selbst, hatte hellbraune gelockte kurze Haare und trug eine Lesebrille auf der Spitze ihrer Nase.

»Hallo«, sagte sie und lächelte so freundlich, dass er sich fragte, ob sie ihn verwechselte. »Wie geht es Ihnen, Herr Seidel?« Sie stellte sich an sein Bett.

Er starrte sie ungläubig an. Die Frau sprach wirklich mit ihm … Vielleicht wusste sie nicht, was er getan hatte?

»Können Sie mich nicht hören?« Das Lächeln wich keine Sekunde von ihren Lippen.

»Doch«, krächzte er. »Aber …« Dante glaubte nicht, dass er ihr erklären können würde, was ihn verunsicherte und so sagte er: »Ich habe Durst.«

»Das habe ich mir schon gedacht. Sie haben eine Weile geschlafen.« Sie nahm eine Flasche vom Nachttisch – den hatte er gar nicht gesehen –, füllte einen Plastikbecher mit Wasser und reichte ihn Dante. Gierig trank er den Becher leer. Die

Flüssigkeit schmerzte in seiner Kehle und tat gleichzeitig gut. Er stellte den Becher zurück auf den Nachttisch.

»Wunderbar«, sagte die Frau, als würde sie ein Kind loben, das zum ersten Mal Brei aß. »Wie geht es Ihnen? Haben Sie Schmerzen?«

Er nickte. »Mein ganzer Körper und ... mein Herz.«

Für einen Moment verrutschte ihr Lächeln und ein trauriger Ausdruck erschien auf ihrem Gesicht, aber sie hatte sich schnell wieder im Griff. »Ich hole gleich den Arzt, ja? Dann wird er entscheiden, was wir gegen Ihre Schmerzen tun können.«

»Okay«, sagte er.

Sie wollte sich schon von ihm abwenden und den Raum verlassen, als er sie fragte: »Warum sind Sie so nett zu mir?«

Sie hielt inne und stand einen Moment lang einfach still da, dann drehte sie sich langsam zu ihm um. »Ich bin vor zwei Jahren Großmutter geworden.«

Scheinbar hatte er ihr Alter vollkommen falsch geschätzt.

»Ich liebe meine Kinder und meinen Enkel. Sie sind das Wertvollste in meinem Leben. Wenn ihnen Leid zustoßen würde, würde ich alles dafür tun, dass ...« Ihre Stimme versagte, aber ihr Blick war immer noch freundlich. »Ich weiß nicht, warum Sie den Jungen umgebracht haben, und finde den Gedanken, dass Sie es *überhaupt* getan haben sollen, abscheulich, aber auch Sie sind irgendjemandes Sohn. Und *Sie* sind mein Patient, nicht der tote Junge. *Sie* wurden verletzt. *Ihnen* wurde Schmerz zugefügt. Da draußen sitzt eine junge Frau. Sie sitzt dort schon seit Stunden und wartet darauf, dass Sie aufwachen. Sie sind einem anderen Menschen so wichtig, wie meine Kinder und Enkel mir.« Als wäre damit alles gesagt, drehte sie sich um und ließ Dante allein.

Kapitel 68

Der Arzt erhöhte seine Schmerzmitteldosis, erklärte Dante, was ihm fehlte und ließ ihn dann allein. Dante hatte ihm gar nicht richtig zugehört, er lauschte nur in seinen Körper und wartete darauf, dass die Schmerzen verschwanden. Sein Kopf tat weh, seine Beine, seine Brust, sein Bauch, seine Hände und Arme, aber am meisten schmerzte sein Herz. Doch während der Schmerz in den Gliedmaßen schließlich nachließ, wurde der in seinem Herzen einfach nicht weniger.

Es klopfte leise an der Tür. Dante schwieg und wartete. Nach einer Weile öffnete der Polizist, der tatsächlich vor seiner Tür stand, und lugte herein. Als er sah, dass Dante zu ihm sah, wich er zurück und ließ den Gast ein.

Als die Krankenschwester von einer jungen Frau gesprochen hatte, die zu ihm wollte, hatte Dante mit Romy gerechnet. Er wusste nicht warum, sie hatte gar keinen Grund, ihn zu besuchen – schon gar nicht nach dem, was er ihr und Linus angetan hatte. Aber sie war es auch gar nicht, die schüchtern eintrat.

»Was tust du hier, Mara?«, fragte Dante mit rauer Stimme.

»Hallo … Ich wollte mal sehen, wie es dir geht.« Sie hielt mit beiden Händen eine kleine schwarze Tasche umklammert und lächelte vorsichtig. Während sie näher kam und schließlich neben dem Bett stehen blieb, schloss der Polizist von innen die Tür, lehnte sich dagegen und sah aus dem Fenster, als würde er sich unsichtbar machen wollen.

»Hast du nicht gehört, warum ich hier bin?« Dante deutete mit einem Kopfnicken auf den Polizisten an der Tür.

»Doch, natürlich. Ludwin hat dich verletzt.«

300

»Weil ich pädophil bin«, sagte Dante und ignorierte, dass sie bei dem Wort zusammenzuckte. »Ich habe einen kleinen Jungen ermordet.«

Sie holte Luft. »Ich … ich weiß.«

»Warum bist du dann hier?«

Mara zögerte, als würde sie ihre Antwort abwägen. Schließlich sagte sie: »Weil ich dich in mein Herz geschlossen habe.«

»Aber ich bin pädophil«, wiederholte er. »Pädophil und außerdem ein Mörder.« Dante konnte nicht glauben, dass sie ihn nach dem, was sie wusste, immer noch sehen wollte.

»So wie du dich habe auch ich mich schon gehasst.«

Der Autounfall.

»Das ist doch etwas vollkommen anderes«, sagte er.

Sie zuckte mit den Schultern. »Ansichtssache, oder?«

»Du wolltest niemanden verletzen. Schon gar nicht Tom.«

»Wolltest du dem Jungen denn wehtun?«, fragte sie und sah ihn mit schiefgelegtem Kopf in die Augen.

Er schluckte. »Nein.«

Sie schwieg, sah ihn nur an, und Dante wünschte, er könnte sich über ihre Anwesenheit freuen, sich dankbar zeigen und aus ihren Worten Kraft ziehen … aber so war es nicht. Er fühlte sich einfach nur missverstanden. Sie benahm sich Timmis Leben gegenüber respektlos. Er war tot und hatte es verdient, dass man den Menschen hasste, der ihn getötet hatte.

»Er ist tot!«, sagte Dante lauter als nötig, damit sie die Tragweite seiner Worte begriff. »Der kleine Junge ist tot, obwohl ich nichts anderes wollte, als dass er ein glückliches, sorgenloses Leben führt. Ich habe ihm die Chance auf dieses Leben genommen. Nur wegen mir kann er nicht erwachsen werden. Er kann keinen Job ergreifen, der ihn glücklich macht, kann sich nicht verlieben, wird niemals Vater und auch kein Umweltaktivist, kein großartiger Klavierspieler oder Fußballprofi – ich habe ihm die Chancen auf all das genommen!«

Mara nickte. »Ich weiß.«

»Wie kannst du dann hier stehen und mit jemandem wie mir sprechen?! Wie kannst du mich nicht hassen?! Was bist du für ein Mensch, dass du so jemanden wie mich nicht hasst?!«

»Hasst *du* dich denn nicht schon genug?«, fragte Mara. »Bist du mit deinen Schuldgefühlen und der anstehenden Gefängnisstrafe nicht schon genug gestraft? Kannst du da nicht zumindest einen kleinen … zugegeben, dunklen«, sie deutete auf ihre schwarze Kleidung, »Lichtschein am Horizont gebrauchen?«

»Nein.« Dante schüttelte den Kopf. »Das habe ich nicht verdient.«

»Du willst mich nicht dahaben?«

»Nein.«

»Darf ich dich nicht im Gefängnis besuchen?«

Er schnaubte. Wenn er denn lange im Gefängnis überleben würde, wäre seine oberste Priorität garantiert nicht der Besuch einer quasi Fremden.

»Dann«, sagte Mara, »wird es deine gerechte Strafe sein, mich ertragen zu müssen. Und wenn du bereit bist, mich willkommen zu heißen, kannst du es gerne als etwas Positives sehen. Dann hast du es verdient.«

Er schüttelte den Kopf, weil er nicht verstand, was sie ihm sagen wollte, doch bevor er nachfragen konnte, öffnete sich die Tür. Der Polizist, der vor ihr gestanden hatte, trat rasch beiseite, um nicht von der Tür getroffen zu werden. Die Besucher waren ein Mann und eine Frau mit strengem Gesichtsausdruck, und obwohl sie keine Uniform trugen, glaubte Dante, dass beide von der Polizei waren.

Sie sahen Mara verärgert an.

»Wer sind Sie und was machen Sie hier?!«, fragte die Frau.

Mara entschuldigte sich, und bevor die Polizisten in Zivil dem Streifenpolizisten eine Standpauke darüber halten konnten, dass er nicht jeden zu Dante lassen durfte, war Mara auch schon nach draußen geschlüpft. Dante folgte ihr mit seinem Blick und wünschte, sie würde für immer fortbleiben.

Kapitel 69

Der Regen prasselte auf ihren Regenschirm hinab. Jonahs Haus kam ihr verlassener vor den je, obwohl sich rein äußerlich nicht viel verändert hatte. Doch vor zwei Wochen hatte Dante noch nicht dort gewohnt.

Linus war, anders als sie, schnell über die Ereignisse hinweggekommen. Er hatte sie einmal gefragt, wo Dante jetzt sei und bloß genickt, als Romy ihm erklärt hatte, dass er im Gefängnis sitze. Deutlich mehr hatte ihn dann aber der tote Junge beschäftigt. Er hatte zahlreiche Fragen zu ihm gestellt.

Wo ist der Junge jetzt?

Meinst du, seinen Eltern geht es gut?

Auf welchem Friedhof wird er beerdigt?

Hatte der Junge Schmerzen, als er gestorben ist?

Romy hatte ihm die Fragen beantwortet, soweit sie konnte, und war froh, dass heute noch keine gekommen war. Der Tod eines Kindes sollte nichts sein, was ihren Sohn beschäftigte. Dafür war er zu jung, zu unschuldig.

Romy wollte sich gerade von dem verlassenen Haus abwenden, als die Tür aufging. Verdutzt hielt sie inne und sah zu der Gestalt, die in schwarzem Regenmantel und mit Gummistiefeln bis zu den Knien herauskam. Erst als sie ihren Blick hob, erkannte Romy unter der tief ins Gesicht gezogenen Kapuze Felix. Er entdeckte sie, schloss die Tür hinter sich und stapfte auf sie zu.

»Hallo«, sagt er und blieb vor ihr stehen.

Sie nickte ihm zu. »Was machst du hier?«

»Ich hab was geholt.« Er hob einen Gefrierbeutel, in dem Romy unter anderem einen Löffel zu erkennen glaubte.

»Was ist das?«, fragte sie.

Felix sah an ihr vorbei. Von seinem sonst so fröhlichen Gesichtsausdruck war nichts zu sehen. Er wirkte nachdenklich, beinahe traurig. »Ich habe vor ein paar Jahren in zugedröhntem Zustand ein paar … Dinge hier versteckt, die ich schon fast vergessen hatte. Zumindest bis Dante hier einzog.«

Romy hob die Augenbrauen und sah ihn abwartend an.

»Ich musste ein bisschen suchen, aber ich habe das Zeug gefunden. War so gut versteckt, dass nicht mal die Polizei es entdeckt hat.« Er lächelte matt.

Sie nickte und einen Moment lang standen sie sich schweigend gegenüber, jeder in seine Gedanken vertieft.

»Hast du geahnt, was mit Dante los ist?«, fragte sie. Romy machte sich immer noch Vorwürfe, dass sie sich in einen Pädophilen verguckt hatte. Ja, es war eher die Vorstellung von ihm gewesen, als sein wahrer Charakter, an dem sie Gefallen gefunden hatte, aber dennoch hatte sie nicht gemerkt, dass er auf Kinder stand. Wie hatte ihr das nur entgehen können? Ihr, als Mutter …

Felix schüttelte den Kopf. »Nein. Ich hatte auch keine Ahnung. Aber mit so etwas rechnet man ja auch nicht. Wobei ich mir schon gedacht habe, dass irgendetwas nicht mit ihm stimmt. Er hat sich superkomisch verhalten.«

»Was meinst du?« Romy zog ihre Augenbrauen zusammen.

Er seufzte. »Ich bin dort eingebrochen, um meine Sachen zu holen. Er hat mich erwischt, mir mit der Polizei gedroht, aber eben nur das. Jetzt ist klar, warum, aber damals habe ich mir gar keine Gedanken um das Warum gemacht. Ich habe bloß ausgenutzt, dass er die Polizei offenbar nicht rufen *wollte*, habe gebufft, damit er mich gehen lässt, und es hat funktioniert.«

Sie sah zu den dunklen Fenstern des Hauses. »Glaubst du, dass wir das irgendwie hätten aufhalten können?«

»Was?«, fragte Felix. »Den Jungen hatte er doch schon umgebracht, bevor er herkam.«

Romy biss sich auf die Unterlippe. »Ja, aber es ist nur ...« Sie schüttelte den Kopf und senkte den Blick. »Ich habe ihm so sehr vertraut. Ich kannte ihn gar nicht, und doch habe ich mir keine Gedanken gemacht, mit wem ich da eigentlich rede, zu wem ich nach Hause gehe.«

»Das ist normal, denke ich. Wenn wir jemanden kennenlernen, ist da zuerst Vertrauen. Wäre doch auch doof, wenn nicht.«

»Wäre es nicht schlauer, wenn wir Fremden erst mal nicht vertrauen?«

Er dachte kurz darüber nach, dann schüttelte er den Kopf. »Nein. Denn dann würden wir wohl nie Freundschaften schließen. Außerdem ist das doch auch kein *bedingungsloses* Vertrauen. Du hast ihm ja nicht deine Bankdaten und das Leben deines Kindes anvertraut.«

Sie war da anderer Meinung, glaubte, sich zu verwundbar gemacht zu haben, denn Dante hatte sie verletzt. Auch wenn er es nicht gewollt hatte, war es passiert.

Epilog

»Wie fühlen Sie sich?«

Die meist gestellte Frage in der forensischen Psychiatrie. Dabei hatte Dante immer das Gefühl, man würde von ihm eine positive Antwort erwarten. Als wäre es den Menschen hier nicht wichtig, ob es ihm wirklich gutging, sondern nur, dass sie ihre Arbeit gut machten.

Er überschlug seine Beine und rutschte in dem unbequemen Sessel ein Stück vor. Die Psychotherapeutin hatte kurze blonde Haare, kugelrunde kleine Augen und trug ein leichtes Parfum, das bei jeder Bewegung zu ihm herüberwehte und in der Nase kitzelte. Es war ein unangenehmer Duft, irgendwie säuerlich.

»Ich fühle mich nicht gut«, sagte er und fügte wie jedes Mal hinzu: »Aber das ist okay.«

»Woran liegt das heute im Besonderen? Was meinen Sie?«

Obwohl sie offensichtlich nicht glaubte, dass es daran lag, dass er einen geliebten Menschen umgebracht hatte, war er versucht, ihr diese Antwort zu geben. Heute war der neunzehnte Tag, an dem Timmi nicht mehr lebte, und Dante wünschte, er wäre an Timmis Stelle gestorben und der Junge könnte den schönen Herbsttag genießen.

Er holte Luft, um sich auf die Frage zu konzentrieren. Man hatte ihn so mit Medikamenten vollgepumpt, dass er kaum etwas empfand. Gut war, dass der Schmerz in seiner Brust nachgelassen hatte, schlecht war, dass er ständig müde war. Aber zurück zu der Frage. Was war heute passiert? Seit ein paar Tagen war er nun hier und hatte sich soweit an den Alltag gewöhnt. Er war ihm noch nicht ins Blut übergegangen, aber er fühlte sich nicht mehr völlig hilflos und überfordert mit den

Abläufen und Regeln. Heute war er von einem Albtraum aufgewacht – es war zwar nicht der Traum, in dem Timmi ihn in seinem Garten um Hilfe anflehte und er ihm nicht helfen konnte, aber ein ähnlicher, der hinter der Wiese von Jonahs Haus spielte. Darin kamen Dante, Timmis Leiche und eine dunkle Gestalt vor, die, wenn sie ihr Gesicht zeigte, Dante selbst war.

»Herr Seidel?«

Er hatte ihre Frage immer noch nicht beantwortet und räusperte sich. *Konzentrier dich … was ist heute passiert?* Warum ging es ihm heute besonders schlecht? Ging es ihm heute *überhaupt* besonders schlecht? Eigentlich ging es ihm doch so schlecht, wie an jedem anderen Tag auch.

»Ich weiß es nicht. Ich fühle mich einfach so schlecht wie immer«, sagte er daher wahrheitsgemäß.

»Wir haben in der letzten Sitzung besprochen, dass Sie das Fenster öffnen, wenn Sie sich schlecht fühlen, und frische Luft einatmen. Sie haben gesagt, dass das helfen könnte.«

Er nickte.

»Haben Sie das getan?«, fragte die Frau mit den kleinen Augen.

»Nein.«

»Warum nicht?«

Er fuhr mit dem Nagel seines Zeigefingers über den Stoff seiner Hose. Sie war gebügelt und hatte eine Falte, die er versuchte zu glätten.

»Herr Seidel?« Nun wartete sie nicht so lange wie beim letzten Mal auf seine Antwort.

Er seufzte. »Ich *will* nicht, dass es mir bessergeht«, sagte er.

»Warum nicht?«

»Weil ich Timmi umgebracht ha…« Seine Stimme versagte, und er wandte den Blick ab.

Sie hatte jeden Tag mit Mördern und Vergewaltigern zu tun, für sie war das nichts Besonderes. Wie sollte sie da verstehen, wie abscheulich seine Tat war? Wenn sie es täte, würde sie auch nicht wollen, dass es ihm besserging.

»Ich kann jetzt kein schönes und angenehmes Leben mehr führen. Timmi ist wegen mir tot. Das wäre nicht fair.«

Aus dem Augenwinkel nahm er wahr, wie sie sich vorbeugte.

»Aber Ihr Leiden wird Timmi nicht zurück ins Leben bringen.«

»Das weiß ich.«

»Glauben Sie dann nicht, dass Sie es sich selbst wert sein sollten, wieder gut leben zu können?«

Er hob den Blick und sah ihr in die Augen. »Warum denn? Ich bin ein schrecklicher Mensch. Wie könnte ich da noch irgendetwas verdienen? Selbst die Anwesenheit in dieser Einrichtung habe ich nicht verdient. Ich gehöre in ein normales Gefängnis, wo Bandenmitglieder ihre Wut auf die Welt an mir auslassen, um sich gegenseitig zu beweisen, was sie für harte Kerle sind.«

»Haben Sie Timmi aus Wut umgebracht? Weil sie wütend auf die Welt waren?«

»Nein.«

»Warum haben Sie ihn dann umgebracht?«

Er erinnerte sich an die Situation im Badezimmer zurück. Wenn er jetzt daran dachte, empfand er, den Tabletten sei Dank, bloß eine tiefe Traurigkeit und keinen Schmerz.

»Ich hatte Angst und war verletzt, weil er mich so angewidert angesehen hat.«

»Warum hat er sie angewidert angesehen?«

309

Sie wusste es und trotzdem beantwortete er ihr die Frage. »Weil ich ihn geküsst habe.«

»Und dieser Kuss kam zustande, weil …?«

»Weil ich mich nicht unter Kontrolle hatte, weil ich selbstsüchtig war und seine Worte, dass er mich vermissen würde, einen Moment falsch verstanden habe.« Er schüttelte den Kopf. »Überall liest man, dass Pädophile ihre Taten rechtfertigen, weil sie behaupten, die Kinder hätten ihnen zu verstehen gegeben, dass sie berührt werden, Sex haben *wollen*. Ich dachte immer, das würde mir niemals passieren, dass mir klar wäre, dass ein Kind niemals Sex mit mir haben wollen würde. Ich dachte: Mein Gott, was sind das nur für verblendete Menschen? Ein Kind kann doch niemals Gefallen daran haben.« Er hob seinen Blick und sah die Psychologin an. »Aber wenn dir ein geliebter Mensch sagt, dass er dich vermissen wird, dann …«

»Was haben Sie da empfunden?«

»Liebe, Freude, Erleichterung, Wärme, Zuneigung.«

»Das sind durchaus positive Gefühle.«

»Ja, natürlich!«, stieß er aus. »Aber diese Gefühle haben zu schrecklichen Taten geführt!«

»Das macht aber die Gefühle nicht weniger positiv. Schrecklich sind lediglich die Taten.«

Er schnaubte. Vor einem Monat hätte er ihr da noch zugestimmt, doch jetzt sah das anders aus.

»Und am wenigsten macht Sie das zu einem schrecklichen Menschen«, sagte seine Therapeutin. »Sie waren ein Mensch mit positiven Gefühlen, der in diesem Moment nicht mit diesen Gefühlen umgehen konnte und falsche Entscheidungen getroffen hat.«

»Sie reden darüber, als hätte ich mich entschieden, einen hässlichen Hut zu tragen.«

Sie lehnte sich in ihrem Stuhl zurück und schwieg.

Diese Momente waren ihm am liebsten: wenn sie nichts sagte und darauf wartete, dass er die Stille nicht mehr aushielt. Doch er kam gut mit Stille zurecht und hatte sie bisher nur einmal durchbrochen. Nun lehnte auch er sich zurück und verschränkte die Arme vor der Brust. Sie wollte ihn vielleicht heilen, damit er wieder am gesellschaftlichen Leben teilnehmen konnte, im besten Fall ohne Suizidgedanken, aber er wollte gar nicht mehr zu dieser Gesellschaft gehören. Wie sollte das auch funktionieren? Er hatte die Liebe seines Lebens getötet und würde sich das niemals verzeihen.

Nachwort

Sollte Ihnen *Dantes Strafe* gefallen haben, würde ich mich sehr über eine Bewertung auf der Produktseite meines Buches bei Amazon freuen. Es hilft nicht nur mir, sondern auch anderen Interessierten das Buch einzuschätzen und erleichtert die Kaufentscheidung.

Gerne können Sie mir auch auf Facebook oder Instagram schreiben oder mir eine E-Mail (ahannahagen@web.de) schicken.

Das könnte Ihnen auch gefallen:

Vier Autoren.
Ein einsames Dorf.
Und ein Haus mit einer schrecklichen Vergangenheit.

In Murdsheim ist das verlassene Haus mitten im Wald
berüchtigt. Dort quälte und tötete vor 50 Jahren ein
Serienmörder sein letztes Opfer. Nun ziehen vier Autoren in
das Haus, um dort an ihren Büchern zu schreiben. Doch kurz
nach ihrem Eintreffen machen sie einen grauenvollen Fund,
der zeigt: Irgendjemand will die Autoren nicht im Haus haben.
Und der Alptraum beginnt …

Erschienen: Februar 2020
389 Seiten

Bibliografische Information der Deutschen
Nationalbibliothek: Die Deutsche Nationalbibliothek
verzeichnet diese Publikation in der Deutschen
Nationalbibliografie; detaillierte bibliografische Daten sind im
Internet über dnb.dnb.de abrufbar.

Impressum

©2020 Hanna Hagen

Lektorat: Tanja Balg
Korrektorat: Anne Paulsen
Umschlaggestaltung: ZERO Werbeagentur, München
Herstellung und Verlag: BOD – Books on Demand,
Norderstedt

ISBN: 978375049970